Reclam
LESEBUCH

Das Pferde-Buch

Geschichten und Gedichte

Herausgegeben von
Evelyne Polt-Heinzl und
Christine Schmidjell

CLAUDIA
MIT
HERZLICHEN
WEIHNACHTS-
UND
NEUJAHRSGRÜSSEN
VON
BERNT
LAUTER
MÜNCHEN,
24.12.1998

Philipp Reclam jun. Stuttgart

Mit 10 Abbildungen

Einbandgestaltung: Werner Rüb, Bietigheim-Bissingen
Satz: Reclam Ditzingen
Druck und buchbinderische Verarbeitung:
Wilhelm Röck, Weinsberg
Printed in Germany 1996
RECLAM ist eine eingetragene Marke der
Philipp Reclam jun. GmbH & Co., Stuttgart
ISBN 3-15-040031-7

Inhalt

Pferdeliebe und Treue

Abenteuer mit Pferden

Vorwort

Das Pferd ist nicht selten untrennbarer Bestandteil unserer Kindheitserinnerungen. Wir denken an das Reiten auf dem Schoß eines Erwachsenen, von dem unerbittlich der Reim und die Schaukel-Fall-Bewegung des »Hoppe-Hoppe-Reiter-Liedes« eingefordert wird. Und diese Stimmung aus Heiterkeit und Spannung prägt wohl auch die ersten Abenteuer mit dem Schaukelpferd oder ausgelassene Karussellfahrten am Jahrmarkt. Etwas später stellt sich Pferdebegeisterung dann unweigerlich im Zusammenhang mit den Abenteuern Winnetous, Old Shatterhands oder der Cartwright-Brüder auf der Bonanza-Ranch ein.

Als Erwachsene blicken wir nostalgisch zurück auf eine Welt, in der Pferde zum Straßenbild und zum täglichen Leben gehörten; als das Rasseln der Pferdefuhrwerke überall zu hören war, der Duft von Pferdeäpfeln in der Luft lag und Ladenschilder zum Sattler wiesen. Heute läßt Hufschlag auf den Straßen die Menschen aufhorchen, um sich blicken, und was sie dann sehen, sind vielleicht Hochzeitskutschen, Fiaker oder festliche Umzüge und nur selten ein stolzer Reiter beim Ausritt. Präsent ist das Pferd in unseren Städten noch in Gestalt zahlreicher Reiterstandbilder von Monarchen und berühmten Feldherrn, und die Museen hüten wahre Schätze an Reiterporträts, beredte Zeugen einer Zeit, da Roß und Reiter einander eng verbunden waren und das Pferd einen bedeutenden wirtschaftlichen wie kulturellen Faktor darstellte. Auch in der Sprache zeigt sich die Nähe des Menschen zum Pferd. Zahlreiche Sprichwörter und Redewendungen bedienen sich einer Pferde-Metapher: »Von hier bringen mich keine zehn Pferde fort; das beste Pferd im Stall sein; mit jemandem Pferde stehlen können; aufs richtige Pferd setzen; die Zügel fest in der Hand haben; fest im Sattel sitzen«. In der Realität nehmen Pferde im Leben der Menschen nur noch dort eine zentrale Stellung ein, wo mit ihnen gearbeitet wird: in Reiterhöfen und Rennställen, auf Gestüten oder im Zirkus. Meist ist die Begegnung mit dem Pferd heute von unserer Unternehmungslust und unserem Tatendrang abhängig. Gerade daß das Pferd aus dem Alltag verschwunden ist, verleiht dem Reitsport seine Aura des Exklusiven und Besonderen.

Eine literarisch rekonstruierte Welt rund um das Pferd läßt viele dieser beinahe vergessenen Erinnerungen wiederaufleben. Auf unterhaltsame Art entsteht ein buntes Bild der vielfältigen Beziehungen zwischen Pferd und Mensch, das den Blick des Menschen auf das Pferd im Wandel der Zeiten beschreibt. Zwischen Literatur und Pferd ist ein ganz spezifischer Bezug schon in der Figur des Pegasus verankert, dem geflügelten Pferd der griechischen Mythologie, das im Himmelsflug den Musenquell schuf und in den Olymp aufstieg oder auch als Gestirn an das Firmament versetzt wurde. Pegasus gilt als Symbol der Dichtkunst: Gleich dem geflügelten Roß schwingt sich der Dichter zu ungeahnter Höhe empor.

Aus der Antike, genauer aus dem homerischen Epos vom Trojanischen Krieg, stammt auch das innige, beinahe partnerschaftliche Verhältnis zwischen kühnen Helden und ihren unerschrockenen Rössern als Topos in literarischen Berichten von Krieg und Kampf. In der mittelalterlichen Epik, etwa im Artusroman, begegnen wir ihm wieder, wobei hier wie dort Wert und Charakter des Pferdes häufig den sozialen Rang des Ritters anzeigen. Eine untrennbare Namensverbindung erreichen Roß und Reiter dann mit dem klapprigen Gaul Rosinante des Don Quichote de la Mancha bei Cervantes. Die Beziehung dieser beiden wenig stattlichen Helden versinnbildlicht die Abkehr von der Idealisierung des Pferdes wie des Rittertums, aber auch Treue und Liebe dem ausgedienten Pferd gegenüber.

In der christlichen Tradition stehen Pferde und Reiter in den Endzeitvisionen der Apokalypse als bildhafte Verweise auf Menschheitskatastrophen und Strafgerichte. Ins Zentrum rückt das Pferd hier aber eigentlich erst mit der Tradition der Kreuzritter und den damit verbundenen Legenden. Das Martyrium des heiligen Georg, niedergeschrieben im 9. Jahrhundert im Georgslied, wird während der Kreuzzüge zu einer Ritterlegende umfunktioniert und macht ihn zum Schutzpatron des Rittertums und der Reiter. Zahlreiche Ortsnamen, Votivtafeln und Kirchen und vor allem Festritte und Umzüge am Georgitag (23. April) zeugen vom Fortleben dieser Tradition.

In Gleichnissen und Allegorien, in denen seit dem Mittelalter Eigenschaften bestimmter Tiere oder ihre fiktive Rangordnung im Tierreich zur Charakterisierung menschlicher Verhältnisse herangezogen werden, nimmt das Pferd seit je einen festumrissenen Platz ein. Es gilt als edel und kraftvoll, unnahbar und stolz, was mitunter auch in Hochmut umschlagen kann, voll Übermut und unbändiger Lebenslust. Auch in Fabeln, Sagen und Märchen hat das Pferd seinen festen Platz als überlegenes, intelligentes Tier, werden im Motiv des Pferdes allgemeine Probleme des menschlichen Lebens und seiner Verhältnisse dargestellt. Und ungeachtet der radikal veränderten Lebensrealität in unserem Jahrhundert durch die Technisierung, vor allem im Bereich des Verkehrswesens, lebt das Pferd als Phantasiegestalt, als Lebenssehnsucht oder als metaphorische Umschreibung in der Literatur fort. Erhalten geblieben ist auch die erotische Komponente: der kühne Reiter, die stolze Reiterin partizipieren in ihrer Erscheinung und Ausstrahlung von der kraftvollen Gestalt ihrer Pferde. Eine Variante dazu ist die mythische Erzählung von der Kentauren-Liebe, ein Traditionsstrang, der ebenfalls in die Antike zurückreicht. Es ist das besonders nahe Verhältnis zwischen Mensch und Pferd, das vielen Pferdegeschichten eine psychologische Dimension verleiht. Die besonderen Eigenschaften und Tugenden des Tieres und die Fähigkeit des Menschen, damit umzugehen, können vom ersten Moment der Annäherung an ausschlaggebend sein für das Gelingen oder Scheitern der Beziehung zwischen Mensch und Tier. Pferde sind von ausgeprägtem Charakter, mit Stimmungen, Launen und Sympathien, die zu erspüren erst den wahren Pferdekenner auszeichnet. Aber seine besondere Feinfühligkeit, seine Geduld und Treue prädestinieren das Pferd auch zum echten Freund und Vertrauten des Menschen in Situationen der Einsamkeit und Trauer.

Was der Mensch seit je bewundert, sind die Ureigenschaften des Steppenpferdes: das hervorragende Gehör, die gute Witterung, das ausgeprägte Gedächtnis, die blitzschnelle Entscheidungsfähigkeit und ein sehnig muskulöser Körper, der ein Höchstmaß an Kraft und Energie vereint. Aus der Art und Weise der Domestizierung durch den Pferdebesitzer ergeben sich eine Reihe literarischer Motive, die den Menschen durch seinen Umgang mit dem Tier charakterisieren. Der plötzliche

Verlust der Herrschaft über das Pferd, das Gefühl grenzenloser Freiheit im wilden Galopp, der Mut, sich auf dem Rücken seines Pferdes dem Feind unerschrocken entgegenzustellen, der eiserne Wille zum gemeinsamen Sieg auf dem Rennplatz oder womöglich der gemeinsame Untergang: all diese Szenarien übertragen existentielle Grundsituationen in das Verhältnis von Pferd und Reiter. Ihre Eindringlichkeit beziehen sie aus der symbolhaften Kraft und Bedeutung des Pferdes, das eine Fülle gedanklicher wie bildhafter Bezüge transportiert.

Zusammengenommen ergibt das alles jene Faszination, die das Pferd nach wie vor auf den Menschen ausübt, und die für Pferdeliebhaber und Pferdenarren zu einer lebenslangen Verbindung mit dem Pferd führt, sei es in der Realität oder als bloße Sehnsucht.

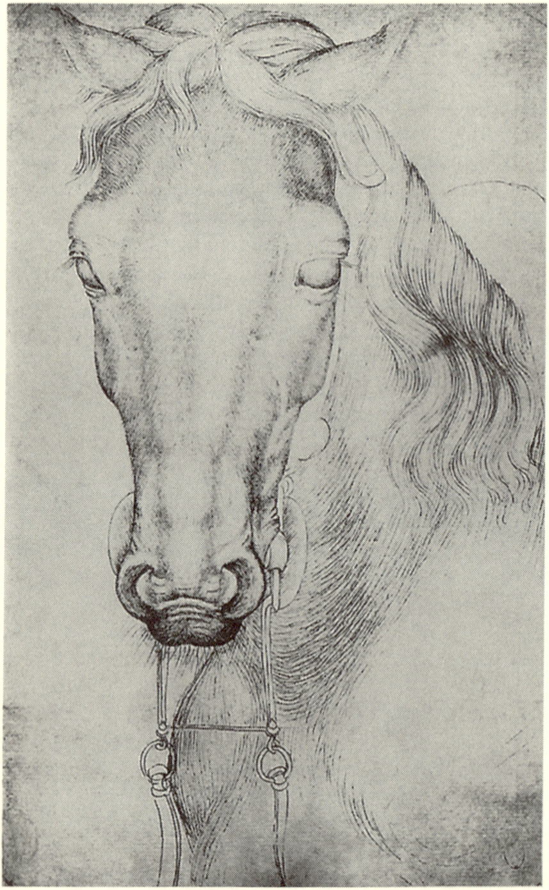

Pisanello: Pferdekopf

Das Geisterpferd

GOTTHOLD EPHRAIM LESSING

Zeus und das Pferd

Vater der Tiere und Menschen, so sprach das Pferd und nahte sich dem Throne des Zeus, man will, ich sei eines der schönsten Geschöpfe, womit du die Welt gezieret, und meine Eigenliebe heißt mich es glauben. Aber sollte gleichwohl nicht noch verschiedenes an mir zu bessern sein? –

Und was meinst du denn, daß an dir zu bessern sei? Rede, ich nehme Lehre an: sprach der gute Gott und lächelte.

Vielleicht, sprach das Pferd weiter, würde ich flüchtiger sein, wenn meine Beine höher und schmächtiger wären; ein langer Schwanenhals würde mich nicht verstellen; eine breitere Brust würde meine Stärke vermehren; und da du mich doch einmal bestimmt hast, deinen Liebling, den Menschen zu tragen, so könnte mir ja wohl der Sattel anerschaffen sein, den mir der wohltätige Reiter auflegt.

Gut, versetzte Zeus; gedulde dich einen Augenblick! Zeus, mit ernstem Gesichte, sprach das Wort der Schöpfung. Da quoll Leben in den Staub, da verband sich organisierter Stoff; und plötzlich stand vor dem Throne – das häßliche *Kamel.*

Das Pferd sah, schauderte und zitterte vor entsetzendem Abscheu.

Hier sind höhere und schmächtigere Beine, sprach Zeus; hier ist ein langer Schwanenhals; hier ist eine breitere Brust; hier ist der anerschaffene Sattel! Willst du, Pferd, daß ich dich so umbilden soll?

Das Pferd zitterte noch.

Geh, fuhr Zeus fort; diesesmal sei belehrt, ohne bestraft zu werden. Dich deiner Vermessenheit aber dann und wann reuend zu erinnern, so daure du fort, neues Geschöpf – Zeus warf einen erhaltenden Blick auf das *Kamel* – – und das Pferd erblicke dich nie, ohne zu schaudern.

DIE OFFENBARUNG DES JOHANNES

Die apokalyptischen Reiter

Dann sah ich: Das Lamm öffnete das erste der sieben Siegel; und ich hörte das erste der vier Lebewesen wie mit Donnerstimme rufen: Komm! Da sah ich ein weißes Pferd; und der, der auf ihm saß, hatte einen Bogen. Ein Kranz wurde ihm gegeben, und als Sieger zog er aus, um zu siegen.

Als das Lamm das zweite Siegel öffnete, hörte ich das zweite Lebewesen rufen: Komm! Da erschien ein anderes Pferd; das war feuerrot. Und der, der auf ihm saß, wurde ermächtigt, der Erde den Frieden zu nehmen, damit die Menschen sich gegenseitig abschlachteten. Und es wurde ihm ein großes Schwert gegeben.

Als das Lamm das dritte Siegel öffnete, hörte ich das dritte Lebewesen rufen: Komm! Da sah ich ein schwarzes Pferd; und der, der auf ihm saß, hielt in der Hand eine Waage. Inmitten der vier Lebewesen hörte ich etwas wie eine Stimme sagen: Ein Maß Weizen für einen Denar und drei Maß Gerste für einen Denar. Aber dem Öl und dem Wein füge keinen Schaden zu!

Als das Lamm das vierte Siegel öffnete, hörte ich die Stimme des vierten Lebewesens rufen: Komm! Da sah ich ein fahles Pferd; und der, der auf ihm saß, heißt »der Tod«; und die Unterwelt zog hinter ihm her. Und ihnen wurde die Macht gegeben über ein Viertel der Erde, Macht, zu töten durch Schwert, Hunger und Tod und durch die Tiere der Erde.

[. . .]

Der sechste Engel blies seine Posaune: Da hörte ich eine Stimme, die von den vier Hörnern des goldenen Altars her kam, der vor Gott steht. Die Stimme sagte zu dem sechsten Engel, der die Posaune hält: Binde die vier Engel los, die am großen Strom, am Eufrat, gefesselt sind. Da wurden die vier Engel losgebunden, die auf Jahr und Monat, auf Tag und Stunde bereitstanden, um ein Drittel der Menschheit zu töten.

Und die Zahl der Reiter dieses Heeres war vieltausendmal tausend; diese Zahl hörte ich.

Und so sahen die Pferde und die Reiter in der Vision aus: Sie trugen feuerrote, rauchblaue und schwefelgelbe Panzer. Die Köpfe der Pferde glichen Löwenköpfen, und aus ihren Mäulern schlug Feuer, Rauch und Schwefel. Ein Drittel der Menschen wurde durch diese drei Plagen getötet, durch Feuer, Rauch und Schwefel, die aus ihren Mäulern hervorkamen. Denn die tödliche Macht der Pferde war in ihren Mäulern und in ihren Schwänzen. Ihre Schwänze glichen Schlangen, die Köpfe haben, mit denen sie Schaden zufügen können.

Das Märchen in unserer Zeit

In unserer Zeit lebte mal ein kleines Mädchen, das zog aus, um das Märchen zu suchen. Denn es hörte überall, daß das Märchen verloren gegangen sei. Ja, einzelne sagten sogar, das Märchen wäre schon längst tot. Wahrscheinlich liege es irgendwo verscharrt, vielleicht in irgendeinem Massengrab.

Aber das kleine Mädchen ließ sich nicht beirren. Sie konnte es nicht glauben, daß es kein Märchen mehr gibt.

Sie ging also in den Wald und fragte die Bäume, aber die Bäume murrten nur. Die Elfen der Wiesen sind längst fortgezogen, die Zwerge aus den Höhlen, die Hexe aus der Schlucht.

Und sie fragte die Vögel, aber die sagten: »Die Menschen fliegen schneller, wie wir – kiwitt, kiwitt, es gibt keine Menschen mehr!«

Und die Rehe sagten, lächerlich, und die Hasen lachten, und der Hirsch gab überhaupt keine Antwort. Es war ihm einfach zu dumm.

Und die Kühe sagten, es wäre ihnen zu blöd, und sagten, man dürfe sowas vor den Kälbern garnicht sagen. Sie sollten so dumme, zwecklose Fragen garnicht hören, sie sollten darauf vorbereitet werden, daß sie geschlachtet würden, kastriert oder Milchspender würden. Ja, selbst wenn einer als Stier durchkomme, so sei das auch kein Märchen. Man müsse die Kälber aufklären.

Auf der Straße stand ein altes Pferd, das sollte zum Schlachter geführt werden. Es hatte ausgedient. Der Metzger saß im Wirtshaus und trank.

»Es wirds auch nicht wissen«, dachte das Mädchen, »aber ich will es fragen, denn es ist ein altes Pferd und weiß sicher viel.« Und sie fragte das Pferd.

Das Pferd sah das Mädchen an, verzog etwas seine Nüstern und stampfte dann mit den Hufen. »Du suchst das Märchen?« fragte es.

»Ja.«

»Dann verstehe ich es nicht«, sagte das Pferd, »warum du es noch suchst? Denn das allein ist doch schon ein Märchen!«

Und es blinzelte das Mädchen an.

»Hm. Mir scheint gar, du bist es selber, das Märchen. Du suchst dich selber. Jaja, je näher ich dich betrachte, desto mehr merke ich es: du bist das Märchen. Komm, erzähl mir was!«

Das kleine Mädchen geriet in große Verlegenheit. Aber dann fing es an zu erzählen. Es erzählte von einem jungen Pferde, das so schön war und alle Preise beim Rennen gewann. Und von einem Pferde auf dem Grabe seines Herrn. Und von wilden Pferden, die frei leben.

Und da weinte das alte Pferd und sagte: »Hab Dank! Jaja, du bist das Märchen, ich wußte es ja schon!«

Der Metzger kam und es wurde geschlachtet.

Am Sonntag gab es bei den Eltern Pferdefleisch, denn sie waren sehr arm.

Aber das kleine Mädchen rührte nichts an. Es dachte an das alte Pferd, wie es weinte.

»Sie ißt kein Pferdefleisch«, sagte die Mutter, »dann iß garnichts.«

»Sie ist eine Prinzessin«, sagten die Geschwister.

Und das kleine Mädchen aß garnichts.

Aber es blieb nicht hungrig.

Es dachte an das alte Pferd und wie es weinte, und wurde satt.

Ja, es war ein Märchen.

INGEBORG BACHMANN

Die Geheimnisse der Prinzessin von Kagran

Es war einmal eine Prinzessin von Chagre oder von Chageran, aus einem Geschlecht, das sich in späteren Zeiten Kagran nannte. Denn der heilige Georg, der den Lindwurm in den Sümpfen erschlagen hat, damit nach dem Tod des Ungeheuers Klagenfurt erstehen konnte, war auch hier in dem alten Marchfelddorf, jenseits des Donaustroms, tätig, und es erinnert eine Gedenkkirche an ihn, nahe vom Überschwemmungsgebiet.

Die Prinzessin war sehr jung und sehr schön und sie hatte einen Rappen, auf dem sie allen anderen voraus-flog. Ihre Gefolgsleute beredeten und baten sie, zurückzubleiben, denn das Land, in dem sie waren, an der Donau, war immer in Gefahr, und Grenzen gab es noch keine, wo später Raetien, Markomannien, Noricum, Moesien, Dacien, Illyrien und Pannonien waren. Es gab auch noch kein Cis- und Transleithanien, denn es war immer Völkerwanderung. Eines Tages ritten die ungarischen Husaren aus der Pußta herauf, aus dem weiten, ins Unerforschte reichenden Hungarien. Sie brachen mit ihren wilden asiatischen Pferden herein, die so schnell waren wie der Rappe der Prinzessin, und alles fürchtete sich sehr.

Die Prinzessin verlor die Herrschaft, sie geriet in viele Gefangenschaften, denn sie kämpfte nicht, aber sie wollte auch nicht dem alten König der Hunnen oder dem alten König der Awaren zur Frau gegeben werden. Man hielt sie als Beute gefangen und ließ sie bewachen von den vielen roten und blauen Reitern. Weil die Prinzessin eine wirkliche Prinzessin war, wollte sie sich lieber den Tod geben, als sich einem alten König zuführen lassen, und ehe die Nacht um war, mußte sie sich ein Herz fassen, denn man wollte sie auf die Burg des Hunnenkönigs oder gar des Awarenkönigs bringen. An Flucht dachte sie und sie hoffte, daß ihre Bewacher einschliefen vor Morgengrauen, aber ihre Hoffnung wurde immer geringer. Auch ihren Rappen hatte man ihr genommen, und sie wußte nicht, wie sie aus dem Heerlager je herausfinden und in ihr Land mit den blauen Hügeln zurückkommen sollte. Schlaflos lag sie in ihrem Zelt.

Tief in der Nacht, da meinte sie, eine Stimme zu hören, die sang und sprach nicht, die raunte und schläferte ein, dann aber sang sie nicht mehr vor Fremden, sondern klang nur noch für sie und in einer Sprache, die sie bestrickte und von der sie kein Wort verstand. Trotzdem wußte sie, daß die Stimme ihr allein galt und nach ihr rief. Die Prinzessin brauchte die Worte nicht zu verstehen. Bezaubert stand sie auf und öffnete ihr Zelt, sie sah den unendlichen dunklen Himmel Asiens, und von dem ersten Stern, den sie erblickte, fiel eine Sternschnuppe herab. Die Stimme, die zu ihr drang, sagte ihr, sie dürfe sich etwas wünschen, und sie wünschte es sich von ganzem Herzen. Vor sich sah sie plötzlich, in einen langen schwarzen Mantel gehüllt, einen Fremden stehen, der nicht zu den roten und blauen Reitern gehörte, er verbarg sein Gesicht in der Nacht, aber obwohl sie ihn nicht sehen konnte, wußte sie, daß er um sie geklagt und für sie voller Hoffnung gesungen hatte, mit einer nie gehörten Stimme, und daß er gekommen war, um sie zu befreien. Er hielt ihren Rappen am Zügel, und sie bewegte leise die Lippen und fragte: Wer bist du? wie heißt du, mein Retter? wie soll ich dir danken? Er legte zwei Finger auf seinen Mund, das erriet sie, er hieß sie schweigen, er bedeutete ihr, ihm zu folgen, und schlug seinen schwarzen Mantel um sie, damit niemand sie sehen konnte. Sie waren schwärzer als schwarz in der Nacht, und er führte sie und den Rappen, der leise seine Hufe aufsetzte und nicht wieherte, durch das Lager und ein Stück in die Steppe hinaus. Die Prinzessin hatte noch immer seinen wunderbaren Gesang im Ohr und sie war dieser Stimme verfallen, die sie wiederhören wollte. Sie wollte ihn bitten, mit ihr stromaufwärts zu ziehen, aber er antwortete nicht und übergab ihr die Zügel. Sie war noch immer in der größten Gefahr, und er gab ihr ein Zeichen, zu reiten. Da hatte sie ihr Herz verloren, und sie hatte doch sein Gesicht immer noch nicht gesehen, weil er es verbarg, aber sie gehorchte ihm, weil sie ihm gehorchen mußte. Sie schwang sich auf ihren Rappen, sie sah stumm auf ihn nieder und wollte ihm in ihrer und in seiner Sprache etwas sagen zum Abschied. Sie sagte es mit den Augen. Doch er wandte sich ab und verschwand in der Nacht.

Der Rappe begann zu traben, in Richtung des Flusses, von dem die feuchte Luft ihm eine Kunde gab. Die Prinzessin weinte zum ersten Mal in ihrem Leben, und es fanden die späteren Völkerwanderer einige Flußperlen in dieser Gegend, die sie ihrem ersten König brachten und die in die Heilige Stephanskrone, mit den ältesten Edelsteinen, bis auf den heutigen Tag eingegangen sind.

Als sie das freie Land gewann, ritt sie viele Tage und Nächte lang stromaufwärts, bis sie in eine Gegend kam, wo der Strom sich verlor in unzählige, nach allen Richtungen sich teilende Nebenarme. Sie geriet in einen einzigen Morast, überwachsen von krüppeligen Weidenbüschen. Noch war das Wasser auf seinem normalen Stand, die Büsche bogen und wiegten sich raschelnd im immerwährenden Wind der Ebene, in dem die Weiden sich nie erheben konnten, sondern krüppelig blieben. Sanft schwankten sie wie das Gras, und die Prinzessin hatte die Orientierung verloren. Es war, als wäre alles in Bewegung geraten, Wellen aus Weidengezweig, Wellen aus Gräsern, die Ebene lebte und kein Mensch außer ihr lebte darin. Die Fluten der Donau, erleichtert, dem Zwang der unverrückbaren Ufer entronnen zu sein, nahmen ihren eigenen Lauf, verloren sich im Labyrinth der Kanäle, deren Geäder die aufgeschütteten Inseln durchschnitt in breite Straßen, durch die das Wasser mit Getöse dahinschoß. Lauschend, zwischen den schäumenden Stromschnellen, den Wirbeln und Strudeln, begriff die Prinzessin, daß das Wasser den sandigen Strand unterwusch und Stücke Ufers mit ganzen Weidengruppen verschlang. Inseln versanken, und Inseln schüttete es neu auf, die jeden Tag Gestalt und Größe änderten, und so würde die Ebene leben, wechselvoll, bis zu der Zeit des Hochwassers, wenn unter den steigenden Fluten Weiden und Inseln spurlos verschwinden. Am Himmel war ein rauchiger Fleck, aber nichts war von den blauenden Höhenzügen des Landes der Prinzessin zu sehen. Sie wußte nicht, wo sie war, sie kannte nicht die Thebener Höhen, die Ausläufer der Karpaten, die alle namenlos waren, und sie sah nicht die March, die sich hier in die Donau stiehlt, und noch weniger wußte sie, daß hier einmal eine Grenze durchs Wasser gezogen würde, zwischen zwei Ländern mit Namen. Denn es gab damals keine Länder und keine Grenzen dazu.

Auf einer Schotterbank war sie von ihrem Rappen gestiegen, der nicht mehr weiterkonnte, sie sah die Fluten schlammig und schlammiger werden und fürchtete sich, weil es das Anzeichen für Hochwasser ist, sie sah keinen Ausweg mehr aus der befremdlichen Landschaft, die nur aus Weiden, aus Wind und aus Wasser war, sie führte ihr Pferd langsam weiter, betört von dem Reich aus Einsamkeit, einem verschlossenen verwunschenen Reich, in das sie geraten war. Sie begann, nach einem Nachtlagerplatz Ausschau zu halten, denn die Sonne ging unter, und das ungeheure Lebewesen, das dieser Strom war, verstärkte seine Laute und Stimmen, sein Klatschen, sein anschwellendes Gelächter am Ufergestein, sein zartes Flüstern an einer ruhigen Strombiegung, sein zischendes Aufkochen, sein beständiges Grollen auf dem Grund, unter allen Geräuschen der Oberfläche. Schwärme grauer Krähen näherten sich am Abend und die Kormorane fingen an, die Ufer zu säumen, die Störche fischten im Wasser und Sumpfvögel aller Art kreisten mit gereizten, weithin hallenden Schreien in der Luft.

Man hatte der Prinzessin als Kind von diesem erntesten Land an der Donau gesprochen, von seinen Zauberinseln, wo man Hungers starb, aber auch die Gesichte bekam und das höchste Entzücken im Furioso des Untergangs erlebte. Die Prinzessin meinte, daß die Insel sich mit ihr bewegte, trotzdem war es nicht die dahindonnernde Wasserflut, vor der sie Furcht überkam, sondern es waren Angst und Verwunderung in ihr und eine niegekannte Unruhe, die von den Weiden ausging. Etwas Tiefbedrohliches ging von ihnen aus und legte sich schwer auf das Herz der Prinzessin. Sie war an die Grenze der Menschenwelt gekommen. Die Prinzessin beugte sich zu ihrem Rappen nieder, der sich erschöpft hingestreckt hatte, einen klagenden Laut von sich gab, denn auch er fühlte, daß es keinen Ausweg mehr gab, und er verlangte, mit einem schon sterbenden Blick, nach der Verzeihung der Prinzessin, er konnte sie nicht mehr durch das Wasser und über das Wasser tragen. Die Prinzessin legte sich in die Mulde neben dem Pferd nieder, und eine Bangnis wie noch nie war in ihr, die Weiden zischelten immer mehr, sie raunten, sie lachten, sie schrien schrill auf und stöhnten seufzend. Kein Heer von Soldaten verfolgte sie mehr, aber ein Heer fremder Wesen umzingelte sie, die Myriaden von Blättern flatterten über den buschigen Häuptern der Weiden, sie war in der Region des Flusses, wo er ins Totenreich führt, und sie hatte die Augen weit offen, als die gewaltigste Kolonne aus Schattenwesen auf sie zurückte, und einen Augenblick, um das Heulen des fürchterlichen Winds nicht mehr zu hören, vergrub sie den Kopf in ihren Armen und sprang sogleich wieder auf, von einem tappenden scheuernden Geräusch wachsam gemacht. Sie konnte nicht vor und nicht zurück, sie hatte nur die Wahl zwischen dem Wasser und der Übermacht der Weiden, aber in der größten Finsternis ging ein Licht an vor ihr, und da sie wußte, daß es kein Menschenlicht, sondern nur ein Geisterlicht sein konnte, ging sie in Todesangst darauf zu, aber bezaubert, bestrickt.

Es war kein Licht, es war eine Blume, gewachsen in der entfesselten Nacht, röter als rot und nicht aus der Erde gekommen. Sie streckte die Hand nach der Blume aus, da berührte ihre Hand zugleich mit der Blume eine andere Hand. Der Wind und das Gelächter der Weiden verstummten, und in dem aufgehenden Mond, der weiß und befremdlich die stiller werdenden Wasser der Donau beschien, erkannte sie den Fremden in dem schwarzen Mantel vor sich, er hielt ihre Hand und mit zwei Fingern der anderen Hand bedeckte er seinen Mund, damit sie nicht wieder fragte, wer er sei, aber er lächelte aus den dunklen warmen Augen auf sie nieder. Er war schwärzer als vorher das Schwarz um sie, und sie sank zu ihm hin und in seinen Armen auf den Sand nieder, er legte ihr die Blume wie einer Toten auf die Brust und schlug den Mantel über sie und sich.

Die Sonne stand schon hoch am Himmel, als der Fremde die Prinzessin aus ihrem totenähnlichen Schlaf weckte. Er hatte die wahren Unsterblichen, die Elemente, zum Schweigen gebracht. Die Prinzessin und der Fremde begannen zu reden, wie von alters her, und wenn einer redete, lächelte der andere. Sie sagten sich Helles und Dunkles. Das Hochwasser war gesunken, und ehe die Sonne unterging, hörte die Prinzessin ihren Rappen aufstehen, schnauben und durch das Gebüsch traben. Sie erschrak bis in ihr tiefstes Herz und sagte: Ich muß weiter, ich muß noch den Fluß hinauf, komm mit mir, verlaß mich nie mehr!

Aber der Fremde schüttelte den Kopf, und die Prinzessin fragte: Mußt du zu deinem Volk zurück?

Der Fremde lächelte: Mein Volk ist älter als alle Völker der Welt und es ist in alle Winde zerstreut.

So komm doch mit! rief die Prinzessin, vor Schmerz und Ungeduld, aber der Fremde sagte: Geduld, hab Geduld, denn du weißt ja, du weißt. Über Nacht hatte die Prinzessin das zweite Gesicht bekommen, und darum sagte sie unter Tränen: Ich weiß, wir werden einander wiedersehen.

Wo? fragte der Fremde lächelnd, und wann? denn wahr ist der endlose Ritt.

Die Prinzessin sah auf die erloschene, welkende Blume, die auf dem Boden liegengeblieben war und sagte, die Augen schließend, auf der Schwelle des Traumes: Laß mich sehen!

Langsam begann sie zu erzählen: Es wird weiter oben am Fluß sein, es wird wieder Völkerwanderung sein, es wird in einem anderen Jahrhundert sein, laß mich raten? es wird mehr als zwanzig Jahrhunderte später sein, sprechen wirst du wie die Menschen: Geliebte ...

Was ist ein Jahrhundert? fragte der Fremde.

Die Prinzessin nahm eine Handvoll Sand und ließ ihn rasch durch die Finger laufen, sie sagte: Soviel ungefähr sind zwanzig Jahrhunderte, es wird dann Zeit sein, daß du kommst und mich küßt.

Dann wird es bald sein, sagte der Fremde, sprich weiter! Es wird in einer Stadt sein und in dieser Stadt wird es in einer Straße sein, fuhr die Prinzessin fort, wir werden Karten spielen, ich werde meine Augen verlieren, im Spiegel wird Sonntag sein.

Was sind Stadt und Straße? fragte der Fremde betroffen. Die Prinzessin geriet ins Staunen, sie sagte: Aber das werden wir bald sehen, ich weiß nur die Worte dafür, doch wir werden es sehen, wenn du mir die Dornen ins Herz treibst, vor einem Fenster werden wir stehen, laß mich ausreden! es wird ein Fenster voller Blumen sein, und für jedes Jahrhundert wird eine Blume dahinter aufgehoben sein, mehr als zwanzig Blumen, daran werden wir erkennen, daß wir am richtigen Ort sind, und es werden die Blumen alle wie diese Blume hier sein!

Die Prinzessin schwang sich auf ihren Rappen, sie ertrug die Wolken nicht mehr, denn der Fremde entwarf schweigsam seinen und ihren ersten Tod. Er sang ihr nichts mehr zum Abschied, und sie ritt ihrem Land mit den blauen Hügeln entgegen, das in der Ferne auftauchte, in einer fürchterlichen Stille, denn er hatte ihr den ersten Dorn schon ins Herz getrieben, und inmitten ihrer Getreuen im Burghof fiel sie blutend von ihrem Rappen. Sie lächelte aber und lallte im Fieber: Ich weiß ja, ich weiß!

Francisco de Goya: Das Pferd als Frauenräuber

ALFRED KUBIN

Das Geisterpferd

So ging unser zweites Jahr im Traumreich seinem Ende entgegen. Meine Frau wurde jetzt auch bei Tage von Furchtvorstellungen gequält. Die Küche lag auf der Rückseite unserer Wohnung, durch ein Fenster sah man auf den Hof der Molkerei hinab; in dessen Mitte befand sich ein Brunnenschacht, weiter hinten ein paar Stalltüren.

»In diesem Brunnen spukt es«, behauptete sie. Seltsames Fauchen und Klopfen wollte sie oft gehört haben. Mir fiel nichts auf. Um ihr aber einen Gefallen zu erweisen, nahm ich mir vor, einmal nachzusehen, und ich ging. Unter dem Vorwand, die Molkerei besichtigen zu wollen, klopfte ich einen schwerhörigen Schweizer heraus. Seine Begriffsstutzigkeit reduzierte ich durch ein schönes Trinkgeld. Ich solle ansehen, was mir passe, schrie er mir ins Ohr und verzog sich wieder in seine Kammer. Mir selbst überlassen, konnte ich also meine Untersuchung leicht ins Werk setzen. Rasch durchschritt ich eine ganze Flucht schlecht erleuchteter Räume. Das Gebäude war ziemlich tief in die Erde eingelassen, das bißchen Licht zwängte sich oben durch kleine vergitterte Fenster. Auf langen Holzgestellen standen viele flache, runde Gefäße, in den Winkeln befanden sich hölzerne Kübel. Alle waren bis an den Rand mit Milch gefüllt. Ein Gewölbe diente lediglich zur Aufbewahrung verschiedener Werkzeuge. Da hingen die Wände voll von Blechgeschirren, hölzernen Platten, Brettchen. Ich suchte eilig den Hof; anstatt aber einen Ausweg dorthin zu finden, traf ich jetzt nur noch finstere Kammern, in denen große Kessel über erloschenen Feuerstätten hingen. Ein scharfer Geruch von Käsen beizte meine Nase. Da lagen sie, stanken und tropften, regelmäßige Reihen in allen Größen – ein unappetitliches Gelaß, schmal und lang, die verschimmelten Wände voll von Spinnweben. Hier konnte es nicht sein – ich lief wieder zurück. In dieser Gleichförmigkeit von Käse, Butter und Milch kannte ich mich aber nicht mehr aus. Ich verirrte mich und gelangte in einen augenscheinlich ganz unbenutzten Teil des Souterrains. Die gewölbte Decke war niedrig, und rostige Eisenketten hingen an schweren Haken herab. Man konnte kaum noch sehen, der schlüpfrige Boden schien sich etwas zu senken. Auf einmal stolperte ich über ein paar glitschige Stufen und stand nun gänzlich im Dunkeln. Tiefe Nacht und eisige Kellerluft – oben hörte ich irgendwo eine Tür zufallen! Gottlob – ich hatte ein paar Wachsstreichhölzer bei mir. – Da vernahm ich mit einem Male von weit, weit her ein Geräusch. Es klang wie entferntes Hämmern, wurde aber mit unheimlicher Schnelligkeit immer deutlicher. Beim Schein eines Streichholzes sah ich, daß ich mich in einem Gang befand. Mich packte tödliche Angst. ›Fort von hier – nur fort von hier!‹ war mein einziger Gedanke. Ich rannte und stieß manches Mal mit dem Schädel an die triefenden Wände. Hinter mir jedoch schwoll das Tosen – ein furchtbares, taktmäßiges Dröhnen wie ein Galopp. Meine Lichtchen wurden immer weniger, die feuchte Luft ließ keine Flamme aufkommen. Der Schall kam näher, ich wurde augenscheinlich verfolgt. Jetzt konnte ich deutlich ein Ächzen und Blasen unterscheiden. Das schnitt mir derartig ins Mark, daß ich glaubte, wahnsinnig zu werden. Wie gepeitscht stürzte ich weiter, doch da verließ mich die Kraft, und der Ohnmacht nahe fiel ich auf die Knie. Hilflos hielt ich meine Hände der anstürmenden Gefahr entgegen, auf dem Boden flackerten meine letzten Streichhölzer. Da tobte es auch schon heran – ein kalter Wind erfaßte mich – ich erblickte ein weißes, abgemagertes Pferd, obwohl ich es nur unscharf sah, bemerkte ich doch seinen entsetzlichen Zustand. Die große Mähre war fast verhungert und schleuderte mit verzweifelter Kraft ihre riesigen Hufe. Den knochigen Schädel weit vorgestreckt, die Ohren rückwärts angelegt, so jagte dieses Tier an mir vorüber. Sein trübes, glanzloses Auge traf mich – es war blind. Ich hörte das Knirschen seiner Zähne, und als ich ihm aufschaudernd nachblickte, sah ich sein zerschundenes, blutiges Hinterteil glänzen. Der

Alfred Kubin: Das Geisterpferd

rasende Galopp dieses lebenden Skeletts kannte kein Einhalten. Ich tastete mich weiter, während das Dröhnen verhallte, gequält von dem Anblick dieser schrecklichen Knochen. Bald erblickte ich in der Ferne eine rettende Gasflamme. Nur verschwommen konnte ich sie sehen, denn ein Nervenschock packte mich. Meine Zunge wurde starr und mein Körper wie Stein. Als der Anfall vorüber war, schleppte ich mich dem Lichte entgegen. – Eine Stiege tauchte auf – noch ein Licht –. Dann hörte ich Menschen und betrat einen bekannten Raum. – Ich befand mich im Kaffeehause.

Roß und Reiter

NIKOLAUS LENAU

Das Roß und der Reiter

Die frische Quelle rinnt herab am Steingesenke,
Der Reiter führt sein Roß zur lang ersehnten Tränke.

Aus Bergesadern kühl die klaren Fluten fließen,
In heiße Adern sich des Pferdes zu ergießen.

Der Reiter schaut sein Roß mit innigem Vergnügen,
Wie es die Flut einzieht in lustgedehnten Zügen;

Und wie die Wellen ihm die Mähne wiegend spülen,
Und wie sie, eingeschlürft, das heiße Blut ihm
kühlen.

Der Rappe möchte gern im durstenden Verlangen
Jeglichen Wasserguß, der ihm enteilt, empfangen;

Doch wie er unten trinkt, hört oben schon sein
Lauschen
Den reichen Überfluß verheißend niederrauschen.

Der Reiter hat sich auch am Quelle kühl getrunken,
Steht nun im großen Blick des Hochgebirgs
versunken.

Er starrt auf Alpen hin, ihr seliges Umnachten,
Das leise Zauberspiel des Lichtes zu betrachten;

Wie mit den fernen Höhn die Strahlen dort
verkehren
Und sich in stiller Glut im letzten Kuß verzehren.

Und auf den Wandrer sinkt, den düstern,
sehnsuchtskranken,
Der frische Seelentau der himmlischen Gedanken.

Es strömt auf ihn herab die ewge Liebesquelle,
Es kann sein durstend Herz nicht fassen jede Welle;

Doch kann sein Herz auch nicht den ganzen Strom
behausen,
So hört er oben schon die ewge Fülle brausen.

VERGIL

Pferdezucht

Ob ein Mann, den Preis olympischer Palmen
bewundernd,
Rosse sich hält, ob lieber zum Pflügen kräftige Stiere,
sorglichst wähl' er die Mütter zunächst.
[. . .]

Ebenso walte sorgliche Wahl beim Kören der
Hengste.

Die zur Zucht du bestimmst, des Stammes künftige Hoffnung,
hege von zartester Jugend schon mit liebender Mühe.
Gleich von Geburt an schreitet ein Füllen von rassiger Mutter
stolzer einher im Gefilde und setzt gar zierlich die Schenkel.
Stets an der Spitze sprengt es dahin, durch dräuende Ströme
wagt es sich kühn und traut noch nie betretenen Brücken,
schrickt nicht zusammen bei eitlem Geräusch. Steil trägt es den Nacken,
schmal ist der Kopf, die Weiche gedrang, gepolstert die Kruppe,
muskelprangend die mutige Brust. Am höchsten begehrt sind
Apfelschimmel und Brauner, die minderwertigste Farbe
haben die Gelbschimmel. Tönt nun von fern das Klirren der Waffen,
kennt es kein Halten, zuckt mit den Ohren und zittert und stampft und
stößt aus schnaubenden Nüstern den Dampf des inneren Feuers.
Rechts fällt dicht ihm die Mähne vom Bug, sooft es sie schüttelt,
breit gefurcht durchzieht die Lenden das Rückgrat, der Hufschlag
höhlt die Erde und dröhnt laut auf von kräftigem Horne.
So war der Hengst, den Pollux gezähmt mit herrischem Zügel,

Kyllarus, so das edle, von Griechenlands Dichtern gerühmte
Doppelgespann des Mars und die Renner des großen Achilles.
So ließ, selbst sich wandelnd zum Roß, die Mähne vom Nacken
flattern Saturn, von der Gattin ertappt, und hurtig entfliehend
füllte er Pelions Felsengeklüft mit hellem Gewieher.

Schwächt aber Krankheit den Hengst und kommt er zu trägeren Jahren,
lasse auch ihn dann zu Haus, ohne Nachsicht mit wertlosem Alter.
Frostig ist zur Paarung der Ältere, treibt nur vergeblich
danklos-mühsames Werk; und kommt es wirklich zum Kampfe,
gleicht er dem Feuer im Stroh, das knattert empor und verflattert,
rast und versagt. Drum achte auf Mut vor allem und Jugend,
dann erst auf Vorzüge anderer Art, auf den Stammbaum der Eltern,
ob der Besiegte sich grämt, der Sieger sich freut seiner Palme.
Sieh nur, sieh, wie gestreckten Galopps wettlaufend die Bahn hin
rasen und rennen, dem Start in Nu entflohn, die Gespanne!
Bald reißt Hoffnung die Jünglinge hoch, bald stocken die Herzen,
eben noch jauchzend, vor Angst! Sie drohn, sie wirbeln die Peitsche,

Zügel verhängt, vornüber; es fliegt rotglühend die
Achse.
Jetzt noch am Boden hin, gleich schon emporgerafft
scheinen durch leere
Luft sie zu jagen und hoch zu steigen auf Flügeln des
Windes,
ohne Rast, ohne Ruh! Aufwirbelt gelblichen Sandes
Wolke. Sie triefen, vom Schaum befleckt nachhetzender
Renner.
So brennt Liebe zum Ruhm, so dürstet das Herz nach
dem Siege.
Erichthonius wagte zuerst, vier Renner dem Wagen
anzujochen und fliegend zu stehn auf Rädern als Sieger.
Zügel erfand der Lapithen Geschlecht und Volten zu
schlagen
fest im Sitz auf dem Roß. Sie lehrten gewappnete Reiter
tänzelnd einherzusprengen und stolzen Schrittes zu
traben.
Beiderlei Mühe ist gleich, drum wählen die Meister
entsprechend
jung das Roß, voll Feuer und stürmenden Laufes. Der
Althengst
zählt nicht mehr mit, obwohl er so oft doch die Feinde
gejagt hat,
und Epirus als Vaterland rühmt und Mykene, der
Helden
Wiege, und gar sein Geschlecht herleitet vom Ahnherrn
Neptunus.

Dies beachten die Züchter. Doch kommt die Zeit der
Begattung,
sorgen sie wohl, daß derbe Mast feist mache den
Zuchthengst,

den sie zum Führer erwählt und dem Vieh zum Gatten bestimmten.
Blühende Kräuter schneiden sie ihm, sie reichen ihm Wasser,
reichen ihm Korn, daß kräftig er leiste erfreuliche Mühsal,
daß nicht schwächliche Kinder des Vaters Fasten verraten.
Stuten und Kühe jedoch läßt magerer werden der Züchter,
planvoll, und wenn sie der schon bekannte Trieb zur Begattung
stachelt, verweigert er ihnen das Laub und hält sie von Quellen
fern. Oft tummelt er sie im Lauf, hetzt ab sie in Hitze,
wenn beim Dreschen der Frucht schwer stöhnt die Tenne und flatternd
wirbelt die leere Spreu, gepackt vom nahenden Westwind.
All dies geschieht, daß nicht zu üppige Mast die Traglust
stumpfe der zeugenden Flur und träge Furchen verschlämme;
gierig sauge und berge ihr Schoß tief drinnen den Samen.

Jetzt überläßt man die Väter sich selbst und sorgt für die Mütter;
wenn ihre Zeit sich erfüllt und irrend die Trächtigen schweifen,
wird sie wohl niemand ins Joch einspannen des lastenden Fuhrwerks,
läßt sie auch nicht mehr im Sprung die Straße hinjagen, im scharfen

Trab die Wiesen durchstürmen und reißende Flüsse
durchschwimmen.
Einsame Waldwiesen weiden sie ab, sie grasen entlang
am
ruhigen Strom, auf Polstern aus Moos, am grünenden
Ufer,
Grotten schützen sie, kühl umfängt sie der Schatten der
Klüfte.
Rings um des Silarus Haine, den eichenbekrönten
Alburnus
schwärmt ein schwirrendes Tier. Asilus nennt es der
Römer,
Oistros der Grieche mit anderem Wort, die gefährliche
Bremse.
Gräßlich, surrenden Tons, davor in den Wäldern die
Herden
schreckengepeitscht zerstieben. Ein rasendes Brüllen
erschüttert
heftig den Äther, den Wald und das Ufer des seichten
Tanager.
Durch dies Scheusal wütete einst gegen Inachus' Tochter,
die sie gewandelt zur Kuh, die unheilsinnende Juno.
Halte es ja – denn es tobt im glühenden Mittag am
ärgsten –
fern von trächtigem Vieh, und weide die Tiere, wenn
morgens
eben die Sonne sich hebt oder Nacht mit Sternen
heranschwebt.
[...]

Liebt der Züchter den Krieg jedoch und wilde
Schwadronen,
oder auf Rädern dahin zu sausen entlang am Alpheus

dort in Pisa, in Juppiters Hain im Fluge der Rennbahn,
lehre zunächst er sein Pferd, wildwogende Waffen zu schauen,
schmetternder Hörner Signal zu ertragen und knirschenden Rades
schleifenden Ton und im Stalle zu hören die klirrenden Zügel.
Dann aber lerne es mehr und mehr, an des schmeichelnden Lehrers
Lob sich zu freun und am klatschenden Schall des getätschelten Nackens.
All dies wage es gleich zu Beginn, vom Euter der Mutter
eben entwöhnt, und reiche der weichen Halfter den Mund hin,
schwach noch und zitternd, noch nicht sich bewußt der Kraft seiner Jugend.
Nahm aber nach drei Sommern der vierte Sommer es auf, dann
lerne es gleich, im Kreise zu laufen und tönenden Taktes
Schritte zu setzen, es krümme im Wechsel federnd die Schenkel
einem sich Mühenden gleich. Doch dann, dann darf es zum Wettlauf
fordern die Lüfte, hinfliegend durchs offne Gefilde, als sei es
frei von Zügeln. Kaum haftet die Spur ganz oben im Sande.
Gleich wie der Nordwind stramm von den Küsten hoch oben im Norden
antobt, Skythiens Stürme und regenloses Gewölke
breithin treibt, dann schauern die hohen Saaten und flachen

Giovanni Segantini: Galoppierendes Pferd

Seen im sanften Hauch, laut rauschen die Wipfel der Wälder
und zum Gestade hin drängen in weitem Bogen die Wogen;
er aber fliegt, hinfegend im Sturm durch Fluren und Fluten.
So wird das Roß im elischen Feld am Ziele der großen
Rennbahn schwitzen und blutigen Schaum ausstoßen vom Maule,
oder auch belgische Streitwagen ziehn, geschmeidigen Nackens.
Jetzt erst, wenn sie gezähmt, jetzt lasse den mächtigen Körper
wachsen durch kräftiges Futtergemisch. Denn vor ihrer Zähmung
wird unbändig sich bäumen ihr Mut, sie weigern dem Griff sich,
wollen die Peitsche nicht dulden, dem Wolfszaum nimmer sich fügen.

Ich kaufe einen mexikanischen Buschklepper

Ich beschloß, mir ein Reitpferd zuzulegen. Niemals hatte ich außerhalb eines Zirkus solch eine wilde, freie, großartige Reitkunst gesehen, wie sie diese malerisch gekleideten Mexikaner, Kalifornier und mexikanisierten Amerikaner jeden Tag in den Straßen von Carson zum Besten gaben. Wie sie ritten! Sich unmerklich aus der Senkrechten vorlehnend, lässig und gleichmütig, mit hochgeklappter Sombrerokrempe und über dem Kopf schwingender langer Riata, fegten sie jeden Tag wie der Wind durch die Straßen der Stadt! Im nächsten Augenblick waren sie nur noch ein treibendes Staubwölkchen draußen in der Wüste. Wenn sie Trab gingen, saßen sie graziös und elegant im Sattel und schienen mit dem Pferd verwachsen. Sie hüpften nicht nach »Tante Emma«-Art wie in den Reitschulen albern auf und ab. Ich hatte rasch gelernt, ein Pferd von einer Kuh zu unterscheiden und brannte vor Neugier, mehr zu lernen. Ich war entschlossen, ein Pferd zu erwerben.

Während dieser Gedanke mir im Kopf herumging, kam der Auktionator auf einem schwarzen Biest über die Plaza gebraust, das so viele Ausbuchtungen und Ekken hatte wie ein Dromedar und entsprechend häßlich war. Doch der Auktionator rief: »Auf, auf, Leute, zweiundzwanzig Dollar – Pferd, Sattel und Zügel für zweiundzwanzig Dollar, Gentlemen!«, und ich konnte kaum widerstehen.

Ein Mann, den ich nicht kannte (wie sich herausstellte,

der Bruder des Auktionators) bemerkte den verlangenden Blick in meinen Augen und sagte beiläufig, das sei für diesen Preis ein sehr beachtliches Pferd, und er fügte hinzu, allein der Sattel sei das Geld schon wert. Es war ein spanischer Sattel mit schweren Tapaderos und dem sperrigen Bezug aus Sohlenleder mit dem unaussprechlichen Namen. Ich sagte, ich wäre vielleicht nicht abgeneigt, zu bieten. Darauf schien dieser scharfäugige Mann mich zu »taxieren«; als er jedoch sprach, wies ich jeden Verdacht von mir, denn seine ganze Art war geprägt von unschuldiger Offenheit und Ehrlichkeit.

»Ich«, sagte er, »kenne dieses Pferd – ich kenne es gut. Da Sie hier fremd sind, wie ich annehme, könnten Sie es für ein amerikanisches Pferd halten, vielleicht, sage ich, aber ich versichere Ihnen, das ist es nicht. Es ist nichts dergleichen, sondern – verzeihen Sie, daß ich so leise spreche, aber es sind Leute in der Nähe – es ist ohne den mindesten Zweifel ein waschechter mexikanischer Buschklepper!«

Ich wußte nicht, was ein waschechter mexikanischer Buschklepper war, aber in der Art, wie der Mann es sagte, lag etwas, das mich innerlich schwören ließ, mir entweder einen mexikanischen Buschklepper zuzulegen oder zu sterben. »Hat er noch andere ... äh ... Vorzüge?« fragte ich, meinen Eifer nach Kräften unterdrükkend.

Er hakte seinen Zeigefinger in die Tasche meines Armee-Hemds, führte mich auf die Seite und hauchte mir beschwörend die Worte ins Ohr: »Kann alles in Amerika überbocken!«

»Vierundzwanzigeinhalb Dollar zum zweiten, meine...«

»Siebenundzwanzig!« rief ich wie von Sinnen.

»Zum dritten!« sagte der Auktionator und übergab mir den echten mexikanischen Buschklepper.

Ich konnte meinen Triumph kaum verbergen. Ich bezahlte das Geld und brachte das Pferd in einen nahen Mietstall, damit es zu Mittag essen und sich ausruhen konnte.

Am Nachmittag führte ich den Gaul auf die Plaza, einige Bürger hielten ihn am Kopf, andere am Schwanz, während ich mich in den Sattel schwang. Sobald sie losließen, ordnete er seine vier Füße zu einem Bündel an, drückte den Rücken durch, wölbte ihn dann plötzlich hoch und beförderte mich drei bis vier Fuß pfeilgerade in die Luft! Ebenso gerade kam ich wieder herunter, schlug schwer in den Sattel, flog sogleich wieder hoch, kam beinahe auf den hohen Sattelknauf herunter, schoß erneut nach oben und landete auf dem Hals des Pferdes – alles innerhalb von drei, vier Sekunden. Dann stieg er beinahe senkrecht auf die Hinterhand und ich, mich verzweifelt an den Hals klammernd, rutschte in den Sattel zurück, wo ich mich festhielt. Kaum war sie wieder unten, warf die Mähre die Hacken in die Luft, gab dem Himmel einen hinterlistigen Tritt und stellte sich auf seine Vorderfüße. Dann kam sie wieder mal herunter und fing von neuem mit der bekannten Übung an, mich kerzengerade in die Luft zu schießen. Als ich zum drittenmal aufstieg, hörte ich einen Fremden sagen: »Mensch, wie der bockt!«

Während ich gerade oben war, versetzte jemand mit einem Lederriemen dem Pferd einen klatschenden Schlag, und als ich wieder unten ankam, war der echte mexikanische Buschklepper nicht mehr da.

Ein Jüngling aus Kalifornien verfolgte ihn, fing ihn wieder ein und fragte, ob er ihn mal reiten dürfe. Ich gewährte ihm dieses Vergnügen.

Er bestieg den Echten, wurde einmal in die Luft geschleudert, aber beim Herunterkommen gab er dem Pferd die Sporen und es schoß davon wie ein Telegramm. Vogelgleich setzte es über drei Zäune und verschwand die Straße hinunter in Richtung Washoe Valley.

Seufzend setzte ich mich auf einen Stein und einem Trieb der Natur folgend, legte ich eine Hand auf die Stirn, die andere auf meine Magengrube. Ich glaube, bis dahin war mir noch nie richtig aufgegangen, wie schlecht es um die menschlichen Gliedmaßen bestellt ist – denn ich hätte noch zwei weitere Hände benötigt, um sie anderswo draufzulegen. Keine Feder kann beschreiben, wie ich durchgerüttelt war – ich war innerlich, äußerlich und überhaupt verstört, aufgerührt und völlig aus dem Gleichgewicht. Doch eine teilnahmsvolle Menge umstand mich.

Ein ältlicher Tröster sagte: »Du bist reingelegt worden, Fremder. Jedermann im Camp kennt diesen Gaul. Jedes Kind, jeder Indianer hätte dir sagen können, daß er bockt. Im Bocken ist er der allerschlimmste Teufel von ganz Amerika. *Mir* kannst du glauben. Ich bin Old Curry, Old Abe Curry. Außerdem ist's ein echter, durch und durch, originaler, verdammter mexikanischer Schandgaul, und dazu ein ganz gemeiner. Warum, du Einfaltspinsel, hast du nicht den Schnabel gehalten und abgewartet? Für ein paar Lappen mehr, als du für dieses alte, verdammte ausländische Gerippe bezahlt hast, läßt sich doch ein *amerikanisches* Pferd kriegen!«

Ich ließ mir nichts anmerken, beschloß jedoch, falls der Bruder des Auktionators beerdigt werden sollte, solange ich mich im Territorium aufhielt, alle anderen Vergnügungen aufzuschieben und daran teilzunehmen.

Nach einem Galopp von sechzehn Meilen kamen

der kalifornische Jüngling und der echte mexikanische Buschklepper in die Stadt zurückgetobt, und spritzten mit Schaumflocken um sich wie ein Taifun mit Gischt. Zum Abschluß setzten sie über einen Schubkarren und einen Chinesen und warfen dann vor dem »Landhaus« Anker.

Welch ein Keuchen und Schnaufen! Wie sich die roten Nüstern des Pferdes zusammenzogen und blähten und wie die wilden Augen funkelten! Doch war das königliche Tier gezähmt? Mitnichten. Seine Lordschaft, der Präsident des Hohen Hauses, glaubte es jedenfalls und schwang sich in den Sattel, um zum Kapitol zu reiten. Aber der erste Satz, den das Vieh machte, führte über einen Stapel von Telegraphenmasten, halb so hoch wie ein Kirchturm, und seine Zeit bis zum Kapitol – es sind eindreiviertel Meilen – ist bis heute nicht unterboten. Aber er verschaffte sich einen Vorteil, indem er die Meile ausließ und nur die drei Viertel lief. Er wählte die kürzeste Entfernung querfeldein und zog Zäune und Gräben einer gewundenen Straße vor; und als der Präsident am Kapitol angelangt war, äußerte er, er sei so viel in der Luft gewesen, daß er glaube, auf einem Kometen geritten zu sein.

Am Abend kam der Präsident zurück. Er ging zu Fuß, um sich ein wenig Bewegung zu machen, und den Buschklepper hatte er hinten an einen Quarzwagen angebunden. Am nächsten Tag lieh ich das Pferd dem Schriftführer des Hohen Hauses, der damit zur sechs Meilen entfernten Dana-Silbermine reiten wollte, und auch er kam zu Fuß zurück und führte das Pferd am Zügel. Jeder, dem ich dieses Pferd lieh, beendete den Ritt mit einem Fußmarsch; sie konnten sich auf keine andere Art Bewegung verschaffen. Doch ich verlieh den Klepper weiterhin an jeden, der ihn mal haben wollte, denn ich hoffte, es würde ihn einer zum Krüppel machen und ihn dann am Hals haben oder es würde ihn einer zu Tode reiten, der ihn mir bezahlen müßte. Aber irgendwie geschah dem Klepper nie etwas. Er überstand Gefahren, die kein anderes Pferd überstanden hätte und kam immer mit heiler Haut davon. Es gehörte zu seinen liebsten Gewohnheiten, Dinge zu versuchen, die bislang als unmöglich gegolten hatten, er jedoch schaffte sie immer. Manchmal verkalkulierte er sich ein bißchen und kriegte seinen Reiter nicht unversehrt durch, ab *er* kam immer davon. Natürlich versuchte ich ihn zu verkaufen, doch das hieß auf die Dummheit anderer spekulieren, was auf wenig Gegenliebe stieß. Der Auktionator raste auf dem Biest vier Tage lang durch die Straßen, verjagte die Einwohner, verursachte Verkehrsstaus, zertrampelte Kinder, und erhielt kein einziges Angebot – zumindest kein ernstgemeintes, abgesehen von den achtzehn Dollar, die ein bestochener notorisch abgebrannter Landstreicher bot. Die Leute lachten sich ins Fäustchen und zügelten ihre Kauflust, falls sie überhaupt eine hatten. Dann schickte mir der Auktionator die Rechnung und ich zog das Pferd vom Markt zurück. Jetzt versuchten wir, ihn auf eigene Rechnung loszuwerden, indem wir ihn mit Verlust gegen gebrauchte Grabsteine, Alteisen oder Temperenzler-Traktate anboten – gegen jede Art beweglicher Habe. Doch die Leute, die solche besaßen, blieben stur, und wir zogen uns wiederum vom Markt zurück. Ich versuchte nie mehr, diesen Gaul zu reiten. Für einen Mann wie mich war Laufen als Bewegung ausreichend, zumal mir außer Knochenbrüchen, inneren Verletzungen und dergleichen weiter nichts fehlte. Schließlich versuchte ich, ihn zu *verschenken.* Aber es klappte nicht. Die Leute sagten, an der Pazifikküste gäbe es Erdbeben genug – sie legten keinen Wert darauf, eines im Stall zu haben. Als letzte Verzweiflungstat bot ich ihn dem Gouverneur für die Brigade an. Zuerst leuchtete sein Gesicht lebhaft auf, verfinsterte sich aber wieder, und er sagte, das Manöver wäre denn doch zu durchsichtig. Genau um diese Zeit kam der Mann vom Mietstall mit der Rechnung für sechs Wochen: für den Stall fünfzehn Dollar, für Heu zweihundertfünfzig Dollar! Der echte mexikanische Buschklepper hatte eine Tonne Heu gefressen, und hätte er ihn gewähren lassen, sagte der Mann, hätte er hundert gefressen. An dieser Stelle möchte ich in vollem Ernst etwas feststellen: während jenes Jahres und teilweise auch während des nächsten betrug der reguläre Preis für eine Tonne Heu in der Tat zweihundertfünfzig Dollar. Im Jahr zuvor hatte er zeitweise fünfhundert Golddollar pro Tonne betragen, und während des vorangegangenen Winters war Heu so knapp gewesen, daß selbst kleine Mengen nicht selten achthundert Dollar hartes Geld eingebracht hatten! Auf die Folgen brauche ich wohl nicht besonders hinzuweisen: die Leute ließen ihr Vieh los, damit es verhungerte, und bevor es Frühling wurde, waren Carson Valley und Eagle Valley buchstäblich mit Kadavern bedeckt! Jeder alte Siedler dort wird diese Angaben bestätigen.

Ich schaffte es, die Stallrechnung zu bezahlen, und am selben Tag gab ich den echten mexikanischen Buschklepper in die Hände eines durchziehenden Auswanderers aus Arkansas, den die Glücksgöttin mir in die Hände spielte. Sollte ihm jemals dieses Buch unter die Augen kommen, wird er sich der Gabe gewiß erinnern.

Nun, wer einmal das Vergnügen gehabt hat, einen echten mexikanischen Buschklepper zu reiten, wird das in diesem Kapitel beschriebene Tier wiedererkennen und die Schilderung kaum als übertrieben ansehen – die Nichteingeweihten aber dürfen sich jedenfalls berechtigt fühlen, sein Porträt als eine frei erfundene Skizze zu betrachten.

ALEXANDRE DUMAS

D'Artagnan und der Apfelsinengaul

An einem Montag im Herbst des Jahres 1626 schien der Marktflecken Meung in einem solchen Aufruhr zu sein, als wären die Hugenotten gekommen, um daraus ein zweites Rochelle zu machen. Zahlreiche Bürger beeilten sich, als sie die Frauen zur Hauptstraße stürzen sahen und die Kinder auf den Türschwellen schreien hörten, ihren Küraß umzuschnallen, und liefen, nachdem sie ihre ein wenig unsichere Haltung durch eine Muskete oder eine Partisane gefestigt hatten, zum Gasthof des »Freimüllers«, vor dem sich lärmend und neugierig ein dichter Haufe drängte, der von Minute zu Minute größer wurde.

Zu jener Zeit waren derartige Unruhen nicht selten, und es verging kaum ein Tag, ohne daß die eine oder andere Stadt ein ähnliches Ereignis in ihren Archiven zu verzeichnen hatte. Da waren die Edelleute, die sich untereinander befehdeten; da war der König, der mit dem Kardinal auf Kriegsfuß stand, und da war der Spanier, der den König bekriegte. Außer diesen offenen oder geheimen, wilden oder erklärten Fehden gab es schließlich noch die Diebe, die Bettler, die Hugenotten, die Wölfe und die Lakaien, die gegen alle Welt Krieg führten. Gegen Diebe, Wölfe und Lakaien griffen die Bürger stets zu den Waffen, gegen die Adligen und die Hugenotten oft, auch gegen den König manchmal – aber niemals gegen den Kardinal und den Spanier. Es geschah daher nur aus alter Gewohnheit, daß sich die Bürger, als sie an besagtem Montag im Herbst des Jahres 1626 Lärm hörten und weder die gelbrote Standarte noch eine Uniform des Herzogs von Richelieu erblickten, eilends zum Gasthof des »Freimüllers« begaben.

Hier wurde sogleich jedem die Ursache des Auflaufs klar: ein junger Mann ... Zeichnen wir sein Porträt mit einem einzigen Federstrich: Man denke sich einen achtzehnjährigen Don Quichotte, einen Don Quichotte ohne Rüstung und Harnisch, in einem wollenen Wams, dessen ehemals blaue Farbe einer unbestimmbaren Tönung aus Weinrot und Himmelblau gewichen war. Das Gesicht länglich und dunkel, die Backenknochen vorspringend, was auf Pfiffigkeit schließen läßt, die Kinnbacken ungewöhnlich stark ausgeprägt, woran man den Gascogner auch ohne Barett unfehlbar erkennt – und unser junger Mann trug sogar eins mit einem Federschmuck. Sein Auge war offen und klug, die Nase gebogen, aber edel geformt, und da er größer als ein Jüngling, doch noch kein ausgewachsener Mann war, hätte ein weniger geübtes Auge ihn für einen Pächterssohn auf Reisen halten können, wäre nicht der lange Degen gewesen, der von einem ledernen Gehänge herabbaumelte und beim Gehen seinem Träger gegen die Waden, beim Reiten gegen das struppige Fell seines Gaules schlug.

Unser junger Mann war nämlich beritten, und zwar

war sein Reittier so überaus bemerkenswert, daß es in der Tat bemerkt wurde: ein etwa zwölf bis vierzehn Jahre alter gelblicher Klepper aus dem Bearn, der wohl keine Schwanzhaare, dafür aber um so mehr Schwären an den Beinen hatte und der, obgleich er den Kopf bis zu den Knien herabhängen ließ, was den Gebrauch der Kandare überflüssig machte, noch immer seine acht Meilen am Tag zurücklegte. Unglücklicherweise wurden die Vorzüge dieses Gaules von seinem seltsamen Fell und seinem sonderbaren Gang so gut verdeckt, daß in einer Zeit, in der jedermann etwas von Pferden verstand, sein Erscheinen in Meung, wo er vor ungefähr einer Viertelstunde durch das Tor von Beaugency seinen Einzug gehalten hatte, ein Aufsehen hervorrief, das sich auch auf den Reiter ungünstig auswirkte.

Dieses Aufsehen war für den jungen d'Artagnan – so hieß der Don Quichotte dieser Rosinante – um so peinlicher, als er sich nicht verhehlen konnte, was für eine lächerliche Figur er, der sonst ein guter Reiter war, auf einem solchen Pferd abgab; hatte er doch bereits gestöhnt, als sein Vater es ihm anvertraute. Er wußte nur zu gut, daß dieses Tier keine sieben Taler wert war; die Worte, die das Geschenk begleitet hatten, waren allerdings unbezahlbar.

»Mein Sohn«, hatte der gascognische Edelmann gesagt, »dieses Pferd wurde vor bald dreizehn Jahren im Hause deines Vaters geboren, und es ist all die Zeit über hier geblieben, schon deshalb mußt du es lieben. Verkaufe es nie, laß es ruhig und ehrenvoll an Altersschwäche sterben, und ziehst du mit ihm ins Feld, dann sei gut zu ihm wie zu einem alten Diener! Solltest du die Ehre haben, an den Hof zu kommen, eine Ehre übrigens, auf die der alte Adel unseres Hauses dir ein Recht gibt, dann erweise dich deines Namens würdig, wie es deine Ahnen seit mehr als fünfhundert Jahren gehalten haben! Du tust es für dich und die Deinen. Unter den Deinen verstehe ich deine Verwandten und deine Freunde. Nimm keine Kränkung hin, es sei denn vom König oder vom Kardinal! Durch seinen Mut, versteh mich recht, nur durch seinen Mut kann heute ein Edelmann seinen Weg machen. Wer auch nur eine Sekunde zittert, läßt sich vielleicht den Köder entgehen, den ihm das Glück gerade in diesem Augenblick hinhält. Du bist jung, du mußt tapfer sein aus zwei Gründen: einmal, weil du ein Gascogner bist, und dann, weil du mein Sohn bist. Gehe keiner Gelegenheit aus dem Wege, suche die Abenteuer! Ich habe dich gelehrt, den Degen zu führen. Deine Knie sind aus Eisen, deine Handgelenke aus Stahl. Schlage dich, sooft es nur angeht, schlage dich um so mehr, als Duelle verboten sind und deshalb doppelter Mut dazu gehört. Ich kann dir, mein Sohn, nur fünfzehn Taler, mein Pferd und diese Ratschläge mit auf den Weg geben. Deine Mutter wird noch das Rezept einer gewissen Salbe hinzufügen, das sie von einer Zigeunerin bekommen hat; diese Salbe hat die wunderbare Eigenschaft, jede Wunde zu heilen, wenn nicht gerade das Herz getroffen ist. Mach dir alles zunutze, lebe glücklich und lange! Zum Schluß möchte ich dir noch eines sagen und dich auf ein Beispiel hinweisen, nicht auf das meine, denn ich selbst bin nie bei Hofe erschienen und habe nur die Religionskriege als Freiwilliger mitgemacht – ich meine vielmehr Herrn de Treville, der einst mein Nachbar war und schon als kleiner Junge die Ehre hatte, mit unserem König Ludwig XIII., den Gott uns erhalte, zu spielen. Ihre kindlichen Spiele arteten zuweilen in Schlägereien aus, und in diesen Schlägereien war der König nicht immer der Stärkere. Die Prügel, die er dabei einsteckte, erfüllten ihn mit großer Achtung und Freundschaft für Treville. Später, auf seiner ersten Reise nach Paris, hat sich Herr de Treville fünfmal geschlagen; in der Zeit vom Tode des seligen Königs bis zur Volljährigkeit des jungen siebenmal, Kriege und Belagerungen nicht eingerechnet, und von der Volljährigkeit bis auf den heutigen Tag an die hundertmal! Und trotz aller Edikte, Befehle und Verordnungen ist er jetzt Hauptmann der Musketiere, also der Führer einer Legion von Cäsaren, auf die der König große Stücke hält und die der Kardinal fürchtet, er, der sich, wie jedermann weiß, nicht leicht fürchtet. Überdies bezieht Herr de Treville zehntausend Taler im Jahr, er ist also ein sehr vornehmer Herr. Er hat begonnen wie du. Suche ihn mit diesem Brief auf und richte dich ganz nach ihm, um es ihm gleichzutun!« Damit gürtete Vater d'Artagnan seinem Sohn den eigenen Degen um, küßte ihn liebevoll auf beide Wangen und gab ihm seinen Segen.

Der junge Mann verließ das väterliche Gemach und begab sich zu seiner Mutter, die ihn bereits mit dem berühmten Rezept erwartete, dessen Benutzung die eben mitgeteilten Ratschläge noch ziemlich oft erforderlich machen sollten. Der Abschied war hier länger und zärtlicher, nicht etwa, weil Herr d'Artagnan seinen Sohn und einzigen Sprößling weniger liebte, sondern weil er ein Mann war und es für unter seiner Würde hielt, einer Rührung nachzugeben; Madame d'Artagnan dagegen war eine Frau und außerdem die Mutter. Sie weinte fassungslos, und zum Lobe des jungen d'Artagnan müssen wir sagen, daß er trotz aller Anstrengungen, fest zu bleiben, wie es sich für einen zukünftigen Musketier gehörte, schließlich seiner Natur erlag: Tränen, die er nur mühsam verbergen konnte, traten ihm in die Augen.

Am selben Tag noch brach der junge Mann auf, ausgerüstet mit den drei väterlichen Geschenken, die, wie gesagt, aus fünfzehn Talern, einem Pferd und einem Schreiben an Herrn de Treville bestanden; nicht zu vergessen die guten Ratschläge, die ihm obendrein mit auf den Weg gegeben worden waren. Also ausgestattet, war d'Artagnan geistig und körperlich ein getreues Abbild des Cervantesschen Helden, mit dem wir ihn bereits so glücklich verglichen haben, als uns die Pflicht des Erzählers gebot, ein Porträt von ihm zu zeichnen. Don Quichotte hielt Windmühlen für Riesen und Schafherden für Armeen, d'Artagnan hielt jedes Lächeln für eine Beleidigung und jeden Blick für eine Herausforderung. Auf dem ganzen Weg von Tarbes bis Meung ballte er die Fäuste, und wohl zehnmal am Tag griff er nach seinem Degen, aber kein einziges Mal flog seine Faust gegen das Kinn eines Gegners oder fuhr sein Degen aus der Scheide. Das soll nicht heißen, daß der Anblick des unglückseligen gelben Kleppers die Leute, denen er begegnete, nicht zum Lachen gereizt hätte, aber da an dem Gaul ein Degen von stattlicher Länge blinkte und über diesem Degen ein mehr wildes als stolzes Auge funkelte, unterdrückten sie ihre Heiterkeit, oder wenn ihre Heiterkeit stärker als ihre Klugheit war, versuchten sie wenigstens nur nach einer Seite hin zu lächeln wie antike Masken. D'Artagnan blieb also in seiner Würde und in seiner Empfindlichkeit unverletzt bis zu diesem unseligen Städtchen Meung.

Als er hier vor der Tür des »Freimüllers« vom Pferde stieg, ohne daß irgend jemand, Wirt, Kellner oder Stallknecht, herbeigeeilt wäre, um ihm den Steigbügel zu halten, erblickte er in einem halbgeöffneten Fenster des Erdgeschosses einen gutgewachsenen und vornehm aussehenden Edelmann mit einem etwas mürrischen Gesicht, der gerade mit zwei Personen sprach, die ihm offenbar sehr ehrerbietig zuhörten. Wie es seine Art war, glaubte d'Artagnan natürlich, Gegenstand der Unterhaltung zu sein, und horchte hin. Diesmal hatte er sich nicht ganz getäuscht; es war zwar nicht von ihm, wohl aber von seinem Pferd die Rede. Der Edelmann schien alle Eigenschaften dieser Mähre aufzuzählen, und da seine Zuhörer, wie ich schon sagte, ihm offensichtlich sehr ergeben waren, brachen sie alle Augenblicke in ein schallendes Gelächter aus. Da aber bereits ein halbes Lächeln genügte, den jungen Mann in Harnisch zu bringen, kann man sich unschwer ausmalen, wie diese lärmende Heiterkeit auf ihn wirkte.

D'Artagnan wollte zunächst wissen, wie der Unverschämte aussehe, der sich über ihn lustig machte. Er heftete seinen Blick voller Stolz auf den Fremden und erkannte in ihm einen etwa vierzig- bis fünfundvierzigjährigen Mann mit stechenden schwarzen Augen, fahlem Teint, stark hervortretender Nase und schwarzem, säuberlich gestutztem Schnurrbart. Er trug ein Wams und eine violette Kniehose mit gleichfarbenen Schnürbändern, den einzigen Schmuck bildeten die üblichen Ärmelschlitze, durch die das Hemd schimmerte. Hose und Wams waren neu, sahen jedoch zerknittert aus wie Reisekleider, die lange in einem Mantelsack gesteckt hatten. D'Artagnan traf alle diese Feststellungen mit dem raschen Blick eines scharfsichtigen Beobachters, und zweifellos sagte ihm auch ein unwillkürliches Gefühl, daß dieser Unbekannte noch eine große Rolle in seinem Leben spielen würde.

Nun traf es sich, daß der Edelmann im violetten Wams gerade in dem Augenblick, da d'Artagnan ihn so eingehend musterte, eine besonders kluge und tiefschürfende Bemerkung über den Bearner Klepper machte, jedenfalls bogen sich seine beiden Zuhörer vor Lachen, und er selbst ließ gegen seine Gewohnheit ein mattes Lächeln, wenn man so sagen darf, über sein Gesicht huschen. Jetzt gab es keinen Zweifel mehr, d'Artagnan war wirklich beleidigt worden. In dieser Überzeugung rückte er das Barett tief in die Stirn, und bemüht, die vornehme Art nachzuahmen, die er in seiner Heimat von durchreisenden Edelleuten abgesehen hatte, legte er die eine Hand an den Degenknauf, stemmte die andere in die Hüfte und trat auf das Fenster zu. Leider geriet er mit jedem Schritt mehr in Wut, und anstelle der stolzen und würdigen Rede, die er sich für seine Herausforderung zurechtgelegt hatte, brachte er schließlich nur eine plumpe Anrede zustande, die er mit einer heftigen Geste begleitete.

»He, Ihr da!« rief er. »Was haltet Ihr Euch hinter dem Fensterladen versteckt? Ja, Euch meine ich! Sagt mir doch, worüber Ihr lacht, dann können wir zusammen lachen!«

Der Edelmann ließ seinen Blick langsam vom Pferd zum Reiter wandern, als brauche er einige Zeit, um zu begreifen, daß diese sonderbaren Anwürfe ihm galten; dann, als er nicht mehr zweifeln konnte, zog er die Brauen ein wenig hoch und antwortete in einem unbeschreiblich spöttischen und herausfordernden Ton:

»Ich spreche nicht mit Euch!«

»Aber ich mit Euch!« schrie der junge Mann, vollends aufgebracht über diese Mischung aus Unverschämtheit und guten Manieren, Anstand und Geringschätzung.

Der Unbekannte betrachtete ihn noch einen Augenblick mit leichtem Lächeln, zog sich dann langsam vom Fenster zurück und trat aus dem Haus, um sich in unmittelbarer Nähe von d'Artagnan vor dessen Pferd aufzupflanzen. Seine ruhige Haltung und seine spöttische Miene verdoppelten die Heiterkeit der beiden anderen, die am Fenster zurückgeblieben waren. Als d'Artagnan ihn herankommen sah, zog er den Degen ein Stück aus der Scheide.

»Dieses Pferd ist oder vielmehr war in seiner Jugend bestimmt ein Goldfuchs«, setzte der Unbekannte die begonnene Musterung fort und schien dabei die Erbitterung d'Artagnans, wiewohl der genau zwischen ihm und seinen beiden Zuhörern stand, nicht im mindesten zu bemerken. »Seine jetzige Farbe ist zwar in der Botanik sehr verbreitet, doch bei Pferden, jedenfalls bis heute, sehr selten.«

»Über das Pferd lacht nur, wer über den Reiter nicht zu lachen wagt!« rief wütend der Nacheiferer de Trevilles.

»Ich lache nicht oft, wie Ihr wohl an meinem Gesicht sehen könnt«, erwiderte gelassen der Unbekannte, »aber ich werde mir jederzeit das Recht herausnehmen, zu lachen, wann es mir paßt!«

»Und ich«, brüllte d'Artagnan, ich will nicht, daß man lacht, wenn es mir nicht paßt!«

»Wirklich?« fuhr der Unbekannte noch gelassener fort. »Nun, das ist durchaus verständlich.« Damit machte er auf dem Absatz kehrt und schickte sich an, durch den großen Torbogen, unter dem d'Artagnan gleich bei seiner Ankunft ein gesatteltes Reittier bemerkt hatte, in den Gasthof zurückzukehren.

Aber unser junger Gascogner war nicht gesonnen,

jemand, der sich erdreistet hatte, ihn zu verhöhnen, einfach seines Weges ziehen zu lassen. Er riß den Degen ganz aus der Scheide und schrie, während er dem Fremden nachsetzte:

»Halt, kehrtgemacht, Herr Witzbold, damit Euch mein Degen nicht von hinten trifft!«

»Euer Degen – mich?« fragte der andere und wandte sich um, wobei er den jungen Mann ebenso erstaunt wie verächtlich musterte. »Aber geht, Ihr seid ja nicht gescheit!« Und halblaut, wie im Selbstgespräch, setzte er hinzu: »Wie ärgerlich! Was für ein Fund wäre das für Seine Majestät, die überall nach Tapferen sucht, um die Reihen ihrer Musketiere aufzufüllen.«

Kaum hatte er den Satz vollendet, als d'Artagnan einen so erbitterten Degenstoß nach ihm führte, daß er, wäre er nicht rasch zurückgesprungen, vermutlich zum letztenmal gespottet hätte. Der Unbekannte merkte nun, daß er es nicht mehr mit einem Spaß zu tun hatte, zog den Degen, grüßte seinen Gegner und nahm würdevoll die Ausgangsstellung ein. Im selben Augenblick fielen seine beiden Zuhörer und der Wirt mit Stöcken, Schaufeln und Feuerzangen über d'Artagnan her. Hierdurch wurde d'Artagnans Angriff so schnell und so gründlich abgelenkt, daß der Unbekannte – während der junge Mann sich umdrehte, um dem Hagel von Schlägen zu begegnen – den Degen ebenso gelassen wieder in die Scheide stecken und aus der Rolle eines Kämpfers, die ihm entgangen war, wieder in die eines Zuschauers zurückfallen konnte, in welche Rolle er sich auch mit gewohntem Gleichmut fand. Allerdings murmelte er:

»Die Pest über diese Gascogner! Setzt ihn auf seinen Apfelsinengaul und laßt ihn ziehen!«

Die gestohlenen Pferde

Sie gingen am Rande der kleinen Wiese entlang, und Robert Jordan, leicht ausschreitend ohne die schwere Last (angenehm hart ist der Karabiner über der Schulter nach der schweren, heißen Last), sah, daß das Gras an mehreren Stellen abgegrast war, und hier und dort war die Spur eines Pikettpfahles zu sehen, der in der Erde gesteckt hatte. Er sah die Fährte im Grase, wo die Pferde zum Bache gewandert waren, um zu trinken, und frischer Dung lag umher. Hier binden sie des Nachts die Pferde an und lassen sie grasen, dachte er, und am Tage verstecken sie sie im Wald. Wieviel Pferde mag dieser Pablo haben?

Jetzt erinnerte er sich: er hatte festgestellt, ohne es sich bewußt zu machen, daß Pablos Hose an den Knien und Schenkeln abgescheuert war und wie Seife glänzte. Ob er Reitstiefel hat, oder ob er in diesen *alpargatas* reitet? Er muß gut equipiert sein. Aber diese Traurigkeit gefällt mir nicht, dachte Jordan. Diese Traurigkeit ist schlecht. Das ist die Traurigkeit, der sie verfallen, bevor sie desertieren – oder verraten. Das ist die Traurigkeit, die vor dem Schlappmachen kommt.

Dicht vor ihnen wieherte ein Pferd, und dann erblickte er zwischen den braunen Stämmen der Kiefern – nur ganz wenig Sonnenlicht drang durch die dichten, fast ineinander verfitzten Wipfel – die Hürde, zwei Stricke, die um die Baumstämme gespannt waren. Die Pferde richteten ihre Köpfe den herankommenden Männern zu, und am Fuß eines Baumes außerhalb des Pferchs lagen die Sättel, mit einem Zelttuch zugedeckt.

Als sie angelangt waren, blieben die beiden Männer mit den Packen stehen, und Robert Jordan wußte, daß er jetzt die Pferde zu bewundern habe.

»Ja«, sagte er. »Sie sind schön.« Er wandte sich zu Pablo. »Du hast deine eigene Kavallerie.«

Fünf Pferde standen in der Seilhürde, drei Braune, ein Rotfuchs und ein Grauer. Nachdem Robert Jordan sie im ganzen betrachtet hatte, ließ er nun sorgsam seine Blicke von dem einen zum anderen wandern. Pablo und Anselmo wußten, was für feine Tiere das waren, und während Pablo nun in stolzer Haltung dastand und etwas weniger traurig dreinsah, liebevoll die Pferde betrachtend, benahm sich der Alte, als handelte es sich hier um eine große Überraschung, die er selber ganz plötzlich produziert habe.

»Wie findest du sie?« fragte er.

»Alle fünf habe ich erbeutet«, sagte Pablo, und Robert Jordan freute sich über den stolzen Ton.

»Das da«, sagte Robert Jordan und zeigte auf einen der Braunen, einen großen Hengst mit einer weißen Blesse auf der Stirn und einem einzelnen weißen Vorderfuß, »das ist Pferdefleisch.«

Es war ein prächtiger Gaul, er sah aus wie aus einem Bilde von Velázquez entsprungen.

»Sie sind alle sehr fein«, sagte Pablo. »Verstehst du was von Pferden?«

»Ja.«

»Nicht übel«, sagte Pablo. »Siehst du irgendwo einen Fehler?«

Robert Jordan wußte, daß jetzt der Mann, der nicht lesen konnte, seine Papiere prüfte.

Die Pferde reckten die Köpfe empor und schauten den Mann an. Robert Jordan schlüpfte durch das Doppelseil des Pferchs und klatschte mit der flachen Hand auf die Hanke des Grauen. Er lehnte sich gegen die Seile und beobachtete die Pferde, wie sie rund um die Hürde trabten, betrachtete sie dann noch eine Minute länger, während sie still standen, bückte sich dann und verließ die Hürde.

»Der Rotfuchs lahmt an einem Hinterhuf«, sagte er zu Pablo, ohne ihn anzuschauen. »Der Huf ist gespalten. Beschlägt man ihn richtig, dann wird es sich vielleicht nicht so bald verschlimmern, aber man muß damit rechnen, daß er zusammenbricht, wenn das Gelände hart ist.«

»Das war schon so, als wir ihn schnappten«, sagte Pablo.

»Das beste Pferd, das du hast, der braune Hengst mit der Blesse, hat am oberen Teil des Schienbeins eine Schwellung, die mir nicht gefällt!«

»Das ist nichts«, sagte Pablo. »Vor drei Tagen hat er sich angeschlagen. Wenn daraus was werden sollte, wär's schon geworden.«

Er zog das Segeltuch beiseite und zeigte die Sättel: zwei gewöhnliche Vaquero- oder Hirtensättel, ein sehr hübscher Vaquerosattel mit handgearbeitetem Leder und schweren, geschuhten Steigbügeln und zwei schwarzlederne Militärsättel.

»Wir haben zwei von der Guardia Civil erledigt«, sagte er, auf die Militärsättel deutend.

»Edelwild.«

»Sie waren abgesessen, auf der Straße zwischen Segovia und Santa María la Real. Sie waren abgesessen, um von einem Kutscher die Papiere zu verlangen. Wir konnten sie abschießen, ohne die Pferde zu beschädigen.«

»Habt ihr viele *civiles* erledigt?« fragte Robert Jordan.

»Etliche«, sagte Pablo. »Aber nur diese beiden ohne Schaden für die Gäule.«

»Er, Pablo, hat den Zug bei Arévalo gesprengt«, sagte Anselmo. »Das war Pablo.«

»Wir hatten einen Fremden bei uns, der hat die Explosion gemacht«, sagte Pablo. »Kennst du ihn?«

»Wie heißt er?«

»Ich erinnere mich nicht. Es war ein sehr merkwürdiger Name.«

»Wie hat er ausgesehen?«

»Er war blond wie du, aber nicht so groß, und hatte große Hände und eine gebrochene Nase.«

»Kaschkin«, sagte Robert Jordan. »Das dürfte Kaschkin gewesen sein.«

»Ja«, sagte Pablo. »Es war ein sehr merkwürdiger Name. So ähnlich. Was ist aus ihm geworden?«

»Er ist tot, seit April.«

»So geht es jedem«, sagte Pablo finster. »So werden wir alle enden.«

»So enden alle Menschen«, sagte Anselmo. »So haben die Menschen schon immer geendet. Was ist mit dir los, Mensch? Was liegt dir im Magen?«

»*Sie* sind sehr stark«, sagte Pablo. Es war, als spreche er mit sich selbst. Er betrachtete mit düsterem Blick die Pferde. »Ihr wißt nicht, wie stark sie sind. Ich sehe, sie werden immer stärker, immer besser bewaffnet. Und haben immer mehr Material. Da stehe ich mit solchen Pferden. Und was habe ich zu erwarten? Gehetzt werden und sterben. Weiter nichts.«

»Du hetzt die anderen, so wie sie dich hetzen«, sagte Anselmo.

»Nein«, sagte Pablo. »Jetzt nicht mehr. Und wenn wir

aus diesen Bergen weg müssen, wo sollen wir hin? Antworte mir! Wohin?«

»Es gibt viele Berge in Spanien. Es gibt die Sierra de Gredos, wenn man von hier weg muß.«

»Nicht für mich«, sagte Pablo. »Ich habe es satt, mich hetzen zu lassen. Hier geht es uns gut. Wenn ihr jetzt eine Brücke sprengt, wird man uns hetzen. Wenn sie wissen, daß wir hier sind, und Flugzeuge schicken, werden sie uns aufspüren. Wenn sie die Mauren auf uns hetzen, werden sie uns finden, und wir müssen weg. Ich habe das alles satt. Hörst du?« Er wandte sich zu Robert Jordan. »Mit welchem Recht kommst du Ausländer zu mir und sagst mir, was ich zu tun habe?«

»Ich habe dir keineswegs gesagt, was du zu tun hast«, erwiderte Robert Jordan.

»Aber das wird kommen«, sagte Pablo. »Da! Das ist das Übel!«

Er zeigte auf die zwei schweren Packen, die sie abgelegt hatten, während sie die Pferde betrachteten. Der Anblick der Pferde hatte wohl dies alles in ihm aufgewühlt, und daß er sah, was für ein Pferdekenner Robert Jordan war, hatte ihm anscheinend die Zunge gelöst. Alle drei standen sie nun an der Seilhürde, und die Flecken des Sonnenlichtes ruhten auf dem Fell des braunen Hengstes. Pablo schaute ihn an, stieß dann mit dem Fuß gegen den schweren Packen. »Das ist das Übel.«

»Ich bin hier, um meine Pflicht zu tun«, sagte Robert Jordan zu ihm. »Ich habe meine Befehle von der militärischen Leitung erhalten. Wenn ich dich bitte, mir zu helfen, kannst du es ablehnen, und ich werde andere finden, die mir helfen. Ich habe dich noch nicht einmal um deine Hilfe gebeten. Ich habe durchzuführen, was man mir aufgetragen hat, und ich kann dir versichern, daß es wichtig ist. Daß ich Ausländer bin, ist nicht meine Schuld. Ich möchte lieber hier geboren sein.«

»Für mich ist das wichtigste, daß wir hier nicht gestört werden«, sagte Pablo. »Für mich ist es die Pflicht gegen die Meinen und gegen mich selbst.«

»Gegen dich selbst, ja«, sagte Anselmo. »Du selbst, schon seit langem! Du selbst und deine Pferde. Solang du keine Pferde hattest, warst du mit uns. Jetzt bist du auch nur so ein Kapitalist.«

»Das ist ungerecht«, sagte Pablo. »Immer setze ich die Pferde aufs Spiel für die Sache.«

»Sehr selten«, sagte Anselmo verächtlich. »Sehr selten, meiner Meinung nach. Rauben, ja. Gut essen, ja. Morden, ja. Kämpfen, nein.«

»Du bist ein alter Mann, der sich den Mund verbrennen wird.«

»Ich bin ein alter Mann, der vor niemandem Angst hat«, erwiderte Anselmo. »Außerdem bin ich ein alter Mann, der keine Pferde hat.«

»Du bist ein alter Mann, der nicht sehr lange leben wird.«

»Ich bin ein alter Mann, der so lange leben wird, bis er stirbt«, sagte Anselmo. »Ich habe keine Angst vor Füchsen.«

Pablo schwieg, hob aber den Packen auf.

»Und auch vor Wölfen nicht«, sagte Anselmo, nach dem anderen Packen greifend. »Wenn du ein Wolf bist.«

»Halt's Maul«, sagte Pablo zu ihm. »Du bist ein alter Mann, der immer zuviel quatscht.«

»Und tut, was er sagt, daß er's tun will«, sagte Anselmo, gebeugt unter der schweren Last. »Und jetzt hungrig ist. Und durstig. Los, du Guerillaführer mit der

Trauermiene. Führe uns irgendwohin, wo wir was zu essen kriegen.«

Es fängt schlimm genug an, dachte Robert Jordan. Aber Anselmo ist ein Kerl. Wenn sie in Ordnung sind, dachte er, sind sie prächtig. Es gibt nicht ihresgleichen, wenn sie in Ordnung sind. Und wenn sie ins falsche Fahrwasser geraten, dann gibt es keine Schlimmeren als sie. Anselmo muß gewußt haben, was er tut, als er mich hierherschleppte. Aber mir gefällt das nicht. Mir gefällt das alles nicht.

Das einzige gute Zeichen war, daß Pablo den Packen trug und daß er ihm den Karabiner gegeben hatte. Vielleicht ist er immer so, dachte Robert Jordan, vielleicht gehört er ganz einfach zu der mürrischen Sorte.

Nein, sagte er zu sich selber, mach dir nichts vor. Du weißt nicht, wie er früher war, aber du weißt, daß er auf der schiefen Bahn ist, und er macht gar kein Hehl daraus. Wenn er anfängt, es zu verstecken, dann hat er seinen Entschluß gefaßt. Vergiß das nicht, sagte Jordan zu sich selber. Sowie er sich freundlich stellt, wird er seinen Entschluß gefaßt haben. Aber verdammt gute Pferde sind das, dachte er, schöne Pferde. Ich möchte wissen, was auf mich so wirken könnte, wie diese Gäule auf Pablo wirken. Der Alte hat recht. Die Pferde haben ihn reich gemacht, und als er reich war, wollte er das Leben genießen. Nicht lange, und er wird traurig sein, weil er nicht in den Jockey-Klub eintreten kann. *Pauvre Pablo. Il a manqué son Jockey.*

Bei diesem Gedanken wurde ihm wohl. Grinsend betrachtete er die zwei gebeugten Rücken und die schweren Säcke, die sich vor ihm durch den Wald bewegten. Er hatte den ganzen Tag lang an nichts Lustiges gedacht, und jetzt fühlte er sich besser. Du wirst, sagte er zu sich, genauso werden wie alle die anderen. Auch du wirst trübsinnig. Ja, als er bei Golz saß, war er trübsinnig und feierlich. Der Auftrag hatte ihn ein bißchen überwältigt. Ein klein wenig überwältigt, dachte er. Sehr überwältigt. Golz war heiter und hatte sich bemüht, auch ihn aufzuheitern, bevor er wegging, aber er, Jordan, war gar nicht heiter gewesen.

Die Besten, wenn du es dir genau überlegst, sind immer heiter. Es ist viel besser, heiter zu sein, und hat auch seine Bedeutung, so als ob man noch bei Lebzeiten unsterblich wäre. Eine komplizierte Sache. Aber es sind nicht mehr viele von ihnen übrig. Nein, es sind nicht mehr viele von den Heiteren übrig. Verdammt wenige sind übriggeblieben. Und wenn du so weitergrübelst, mein Junge, wirst auch du nicht übrigbleiben. Stell jetzt das Denken ein, alter Knabe, alter Freund. Du bist jetzt ein Brückensprenger. Kein Denker. Junge, bin ich hungrig, dachte er. Hoffentlich ißt man gut bei Pablo.

Oskar Kokoschka: Pferde

HERBERT ROSENDORFER

Gelzers Pferd

Ich habe meinen römischen Freund Dr. Kappa noch nie nervös gesehen – mit einer Ausnahme. Er ist der ruhigste Mensch der Welt, er leitet mit überlegener Hand selbst die quirligste Gruppe von Pilgern durch die aufgeregte Menge auf dem Petersplatz und führt sie mit strategischem Geschick, das er sich in jahrzehntelangem Umgang mit Heilig- und Seligsprechungen erworben hat, auf die vorbereiteten Plätze in der Basilika, von denen aus sie den beliebten Wojtila-Papst, der so viel freundlicher ausschaut, als er ist, gut sehen können. Dr. Kappa erklärt, wenn es sein muß, im schneidenden Februarwind auf dem Gerüst um die Trajan-Säule stehend, die Reliefs. Sie werden lebendig, wenn er redet; und er dirigiert, wenn es sein muß, auch zweihundert unzufriedene Rheinländerinnen am Peter- und Paulstag durch eine tosende Japanermenge bis zum bronzenen Zeh und wartet geduldig, bis dieser zweihundertmal rheinisch geküßt ist.

»Glauben Sie daran?« fragte ich Dr. Kappa.

»Woran?«

»An den Zeh?«

»Selbstverständlich glaube ich an den Zeh. Ich kann ihn ja sehen und angreifen. Ach so, Sie meinen das philosophisch: was ist empirisch festzustellen? So meinen Sie das: ist etwas, was ich sehe, *wirklich* –?« Dr. Kappa ist nebenbei auch Doktor der Philosophie.

»Nein«, sagte ich, »verzeihen Sie, ich habe das weit vordergründiger gemeint. Glauben Sie an die Wirkung des Zehenkusses? Meines Wissens küssen Frauen, die schwanger werden wollen, den bronzenen Zeh. Wenn ich aber Ihre zweihundert Rheinländerinnen anschaue – ich weiß nicht, ob das genotypisch wünschenswert wäre.«

Dr. Kappa lachte. Ich gehörte natürlich nicht zur Rheinländerinnen-Reisegruppe. Die war am Freitag gekommen, stammte aus der Pfarrei, in der die Nonne vor zweihundert Jahren gelebt hatte, die jetzt selig gesprochen werden sollte. Der Pfarrer war auch dabei, der wohnte bei einem mit ihm befreundeten Geistlichen auf dem Aventin. Mit dem hatte Dr. Kappa keine Mühe, aber die zweihundert Pilgerinnen hatten untergebracht werden müssen.

»Zweihundert Zimmer«, erklärte mir Dr. Kappa, »sind in Rom selbstverständlich ohne weiteres aufzutreiben. Es sind sogar zweihundert *billige* Zimmer aufzutreiben. Was schwierig ist, sind zweihundert *gleiche* billige Zimmer. Das ist schlichtweg unmöglich. Und dann behauptet jeder, daß er das schlechteste Zimmer bekommen habe.« Er erzählte mir einen Witz: da beschwert sich einer beim Hotelier, daß er für hunderttausend Lire ein Zimmer mit schiefer Decke, lebensgefährlichem Balkongeländer und Blick zu den Aschentonnen des Hofes bekommen habe, und jetzt müsse er feststellen, daß ein anderer Gast ein Luxus-Zimmer mit Terrasse und Blick über das Meer habe. »Und der zahlt nur fünfzigtausend! Warum?« »È fortunato«, sagt der Wirt. Aber der Witz hilft nicht weiter, sagte Dr. Kappa. Der Witz kennzeichne zwar die italienische Mentalität, besonders die der Hoteliers, aber bei zweihundert unzufriedenen Rheinländerinnen könne er nicht weiterhelfen. Also blieben sie in ihren Zimmern und seien unzufrieden.

»Dafür kommen sie vielleicht nicht mehr nach Rom«, seufzte Dr. Kappa. Er seufzte, aber nervös wurde er nicht. Nervös geworden ist er nur einmal.

Ich war schon seit Montag in Rom, und am Dienstag schickte mir Dr. Kappa einen Zettel ins Hotel, daß er am Samstag die Genehmigung bekommen habe, die Rheinländerinnen – in Gruppen zu je 25 – durch die vaticanischen Grotten zu führen. Da der Custode nicht so genau zählen würde, könne ich mich anschließen, als sechsundzwanzigster einer Gruppe. Selbstverständlich schloß ich mich an. Unter Dr. Kappas Führung – er ist schließlich gelernter Archäologe – blühte die ganze frühchristliche Geschichte kritisch, aber poetisch auf. Das nur nebenbei. Wie schwierig es ist, 25 unzufriedene Rheinländerinnen durch die vaticanischen Grotten zu führen und gleichzeitig quasi telepathisch die restlichen 175 draußen auf der Piazza Braschi in Schach zu halten, kann man sich ausmalen. Dr. Kappa wurde nicht nervös. Er kannte einen Schweizergardisten, Anderlaus hieß der. Der schaute ab und zu bös zur führerlosen Restgruppe herüber und stieß seine Hellebarde auf den Boden.

Er habe, sagte mir Dr. Kappa am Montag drauf, und da erlebte ich ihn zum ersten (und bisher letzten) Mal nervös, den Anruf Gelzers nicht ernst genommen. Er habe sogar, sagte er, wenn er ehrlich sein wolle, die Sache überhaupt völlig vergessen gehabt, und daher sei er wie vom Schlag getroffen worden, nein, besser gesagt: er habe gedacht, jetzt habe es ihn erwischt, als er das Pferd vor seinem Büro sah. Das Pferd sei so groß und so dick gewesen, daß Gelzer – den er im übrigen auch gar nicht gekannt habe – daneben nicht aufgefallen sei.

Der Anruf, das erzählte mir Dr. Kappa einige Tage später, es war kurz vor meiner Abreise aus Rom, sei aus

Kärnten gekommen. Ein Freund einer Bekannten seiner Schwägerin Martina wohnte in Kärnten, hieß Gelzer und hatte ein Pferd. Dieser Gelzer kam auf die etwas abwegige Idee, aus Klagenfurt oder Villach oder wo immer, jedenfalls aus Kärnten, nach Rom zu reiten. (»*Gen* Rom«, sagte Dr. Kappa.) Damals bereitete der Papst einen Besuch in Österreich vor, in dessen Verlauf natürlich Wien, aber auch verschiedene österreichische Bundesländer von ihm besucht werden sollten, nicht aber – und das war es, was Dr. Kappa in so enorme Schwierigkeiten brachte – Kärnten. Das ließ den offenbar eingefleischten Kärntner Gelzer nicht ruhen noch rasten, und er sann darauf, wie der Papst doch noch dazu bewogen werden könnte, auch Kärnten mit seinem heiligen Fuß zu betreten. Da Gelzer ein nicht minder eingefleischter Pferdefreund war, kam er auf die Idee, nach (»gen«) Rom zu *reiten*, und er malte sich aus, daß, wenn er, Gelzer, nach Rom geritten käme, vor den Papst trete und einen Kniefall tue, der Heilige Vater es nicht übers Herz bringen würde, Kärnten *nicht* zu besuchen. Wenn schon nicht durch sein, Gelzers, so doch durch *Mandis* Anblick gerührt. Mandi hieß das Pferd. Das wußten zu der Zeit weder Dr. Kappa noch ich, am wenigsten der Papst. Dr. Kappa und ich sollten es erfahren, der Papst – um dies vorwegzunehmen – nicht.

Dr. Kappa bekommt viele Anrufe, wenn der Tag lang ist. Viele wissen, daß Dr. Kappa ein Büro in der Nähe des Petersplatzes hat, gleich hinter Berninis Colonnaden, und daß er gern behilflich ist. Auch dem ihm bis dahin unbekannten Herrn Gelzer versprach Dr. Kappa, behilflich zu sein, Herr Gelzer möge sich nur an ihn wenden, so sagte er am Telephon zum Freund einer Bekannten seiner Schwägerin Martina und vergaß begreiflicherweise den Anruf, dachte mit keinem Gedanken daran, während Gelzer auf Mandi tatsächlich gen Rom ritt. Er brauchte vierzehn Tage. Das Tier war ein sogenannter Noriker und eigentlich nicht dafür gedacht, so lange Strecken zu traben. Ein Pferd ist sehr empfindlich, es wird ihm leicht zu warm und genauso leicht zu kalt. Die Tagesstrecken dürfen nicht zu lang und nicht zu kurz sein. Außerdem muß man Umwege machen, damit das Pferd möglichst nicht auf Asphalt geht, und so fort. Gelzers Gepäck führte Udo mit. Das war ein anderer Freund der Bekannten von Dr. Kappas Schwägerin Martina. Udo fuhr mit dem Auto nebenher oder etwas hinterdrein oder voraus, je nachdem. Nach vierzehn Tagen jedenfalls war Gelzer in Rom, ritt zum Petersplatz und läutete am Haus hinter Berninis Colonnaden, in dessen zweitem Stock sich Dr. Kappas Büro befindet. Udo – er wußte wohl, warum – fuhr unverzüglich in Richtung Brenner zurück.

Die Colonnaden Berninis sind das einzige Kunstwerk der Welt, das gleichzeitig eine Landesgrenze ist. Innen ist Vatican, heraußen Italien. Im Vatican, also auf dem Petersplatz, herrscht Fahrverbot, in Italien, durch die Via S. Uffizio, braust der ganze infernalische Verkehr, der aus der Stadt heraus sich in die Ausfallstraße der Via Aurelia ergießt: Einbahnstraße, aber dreispurig. Als Fußgänger die Via S. Uffizio zu überqueren, bringt in der Stoßzeit vierhundert Tage vollkommenen Ablaß, den man in der Regel auch braucht. Und dort stand Mandi, und auf Mandi saß Gelzer. Die Autofahrer glaubten an Congestionen. So auch Dr. Kappas Sekretärin. Sie drückte zunächst auf den Türöffner. Als nach längerer Zeit niemand kam, rief sie durch die Gegensprechanlage: »Pronto?«, worauf ein Wiehern ertönte.

Daraufhin beugte sich die Sekretärin aus dem Fenster und sah Mandi und Gelzer, der heraufwinkte und durch den Autolärm zu schreien versuchte: »Doktor Kappa??«

Die Sekretärin wankte zurück ins Zimmer und erschien kreidebleich wie nach einer Gespenstererscheinung bei Kappa und sagte mit belegter Stimme: »Sie werden es nicht glauben, wenn Sie es nicht selber sehen.« Von dem Zweifel an seinen gesunden Sinnen, sagte Dr. Kappa, habe ihn gerettet, daß ihm doch nach einigen Augenblicken der Anruf des Freundes der Bekannten seiner Schwägerin Martina wieder eingefallen sei. Bemerkenswert sei gewesen, mit welcher stoischen Ruhe das Pferd im mörderischen Abendverkehr der Via Sant' Uffizio gestanden sei. Ein echter Noriker: silbergrau mit schwarzen Flecken, im übrigen habe es ihn an das mächtig-pralle Roß des Colleoni-Monumentes in Venedig erinnert.

Kurz darauf kamen die Carabinieri: es fügte sich, wie so vieles in Italien. Die Carabinieri kamen zu Pferd. Die Pferde schnupperten aneinander. Für die Carabinieri versank der ganze Verkehr zur Bedeutungslosigkeit. Sie hatten nur Augen für Mandi, einen hier nie gesehenen Noriker von gigantischen Ausmaßen. Die Carabinieri versuchten, mit Gelzer ein Gespräch anzufangen. Es gelang erst, als Dr. Kappa herunterkam. Gelzer konnte nicht Italienisch.

Dr. Kappa war in seinem Leben schon vor vielen Unterbringungsproblemen gestanden, vor dem, einen Reiter und sein Pferd zu versorgen, noch nicht. »Ich dachte zuerst«, sagte mir Kappa später, »daß es nicht schwer sein sollte. Für Gelzer: kein Problem. Und für Mandi dachte ich an eine Wiese.«

Aber nein: eher, sagte Gelzer, und tat noch so, als sei

er ein wirklicher Pferdefreund, ließ noch nichts Böses ahnen, eher, sagte Gelzer, werde *er* auf der Wiese schlafen. Mandi müsse unbedingt einen Stall haben, anders würde er die Nacht nicht überleben. Man solle sich nicht dadurch täuschen lassen, daß Mandi so dick sei.

Die Carabinieri stiegen ab, auch Gelzer.

Dr. Kappa erklärte die Lage. Die Carabinieri hatten vollstes Verständnis, und nicht nur das: sie überstürzten nun ihre Hilfsbereitschaft. »Selbstverständlich«, sagte der ältere und vermutlich ranghöhere Carabiniere, »ist es eine Ehrenpflicht von Reiter zu Reiter, hier zu helfen. Sie brauchen sich keine Sorgen zu machen. Für diese Nacht wird – wie heißt der Brave, Schöne? – Mandi – aha: für diese Nacht wird Mandi in den Stallungen der Kaserne berittener Carabinieri Unterkunft finden. Und morgen werden wir ja weitersehen.«

Um Mandi die ungewohnte Strapaze eines Marsches durch den inzwischen seinem Höhepunkt (das heißt: dem täglichen Zusammenbruch) zustrebenden Feierabendverkehr zu ersparen, riefen die berittenen Carabinieri einen Pferdetransportwagen. (Auch berittene Carabinieri haben ein kleines Funkgerät dabei.) Der kam mit Blaulicht. Man lud Mandi, der zunächst ein wenig widerstrebte, ein, und dann fuhr der Wagen ab. *Cordialmente* salutierten die Berittenen, Dr. Kappa dankte und bat seine Sekretärin, die goldgelben Pferdeäpfel Mandis in die Aschentonne zu kehren.

Am nächsten Tag in aller Früh ging für Dr. Kappa das Telephonieren an. In Rom kommt es naturgemäß oft auf die geistlichen Kanäle an, selbst wenn es sich um ein Pferd handelt. Es war kein geringerer als Monsignore Z., der Untersekretär der »Congregatio pro Doctrina Fidei«, der Dr. Kappa den Tip gab. (Die Glaubenscongregation sitzt ja gleich gegenüber, Dr. Kappa könnte von seinem Fenster aus Monsignore Z. Zeichen machen, wenn er wollte.) Die Oblatinnen vom Heiligen Norbert vom Kreuz in der Via del Podere Buccardi, weit draußen im Nordwesten, fast an der Circonvalazione Settentrionale hatten früher Pferde gehabt, jetzt nicht mehr. Dr. Kappa telephonierte mit der Schwester Oberin. Lieber wäre es ihr gewesen, habe die Oberin gesagt, erzählte mir Dr. Kappa, wenn es sich um eine Stute gehandelt hätte, aber in Anbetracht dessen, daß der verlassene Stall sich nicht innerhalb der Clausur befände, sei sie bereit, Mandi für ein paar Tage unterzubringen, »zumal es sich um ein Pilgerpferd handelt«. Kappa hatte selbstverständlich die sozusagen fromme Seite von Gelzers Romritt gebührend herausgestrichen. Die Carabinieri beförderten am Nachmittag Mandi wieder im Pferdeanhänger quer durch die Stadt und lieferten ihn bei den Nonnen ab. »Übrigens«, sagte Dr. Kappa, »sowas gibt es auch wieder nur in Italien, verlangten die Carabinieri für ihre Mühe und Kosten gar nichts.«

Gelzer war draußen im Kloster in der Via del Podere Buccardi und unterwies eine der Nonnen, eine jüngere, darin, wie Mandi zu füttern und zu pflegen sei.

»Machen Sie sich keine Sorgen«, sagt die Nonne auf englisch (das verstand Gelzer), »ich bin als junges Mädchen in meinem weltlichen Leben selber geritten«, und sie tätschelte Mandis Hals.

Und damit verschwand Gelzer. Er besuchte nur noch einmal Dr. Kappa kurz in dessen Büro und jammerte, daß er kein Geld für den Rückritt mehr habe. Das heißt: eigentlich wolle er zurück gar nicht mehr reiten, sondern das Pferd mit der Bahn transportieren lassen. Er habe nicht gewußt, daß er an der Grenze für Mandi eine Million Lire Caution zur Garantie der Wiederausfuhr hinterlegen müsse. Das Geld, sagte Gelzer, werde sofort frei, wenn er mit Mandi die Grenze in umgekehrter Richtung wieder überschreite, aber es fehle ihm jetzt, um den Transport zu finanzieren. Der engelgleich gutmütige Dr. Kappa – dessen Langmut in der Sache noch reichlich strapaziert werden sollte – lieh Gelzer die Million. Damit verschwand Gelzer.

Die Nonnen fütterten das Pferd. Mandi ging es gut, aber er litt seelisch. Ab und zu führte ihn die Nonne, die früher geritten war, ein paar Runden durch den Klostergarten. »Eigentlich«, sagte die Nonne zur Oberin, »muß man ihn ausreiten.«

»Und sonst fehlt Ihnen nichts?« bellte die Oberin. Sie rief nach zwei Tagen Dr. Kappa an. Sie rief nach weiteren zwei Tagen bei Kappa an. (Das alles erfuhr ich noch später, als ich im Herbst drauf wieder nach Rom kam.) Dann am nächsten Tag. Von da an zweimal am Tag. Dr. Kappa bekam schon leichte Anwandlungen von Schüttellähmung, wenn bei ihm das Telephon läutete. Die Oberin jammerte zunächst, dann weinte sie, dann drohte sie. Dr. Kappa rief in Kärnten bei seiner Schwägerin Martina an, dann bei deren Bekannten, dann bei deren Freund Udo. Keiner wußte etwas. Gelzer war, wie Udo sich ausdrückte, »abgängig«. Dr. Kappa sah sich plötzlich mit einem Pferd behaftet, das so groß war wie das des Colleoni von Verrocchio. Es verfolgte ihn in die Träume. Dr. Kappa fuhr hinaus ins Kloster, sprach mit der Oberin, erklärte ihr den Sachverhalt, das Verschwinden Gelzers, daß er, Kappa, eigentlich zu dem Pferd komme wie – zunächst wollte er »wie die Jungfrau zum Kind« sagen, wich aber dann in Anbetracht der ohnehin gereizten Oberin auf »wie Pontius ins Credo« aus.

»Das ist mir völlig gleichgültig, Dottore«, sagte die Oberin, »das müssen Sie verstehen. Wir sind kein Reitstall, und Sie sind derjenige, an den wir uns halten können. Wenn nicht binnen zwei Tagen das Pferd abgeholt wird, geben wir es dem Metzger. Der hat sich ohnedies schon dafür interessiert. Für Salami.«

Mandi richtete seine großen, dunklen Augen auf Dr. Kappa. Der seufzte, ging und begann wieder zu telephonieren.

Diesmal dauerte es länger. Das neue Quartier für Mandi fand Dr. Kappa durch Vermittlung einer anderen wichtigen römischen Komponente: der Aristokratie. Die Contessa B. kannte einen Chirurgen, der drei Töchter hatte, die aber alle in den letzten Jahren geheiratet hatten und ausgezogen waren. Alle drei Chirurgen-Töchter waren geritten, was den Chirurgen eine Masse Geld gekostet hatte. Sobald die letzte Tochter unter der Haube gewesen war, hatte der Chirurg das Pferd aufatmend verkauft. Der Stall stand leer. Die Contessa B. war die engste Freundin der Chirurgengattin und außerdem Präsidentin des Tierschutzvereins. Sie überzeugte die Chirurgengattin, daß sie Mandi für ein paar Tage ins Haus nehmen müsse. Das Haus – eine fashionable Villa – stand, wunderbar idyllisch gelegen, draußen im Süden in Cisterna, einer Gegend, für Pferde gemacht. Mandi, meinte die Gräfin, müsse sich fühlen wie im Paradies. Den Transport übernahmen wieder die Carabinieri. Die Chirurgengattin erschrak etwas über Mandis Größe. Mandi fühlte sich *nicht* wie im Paradies.

Gelzer blieb verschwunden. Kappa schrieb, telegraphierte, telephonierte. Es stellten sich Dinge heraus, die man besser vorher hätte wissen sollen: Gelzer betrieb einen Bier- und Schnapskiosk gegenüber dem Bahnhof von Villach. Trotz der glänzenden Lage des Kioskes war Gelzer mit seinem Unternehmen in Zahlungsschwierigkeiten geraten. Konkurs drohte. War der Ritt Gelzers nach Rom gar keine Tat vaterländischer Frömmigkeit gewesen, vielmehr ein Trick, das wertvolle Tier dem Zugriff der Gläubiger zu entziehen? Mandi kümmerte das nicht. Er war unglücklich. Er wurde krank. Zunächst versuchte der Chirurg selber, Mandi zu behandeln, aber entweder war das medizinische Fach doch zu stark abweichend, oder der Chirurg war überhaupt nicht sehr geschickt: Mandi siechte dahin. Er fraß nichts mehr und wurde aggressiv. Nur um ein Haar entging der Chirurg einem jähen Hufschlag. Nach vierzehn Tagen kam die tierliebende Gräfin zu Dr. Kappa und weinte: »Sie lassen ihn verwursten. Der Professore ist mit seinen Nerven am Ende. Seine Frau weint beim geringsten Anlaß. Mandi wiehert wie beim Weltuntergang. Außerdem hat er schon die eine Wand vom Stall durchgetreten. Offenbar ziemlich mistig gebaut, was ich, nebenbei gesagt, schon immer vermutet habe. Dottore! Retten Sie Mandi!!«

Die Rettung kam buchstäblich in letzter Minute. Das Chirurgenehepaar hatte schon eine Anzahlung von einem Salamifabrikanten entgegengenommen, da hatte Dr. Kappa den glänzenden Einfall, den *österreichischen* Tierschutzverein zu unterrichten. Vielleicht wäre der Effekt ähnlich gewesen, wenn es sich bei Mandi nur um ein sozusagen gewöhnliches Pferd gehandelt hätte, so aber, da es noch dazu ein *Noriker* war, gellte ein Aufschrei durch die Kärntner Alpen, zerriß die Luft von – sagen wir – der Koralpe bis zum Mölltal, breitete sich wellenartig aus, durchfuhr alle Zeitungen und ließ die Gemüter aller tierliebenden Menschen erbeben. Die Spende, die den weitesten Weg zurücklegte, kam aus Wellington in Neu-Seeland.

»Ich konnte«, sagte mir Dr. Kappa, während wir wieder einmal in der Bar Sant' Eustachio standen und im spätabendlichen Gewühl einen caffè speciale tranken, »Mandi beim Salamisten auslösen, konnte den Stall des Chirurgenehepaars wieder aufrichten lassen, die Tierarztrechnung zahlen und den Heimtransport Mandis finanzieren. Wenigstens hat eins gestimmt: Gelzer hatte wirklich die Million Lire beim Zoll hinterlegt, die nach einigem Hin und Her mir ausbezahlt wurde.«

»So fügt sich alles«, sagte ich.

»Ja«, sagte Dr. Kappa.

»Und Gelzer?« fragte ich.

»Von dem hat man bis heute nie mehr etwas gehört. Vielleicht ist er derjenige, der die Spende aus Neu-Seeland überwiesen hat. Aus schlechtem Gewissen.«

Der Apfelschimmel

Es war einmal ein Schimmel,
der war so weiß, daß man ihn gar nicht sah.
Eines Tages stand dieser Schimmel an einem
Apfelbaum
und rieb sich den Hals an seinem Stamm.
Der Apfelbaum wurde fast verrückt;
denn er sah niemanden, der sich an ihm rieb,
und fühlte doch, daß es so war.

Und er begann seinen Verstand zu verlieren
und seine Äpfel dazu.
Der Schimmel aber erschrak so sehr über die
plötzlich herabregnenden Äpfel,
daß er eine Hautkrankheit bekam, welche die Äpfel
nachahmte.
Seitdem gibt es Apfelschimmel.

Pferdeliebe und Treue

ELIAS CANETTI

Die Pferdedunkle

Die Pferdedunkle hat wenig gelernt und versteht sich nicht mit Menschen. Es fehlt ihr nicht an Worten, sie liest und schreibt, aber wenn ein Mensch zu ihr redet und eine Antwort erwartet, verschlägt es ihr die Sprache. Schon daß jemand vor ihr steht, der die Augen auf sie richtet, schon daß ein Mund sich vor ihr öffnet und Laute formt, nimmt ihr den Mut, als Zweifüßler zu reagieren, jedes Gegenüber erschreckt sie.

Sie wendet sich dann ab und weicht mit den Blicken aus, sie zittert, ihre Augen füllen sich mit Tränen. Sie schämt sich aller Worte, die andere so leicht sagen. Warum nur tritt niemand vor sie hin und schweigt. Vielleicht könnte sie sich allmählich an die Konfrontation gewöhnen. Vielleicht könnte sie sich auf Worte, die noch nicht gesagt sind, vorbereiten. Aber niemand gönnt ihr die Zeit dazu. Da kommt einer auf sie zugegangen, schon steht er, schon schaut er sie an, schon öffnet er den Mund und spricht. Noch bevor sie es gewagt hat, ihn ins Auge zu fassen, überfallen sie Worte, und wenn es noch leise, ungewöhnliche Worte wären, Worte, wie sie sie insgeheim in sich trägt, – aber immer sind es rohe und gezielte Formeln, die ihr wie harte, kleine Steine aufs Gesicht prasseln und es verletzen.

Die Pferdedunkle rettet sich in den Stall zu Pferden. Da stellt sie sich zu Seiten eines Tieres auf und beruhigt sich an seinen glatten Flanken. Da wird kein Wort gesprochen, Schweife schlagen freundlich hin und her, Ohren spitzen sich, die ihre Gegenwart erkennen, Nüstern beben. Augen wenden sich ihr schweigend zu, sie scheut sich nicht in Augen zu blicken, die niemand kränken.

Die Pferdedunkle ist froh, daß sie selbst kein Pferd ist. Sie will nichts sein, das sie als ihresgleichen empfindet. Nur das Immerfremde ist ihr geheuer. Sie schmeichelt sich nicht ein, sie liebkost nicht, sie hat keine eigenen Laute; so wenig wie sie verstehen möchte, will sie verstanden sein. Die Dunkelheit, in der sie leben muß, findet sie nur unter Pferden. Sie hat es nie mit Tieren versucht, die ihr näher sein wollen. Es wäre ein Irrtum zu glauben, daß sie gern auf Pferden reitet. Aber sie findet ihren Weg in Ställe, die es manchmal noch gibt, findet die Zeit, die sie von Menschen frei sind und bleibt nur, so lange keiner zu erwarten ist.

Die Pferdedunkle krankt an keiner übermäßigen Liebe für sich, doch mit Pferden kann sie allein sein.

ANTON TSCHECHOW

Gram

Wem klage ich meinen Schmerz ...?

Abenddämmerung. Große nasse Schneeflocken wirbeln träge um die eben angezündeten Laternen und legen sich als dünne, weiche Schicht auf Dächer, Pferderücken, Schultern und Mützen. Der Kutscher Iona Potapov ist ganz weiß, wie ein Gespenst. Zusammengekrümmt – mehr kann sich ein menschlicher Körper nicht zusammenkrümmen – kauert er auf dem Kutschbock und regt sich nicht ... Selbst wenn ein ganzer Berg von Schnee auf ihn herunterfallen sollte, er würde es wohl auch dann nicht für nötig halten, ihn abzuschütteln ... Sein Pferdchen ist ebenfalls ganz weiß und rührt sich nicht. In seiner Regungslosigkeit, mit den eckigen Formen und den stockähnlichen Beinen gleicht es sogar von nahem einem Lebkuchenpferdchen für eine Kopeke. Augenscheinlich ist es tief in Gedanken versunken. Wer vom Pflug, von den gewohnten einförmigen Bildern weggerissen und in diesen Strudel unheimlichen Lichts, unablässigen Lärms und rennender Menschen hineingeworfen wird, dem bleibt nichts übrig als nachzudenken...

Schon seit langem haben Iona und sein Pferdchen sich nicht von der Stelle gerührt. Sie sind schon vor Mittag vom Hof gefahren, und noch immer haben sie nichts eingenommen. Aber nun senkt sich nächtliches Dunkel auf die Stadt. An die Stelle des blassen Laternenlichts treten lebhafte Farben, und der Trubel auf den Straßen wird lauter.

»Kutscher, nach der Vyborger Seite!« hört Iona jemand rufen. »Kutscher!«

Iona zuckt zusammen und sieht durch die schneeverklebten Wimpern einen Offizier in Mantel und Kapuze.

»Nach der Vyborger Seite!« wiederholt der Offizier. »Schläfst wohl, was? Nach der Vyborger!«

Zum Zeichen des Einverständnisses zieht Iona an den Zügeln, dabei fallen vom Rücken des Pferdes und von seinen Schultern ganze Schichten von Schnee. Der Offizier steigt in den Schlitten. Der Kutscher schnalzt mit den Lippen, reckt den Hals wie ein Schwan, richtet sich ein wenig auf und schwingt die Peitsche – weil er es einmal so gewohnt ist, keineswegs, weil es nötig wäre. Das Pferdchen reckt ebenfalls den Hals, krümmt seine stockähnlichen Beine und setzt sich unentschlossen in Bewegung ...

»Wo fährst du denn, du Idiot«, ruft es gleich zu Anfang aus der dunklen, hin und her wogenden Menge. »Bist du verrückt? Rrrechts fahren.«

»Kannst du nicht fahren! Halt dich rechts!« sagt wütend der Offizier.

Von einer Equipage herunter schimpft ein Kutscher; ein Fußgänger, der über die Straße läuft und mit der Schulter gegen die Schnauze des Pferdchens stößt, schaut sich böse um und schüttelt Schnee vom Ärmel. Iona rutscht auf dem Bock hin und her, als säße er auf Nadeln, er spreizt die Ellenbogen, seine Augen irren wie abwesend umher, als verstünde er nicht, wo und wozu er hier fährt.

»Was für Schurken!« witzelt der Offizier. »Legen es darauf an, mit dir zusammenzustoßen oder unters Pferd zu kommen ... Haben sich wohl verabredet.«

Iona sieht sich nach dem Fahrgast um, seine Lippen

bewegen sich. Offenbar will er etwas sagen, doch aus seiner Kehle dringt nur ein Röcheln.

»Wie?« fragt der Offizier.

Iona verzieht den Mund zu einem Lächeln, strengt seine Kehle an und sagt heiser:

»Und mir, Herr, ist nämlich ... die Woche der Sohn gestorben.«

»Hm ...! Woran ist er denn gestorben?«

Iona dreht sich mit dem ganzen Körper zu dem Fahrgast um und sagt:

»Wer kann das wissen! Sicher am Fieber ... Hat drei Tage im Krankenhaus gelegen und ist gestorben ... Gottes Wille.«

»Weich aus, du Teufel«, ruft es aus der Dunkelheit. »Bist wohl nicht ganz bei Trost, alter Hund? Sperr die Augen auf!«

»Los, los, fahr weiter«, sagt der Fahrgast. »Sonst sind wir morgen noch nicht da. Leg mal ein bißchen zu!«

Der Kutscher reckt wieder den Hals, richtet sich etwas auf und schwingt mit ungelenker Grazie die Peitsche. Er schaut sich noch mehrere Male nach dem Fahrgast um, der aber hat die Augen geschlossen und ist offenbar nicht geneigt zuzuhören. Nachdem Iona den Fahrgast auf der Vyborger Seite abgesetzt hat, macht er vor einer Kneipe halt, kauert sich zusammengekrümmt auf den Bock und rührt sich nicht mehr ... Der nasse Schnee hüllt ihn und das Pferdchen wieder in Weiß. Es vergeht eine Stunde, eine zweite ...

Auf dem Bürgersteig tauchen, laut mit den Galoschen aufstampfend und schimpfend, drei junge Männer auf: Zwei sind groß und schlank, der dritte ist klein und bucklig.

»Kutscher, zur Polizei-Brücke!« ruft der Bucklige mit

knarrender Stimme. »Drei Personen ... zwanzig Kopeken!«

Iona zieht an den Zügeln und schnalzt. Zwanzig Kopeken sind kein angemessener Preis, aber ihm geht es jetzt nicht ums Geld ... Ein Rubel oder fünf Kopeken – ihm ist das ganz egal, wenn er nur Fahrgäste hat ... Die jungen Leute treten, einander stoßend und wüst fluchend, an den Schlitten und zwängen sich alle drei gleichzeitig hinein. Sie beginnen zu verhandeln, wer die beiden Sitzplätze einnehmen und wer stehen soll. Nach langem Gefluche, vielem Hin und Her und gegenseitigen Vorwürfen beschließen sie, daß der Bucklige als Kleinster stehen muß.

»Na, denn!« knarrt der Bucklige, der sich auf seinen Stehplatz stellt und Iona in den Nacken pustet. »Saus ab! Eine Mütze hast du da auf, Bruder! Eine schlechtere gibt's in ganz Petersburg nicht.«

»Hoho ... hoho«, lacht Iona, »ist mal so.«

»Na, du Ist-mal-so, fahr zu! Willst wohl den ganzen Weg so trödeln? Was? Kriegst gleich eine geschmiert ...«

»Mir brummt der Schädel«, sagt einer von den beiden Langen. »Gestern bei Dukmasovs haben Vaska und ich zu zweit vier Flaschen Kognak ausgesoffen.«

»Ich versteh nicht, warum du so lügst!« ereifert sich der andere Lange. »Lügt wie ein Schwein.«

»Gott strafe mich, aber es ist wahr.«

»Ist ebenso wahr, wie es wahr ist, daß Läuse husten.«

»Hehe!« kichert Iona. »Luuustige Herrschaften!«

»Tfu, hol dich der Teufel!« Der Bucklige wird böse. »Willst du nun fahren, alte Pest, oder nicht? Wer fährt denn so? Zieh ihm eins mit der Peitsche über! Na, zum Teufel! Los! Gib's ihm!«

Iona spürt hinter seinem Rücken den zappelnden Körper und die knarrende Stimme des Buckligen. Er hört, wie auf ihn geflucht wird, er sieht Menschen, und allmählich weicht aus seiner Brust das Gefühl der Einsamkeit. Der Bucklige schimpft, bis er sich schließlich bei einem ganz saftigen, sechsstöckigen Fluch verschluckt und krampfhaft husten muß. Die beiden Langen reden von irgendeiner Nadežda Petrovna. Iona sieht sich nach ihnen um. Er wartet eine kurze Gesprächspause ab, dreht sich noch einmal um und murmelt:

»Mir ist diese Woche ... nämlich ... der Sohn gestorben.«

»Wir müssen alle mal sterben«, seufzt der Bucklige und wischt sich nach dem Husten die Lippen ab.

»Los, fahr schneller, schneller! Herrschaften, ich bin absolut außerstande, so weiterzufahren! Wann werden wir da ankommen?«

»Mach mal ein bißchen Dampf dahinter ... gib ihm eins ins Genick!«

»Hast du verstanden, alte Pest? Ich hau dir die Hucke voll ...! Wenn man bei euresgleichen lange fackelt, kann man auch gleich zu Fuß laufen! Hast du verstanden, alter Drachen? Oder pfeifst du auf unsere Worte?«

Und Iona hört, wie auf seinen Nacken ein Schlag klatscht, er fühlt ihn aber gar nicht richtig.

»Hoho ...« lacht er, »lustige Herrschaften. Gott gebe ihnen Gesundheit!«

»Kutscher, bist du verheiratet?« fragt der eine Lange.

»Ich? Hoho ... lustige Herrschaften. Jetzt hab ich nur eine Frau – die feuchte Erde ... Hihoho ... Das Grab nämlich! Mein Sohn ist nämlich tot, und ich lebe ... Seltsame Geschichte, der Tod hat die Tür verwechselt ... Statt zu mir zu kommen, ist er zum Sohn ...«

Und Iona dreht sich um und will erzählen, wie sein Sohn gestorben ist, aber da seufzt der Bucklige erleichtert auf und erklärt, sie seien Gott sei Dank endlich angelangt. Iona erhält seine zwanzig Kopeken, und er schaut lange den Herrschaften nach, die in einer dunklen Toreinfahrt verschwinden. Wieder ist er ganz allein, und wieder wird es um ihn ganz still ... Der Gram, der kurze Zeit nachgelassen hatte, kommt wieder und zerreißt ihm die Brust mit noch größerer Gewalt. Ionas Augen wandern ruhelos und gequält über die Menge, die auf beiden Seiten der Straße hin und her wogt. Wird sich unter diesen Tausenden nicht wenigstens einer finden, der ihn anhört? Aber die Menschen eilen in Massen vorbei und achten weder auf ihn noch auf seinen Gram ... Übermächtig ist dieser Gram und ohne Grenzen. Würde Ionas Brust zerspringen und der Gram aus ihr herausströmen – er würde die ganze Welt überfluten, und doch kann ihn niemand sehen. Verborgen in seiner winzigen Schale, wäre er selbst bei Tage mit einer Laterne nicht zu entdecken.

Iona sieht einen Hausknecht mit einem Sack und beschließt, ihn anzusprechen.

»Lieber, wie spät mag es sein?« fragt er.

»Es geht auf zehn ... Was stehst du hier herum? Fahr weiter!«

Iona fährt ein paar Schritte weiter, krümmt sich zusammen und gibt sich seinem Gram hin ... Sich an die Menschen zu wenden, hält er bereits für zwecklos. Aber es vergehen keine fünf Minuten, da richtet er sich auf, schüttelt den Kopf, als spüre er einen stechenden Schmerz, und zieht an den Zügeln ... Er hält es nicht mehr aus.

Nach Hause, denkt er, nur nach Hause.

Und das Pferdchen, als hätte es seinen Gedanken erraten, setzt sich in Trab. Nach anderthalb Stunden sitzt Iona schon neben dem großen, schmutzigen Ofen. Auf dem Ofen, auf dem Fußboden, auf den Bänken schnarchen Leute. Die Luft ist verraucht und stickig ... Iona schaut auf die Schlafenden, kratzt sich den Kopf und bereut, daß er so früh zurückgekommen ist.

Nicht mal genug für Hafer hab ich heute zusammengebracht, denkt er. Daher auch der Gram. Ein Mensch, der seine Sache versteht ... der selbst satt wird und sein Pferd nicht hungern läßt, ist immer zufrieden ...

In einer Ecke richtet sich ein junger Kutscher auf, ächzt verschlafen und langt nach dem Wassereimer.

»Hast wohl Durst?« fragt Iona.

»Na ja, hab Durst!«

»So ... Wohl bekomm's ... Aber mir, Bruder, ist der Sohn gestorben. Hast du's gehört? Diese Woche im Krankenhaus ... So eine Geschichte!«

Iona schaut, welche Wirkung seine Worte hervorrufen, aber er sieht nichts. Der junge Kutscher hat die Decke wieder über den Kopf gezogen und schläft weiter. Der Alte seufzt und kratzt sich ... So, wie es den Burschen danach verlangte zu trinken, so verlangt es ihn danach zu reden. Seit dem Tod des Sohnes ist bald eine Woche vergangen, und er hat sich noch mit niemand so recht aussprechen können ... Darüber muß man doch in aller Ausführlichkeit und vernünftig reden ... Man müßte erzählen, wie der Sohn erkrankt ist, wie er sich gequält hat, welches seine letzten Worte vor dem Tod waren und wie er gestorben ist ... Man müßte die Beerdigung schildern und die Fahrt nach dem Krankenhaus, wo er die Kleidung des Verstorbenen abholte. Im Dorf ist ihm das Töchterchen Anisa geblieben ... Auch von ihr müßte man sprechen ... Und was hätte er jetzt nicht alles zu erzählen! Der Zuhörer müßte stöhnen, seufzen und wehklagen ... Noch besser wäre es, er würde alles den Weibern erzählen. Die sind zwar dumm, aber sie heulen schon beim zweiten Wort.

Werd mal nach dem Pferd sehn, denkt Iona, zum Schlafen ist noch Zeit genug ... Werd mich schon noch ausschlafen.

Er zieht sich an und geht in den Stall, wo sein Pferd steht. Er denkt an den Hafer, ans Heu, ans Wetter ... An den Sohn darf er, wenn er allein ist, nicht denken ... Mit jemand darüber sprechen – das geht; aber für sich allein daran denken und sich das Bild des Sohnes vorstellen – das ist unerträglich, das ist grauenhaft ...

»Kaust du?« fragt Iona sein Pferd und schaut ihm in die glänzenden Augen. »Na kau nur, kau nur ... Wenn es heute den Hafer nicht eingebracht hat, dann fressen wir eben Heu. Ja ... Bin zum Fahren zu alt ... Der Sohn sollte fahren, aber nicht ich ... Das war ein richtiger Kutscher. Nur leben müßte er ...« Iona schweigt eine Weile und fährt dann fort: »Stutchen, so ist es nun, Bruder ... Kuzma Ionyč ist weg ... Hat uns Lebewohl gesagt ... Ist krank geworden und gestorben, ganz umsonst ... Sagen wir mal, du hast jetzt ein Fohlen und bist von dem Fohlen die leibliche Mutter ... Und plötzlich, sagen wir mal, sagt dieses selbe Fohlen dir Lebewohl ... Das tut doch weh?«

Das Pferdchen kaut, hört zu und schnauft seinem Herrn auf die Hände ...

Iona kommt ins Reden und erzählt ihm alles ...

ALEXANDER LERNET-HOLENIA

Maresi

Ein unglaublicher Zwischenfall ereignete sich vor zwanzig und einigen Jahren in einer der großen Straßen von Wien.

Als nämlich der Kutscher Matthias Loy, inmitten von Lastfuhrwerk und andrem starkem städtischem Verkehr, auf seinem von zwei Pferden gezogenen Frachtwagen den Getreidemarkt hinabfuhr, trat ganz unvermittelt ein offenbar den besseren Ständen angehöriger Mensch, vom Gehsteig her, an das Fahrzeug, das sich im Schritt weiterbewegte, heran und streckte das eine der beiden Pferde, eine alte, magere Fuchsstute, durch mehrere rasch nacheinander aus einer Repetierpistole abgefeuerte Schüsse zu Boden.

Indessen das Pferd, das zuerst nur in die Knie geknickt war, im Geschirr langsam weiter zusammensank, bäumte sich das andre entsetzt empor; und der Kutscher, nach einigen Augenblicken der Fassungslosigkeit, warf sich mit einem Wutgeheul vom Bock und fuhr dem Attentäter an den Hals. Dieser hatte die Pistole fallenlassen und stand nun bleich und aufrecht da, wobei er sich bloß obenhin der Angriffe des Kutschers und einiger rasch zusammengelaufener Chauffeure und Passanten erwehrte, die ihrer Empörung Luft machten, indem sie ihn immerzu anschrien und hin und her stießen. Zwei gleichfalls herbeieilenden Polizisten gelang es denn alsbald auch nur mehr mit Mühe, den Menschen vor der Wut der Leute zu retten, die sich um so mehr erbitterten, als er auf keine ihrer Fragen: warum er die Tollheit begangen habe, ein wildfremdes Pferd zu erschießen, und was ihm denn das arme Vieh getan, auch nur die geringste Antwort gab. Zerdroschen, ohne Hut und mit zerfetztem Rock, ward er schließlich fortgeführt, und das Geheul der Menge verfolgte ihn. Er mochte zwei- oder dreiundvierzig Jahre alt sein und früher einmal ganz gut ausgesehen haben, jetzt aber war er abgemagert und vernachlässigt. Der Kutscher lief noch eine Strecke weit neben ihm her und beschimpfte ihn fortwährend. Er tat jedoch, als höre er ihn gar nicht. Auch auf dem Polizeikommissariat gab er nur unbefriedigende und mangelhafte Auskünfte. Insbesondere sagte er, man werde den Grund, aus dem er das Pferd niedergeschossen, ja doch nicht verstehen; zudem konnte er kein Quartier angeben, wo er in letzter Zeit gewohnt; und weil auch, von einem der verirrten Geschoße, ein Mädchen an der Hand gestreift worden war, behielt man ihn in Haft. Erst als sein Fall vor Gericht verhandelt wurde, entschloß er sich zu ausführlichen Erklärungen.

Seine absurde Tat beschäftigte die Gemüter der Öffentlichkeit immer noch in solchem Maße, daß, als er vorgeführt ward, eine Menge Neugieriger sich im Saale drängte. Auf die einleitenden, formalen Fragen gab er an, er heiße Franz von Hübner, sei vierundvierzig Jahre alt, ledig und seit Monaten erwerbslos.

Der Richter, in den vor ihm liegenden Papieren blätternd, erklärte fürs erste, einen Franz von Hübner gäbe es nicht mehr, es gäbe nur noch einen Franz Hübner. Darnach verlas er den Tatbestand und richtete an den Angeklagten die Frage, ob er sich nun also zu einer Erklärung bequemen wolle, warum er das Pferd des Matthias Loy erschossen habe.

Hübner blickte zu Boden und schwieg noch immer.

»Nun?« fragte der Richter, schon ziemlich scharf.

Hübner sah auf und streifte den Loy, der als Zeuge dasaß, mit einem Blick.

»Weil«, sagte er schließlich, »der Kutscher das Pferd geschlagen hat.«

»Geschlagen?«

»Ja. Und dann war es doch auch schon alt.«

»So«, schrie der Richter, »weil er es geschlagen hat und weil es alt war, haben Sie es glattweg niedergeschossen?« Und die Zuhörer brachen in empörte Rufe aus. Auch sprang der Kutscher auf und rief, es sei gar nicht wahr, daß er das Pferd geschlagen habe, bloß angetrieben habe er's hin und wieder mit der Peitsche, wie das ja gestattet sei; der Kerl aber, womit er Hübner meinte, habe ihn aus purer Bosheit um das wertvolle Tier gebracht. Doch fuhr der Richter dazwischen und befahl ihm, zu schweigen, bis er gefragt werde; und das Publikum ward zur Ruhe verwiesen. Inzwischen sah der Angeklagte den Richter an, und als wieder Stille eingetreten war, sagte er:

»Ich habe doch schon gesagt, daß man nicht verstehen wird, warum ich das Pferd getötet habe.«

Das zu beurteilen, schrie der Richter, stehe dem Gericht zu und nicht dem Angeklagten.

Hübner zuckte die Achseln. »Meinen Sie?« sagte er. »Nun, zunächst einmal war dieses Pferd überhaupt gar kein gewöhnliches Zugpferd, sondern eine Vollblutstute, mehr als zwanzig Jahre alt allerdings; und in dem Zustand, in dem sie zuletzt war, konnte man ihr natürlich auch gar nicht mehr anmerken, was für ein schönes Pferd sie früher gewesen. Sie hieß Maresi, ihr Vater war Scherasmin, ein berühmter Hengst aus dem Lesczynskischen Gestüt, und ihre Mutter hieß Scheherazade.«

»So?« sagte der Richter. »Woher wollen Sie denn das alles wissen?«

»Das weiß ich deshalb«, sagte der Angeklagte, »und zwar sogar sehr genau, weil die Stute, früher einmal, mir gehört hat, und weil ich selber sie aufgezogen habe, auf meinem Gut, als ich noch eins hatte.«

Eine Bewegung ging durch den Saal.

»Dieses Gut«, fuhr Hübner fort, »hieß Sankt Marien. Ich hatte es nach meinem Vater übernommen. Ich war damals allerdings noch nicht zwanzig. Aber auch die kleine Vollblutzucht, die wir hatten, versuchte ich weiterzuführen. Ich besaß drei Zuchtstuten: Ayescha, Fatima und Scheherazade. Scheherazade erwartete ein Fohlen. Ich erinnere mich noch genau an den Tag, an dem es zur Welt kam. Meine Mutter, die damals noch lebte, hatte unsere nächsten Nachbarn zum Tee gebeten, einen Grafen und eine Gräfin Steinville. Sie brachten auch Blanka mit. Blanka war ihre kleine Tochter. Sie war damals fünf Jahre alt.«

Der Richter trommelte mit dem Bleistift auf den Tisch. »Gehört das hierher?« fragte er.

»Ja«, sagte Hübner kurz; und nach einem Moment fuhr er fort: »Es war im September. Wir tranken Tee in unserem kleinen Salon, dann traten Steinville und ich ans Fenster, das Fenster stand offen, wir zündeten uns Zigaretten an und sahen in den Hof hinab. Eben ward, unten, Scheherazade vorübergeführt. Ich hatte nämlich Befehl gegeben, daß die Stute vormittags und nachmittags aus dem Stalle zu holen und an der Hand je eine Stunde lang zu bewegen sei. Ich sagte dem Grafen, das Fohlen sei nun schon täglich zu erwarten. In diesem Moment hörten wir das Blasen von Trompeten.«

»Von was für Trompeten?« fragte der Richter.

»Es war eine Kavalleriedivision in der Nähe zusammengezogen worden und manövrierte schon seit dem frühen Morgen auf den abgeernteten Feldern. Der Schall der Trompeten kam erst nur von ferne her, dennoch wurde Scheherazade unruhig. Auf fast alle Pferde, auch wenn sie nicht im Heere gedient haben, wirkt der Klang von Trompeten und kriegerischer Musik. Auch Scheherazade begann zu tänzeln und sich um den Reitburschen, der sie am Halfter zurückhielt, zu drehen. Sie ließ sich jedoch wieder beruhigen. Als aber gleich darauf das Blasen, nun schon aus größerer Nähe, von neuem ertönte, versuchte sie vorne hochzugehen. Doch hing der Reitbursch am Halfter. Da tat sie zwei oder drei Sprünge und riß den Burschen um. Wir schrien in den Hof hinab, da schleifte die Stute den Burschen noch ein Stück weit mit, dann streifte sie, mit einer geschickten Bewegung, den Halfter ab und jagte um die Hausecke und in den Park hinein. Der Bursche sprang sogleich wieder auf und rannte ihr nach, konnte sie aber nicht einholen. Sie ging im Galopp durch den Park, und wir sahen noch, wie sie die Gartenmauer übersprang. Dann liefen auch wir die Treppe hinab und ihr nach.«

»Nun?« fragte der Richter. »Und?«

»Sie jagte den Regimentern nach, die, wie wir an den Signalen merkten, eben zur Attacke gegeneinander ansetzten. Als wir zur Gartenmauer kamen, sahen wir die Stute schon hinter der einen der beiden langen, glitzernden und klirrenden Reiterfronten, unter deren Hufen der Staub aufquoll, einherfegen und alsbald selber im Staube verschwinden. Man erzählte uns später, sie habe die Schwadronen sehr bald erreicht, sei mitten unter der Mannschaft, die mit ergriffenen Säbeln dahingalopierte, hindurchgerast, habe schließlich auch die Offiziere überholt und erst angehalten, als man sich den feindlichen Reihen auf etwa hundert Schritte genähert hatte und als zum Halten geblasen ward. Da sah man Scheherazade, als der Staub verwehte, in der Nähe der Generale stehen, sie tänzelte und wieherte, und es begann ein Schimpfen und Lachen und Fragen, woher das fremde Pferd denn sei. In diesem Augenblick jedoch fing sie auch schon zu taumeln an, verfiel dann in eine Art Krampf und begann, ihrem Fohlen das Leben zu schenken ...«

Ein Murmeln ging durch die Menge der Leute, die zuhörten.

»Zunächst«, sagte Hübner, »wußte man nicht, was da eigentlich vor sich ging, alsbald jedoch sprengten zwei oder drei Tierärzte aus den Regimentern heran, warfen sich von den Pferden und standen der Gebärenden bei. Als wir die Stute erreichten, waren die Regimenter schon in Kolonnen seitwärts abmarschiert, und das Fohlen war da. Es war ein sehr schönes Stutenfohlen. Auch Blanka kam nun über das Feld gerannt, sie war ihrer Mutter davongelaufen und außer sich vor Freude über das kleine Pferd. Sie schrie und lachte und streichelte es, wenngleich es noch ganz naß war, und wir alle waren glücklich, daß alles noch gut ausgegangen war. Auch gaben wir dem Fohlen gleich einen Namen. Zwar hatte ich, für den Fall, daß es eine Stute sein würde, beschlossen gehabt, es Sobeide zu nennen. Da es jedoch, wie die Tierärzte sagten, vor der Front des Dragonerregiments Maria Theresia zur Welt gekommen war, so nannten wir es Maresi.«

»Wie?« fragte der Richter.

»Maresi. Das ist der Kosename für Maria Theresia. – Die Stute führten wir nun langsam heim, und das Fohlen lief bereits mit. Es wollte auch schon von der Mutter trinken, und Blanka streichelte es immerzu, sie fragte mich tausend Dinge über Pferde, und ich mußte ihr alle Geschichten von Pferden erzählen, die ich wußte. Denn als ich ihr sagte, das Fohlen werde nun, weil sich das bei Vollblütern so gehöre, mit vollem Namen, das heißt mit seinem eigenen Namen und mit den beiden Namen seiner Eltern, Maresi von Scherasmin aus der Scheherazade heißen, wollte sie auch wissen, wer die Großeltern des Fohlens und wer seine Urgroßeltern gewesen seien; und ich erzählte ihr, das Vollblut stamme von angelsächsischen und arabischen Pferden, die Araber aber kämen von den berühmten Stuten des Propheten her, und alle Pferde überhaupt gingen auf die Wildpferde zurück, die klein und falb gewesen seien, mit feisten Hälsen und schwärzlichem Mähnenhaar, und von denen es auch heute noch in der inneren Mongolei einige wenige gäbe. Aber auch von den großen Pferdeherden in Amerika erzählte ich ihr, aus denen die Indios ihre Pferde herausfingen, und daß die amerikanischen Pferde von verwilderten Pferden der Spanier abstammten, die vor langen Zeiten auf Befehl des Kaisers über das Meer gefahren wären, denn das Reich des Kaisers sei ehedem so groß gewesen, daß darin die Sonne nicht unterging.«

Da der Angeklagte jedoch nicht sogleich weitersprach, sondern seinen Erinnerungen nachzuhängen schien, so rief der Richter: »Weiter! Aber beschränken Sie sich auf das Notwendige.«

»Das Fohlen«, fuhr Hübner sohin fort, »blieb eine Zeitlang bei seiner Mutter, dann kam es auf die Weide. Als das Pferd zwei Jahre alt war, übergab ich es einem Trainer. Auf der Bahn erwies es sich zunächst als vorzüglich, versagte aber schon im nächsten Jahr in zwei

Flachrennen, das heißt: während es auf kurze Strecken nichts erreichte, stand es lange Strecken sehr gut durch, auch sprang es ausgezeichnet, und so siegte es schließlich in mehreren Hindernisrennen. Dann nahm ich es heim und ritt nun selbst auf diesem Pferde zwei oder drei Jahre lang fast alle Jagden, denn es war ein sehr ausdauerndes Jagdpferd. Als solches hatte es natürlich auch Chancen für Pardubitz, und ich siegte, im November 1913, mit Maresi in der Großen Pardubitzer Steeplechase.«

Aber weder der Richter noch die Zuhörer schienen eine rechte Vorstellung davon zu haben, daß die Große Pardubitzer das schwerste Hindernisrennen der Monarchie gewesen sei; und der Richter sagte bloß: »So? Und was geschah dann?«

»Dann«, sagte Hübner, »kam der Krieg, und ich rückte mit der Stute und zwei anderen Pferden zu meinem Regiment ein; und das Regiment ging sogleich ins Feld. Die Kavallerie kämpfte in den ersten Monaten des Krieges noch in farbigen Uniformen. Wir trugen rote Hosen und Stulpenhandschuhe, goldne Kartuschriemen und hohe Helme, mit funkelnden Reliefs, Löwen darstellend, zu beiden Seiten des Helmkammes, die Pelzröcke hatten wir um die Schultern gehängt, und die Goldschnüre der Pelze wanden wir uns um die Hälse, zum Schutz gegen Säbelhiebe. Die Regimenter sahen wundervoll aus, und wir dachten, wir würden nun zu Pferde kämpfen. Aber dazu kam es natürlich gar nicht. Wo immer die farbigen Reiter sich zeigten, wurden sie vom Feuer der Russen zugedeckt, die, in ihren erdbraunen Uniformen, in unzähligen Schwärmen heranrückten, und wir mußten von den Pferden absitzen und zu Fuß kämpfen. Die Pferde bekamen wir oft monatelang nicht mehr zu Gesicht, zum letztenmal sahen wir sie während des Vormarsches im Jahre 1915, als wir die Russen durch ganz Polen zurücktrieben, aber auch da ritten wir nur während der Märsche, und dann begann überhaupt der Grabenkrieg. Die Pferde standen Gott weiß wo hinter der Front, und im übernächsten Frühjahr nahm man sie uns ganz weg. Sie hatten Geschütze und Trainfuhrwerke zu ziehen; und auch die Offizierspferde mußten verkauft werden, denn wir bekamen für sie kein Futter mehr zugewiesen. Ich verkaufte also auch Maresi, obgleich mir's sehr leid um sie war. Gott weiß, was sie in den folgenden Jahren erlebt haben mag. Vielleicht ist sie einem Intendanten zugewiesen worden, der ein Dienstpferd brauchte, wenngleich er nicht reiten konnte, vielleicht ging sie im überladenen Train, vielleicht zog sie schwere Geschütze. Ich dachte oft an sie, und daß es kein Leben mehr für ein Pferd sei, wenn es Gas und Tanks gäbe, Traktoren und Motorbatterien. Vielleicht, dachte ich, ist sie überhaupt schon tot. Und ich dachte daran, wie lieblich ihr Schnauben gewesen war, wenn sie ihre Nüstern an meiner Hand gerieben hatte.«

Der Angeklagte machte eine Pause, während der es ganz still im Saal war.

»Nach dem Krieg«, fuhr er schließlich fort, »kehrte ich auf das Gut zurück. Aber meine Mutter war inzwischen gestorben, und die Wirtschaft war ganz vernachlässigt. Auch bei den Steinvilles sah es nicht viel besser aus. Sie hatten gleichfalls keine Arbeiter und keine Pferde mehr gehabt. Wir sagten uns, daß wir zunächst möglichst viele von den Pferden, die aus dem Felde zurückkamen, aufkaufen müßten. Denn überall auf den Straßen und in den Städten lösten damals die Trains und die Batterien sich auf; und Pferde bekam man auf einmal wieder für ein Butterbrot. In den Provinzstädten gab es sogar ganze Rudel von Pferden, die niemand mehr gehörten und die sich da tage- und wochenlang herumtrieben. Wir erwarben also so viele Pferde, als wir glaubten ernähren zu können, und brachten sie mit Mühe über den Winter hinweg. Denn wir mußten das Futter zu Phantasiepreisen kaufen. Im Frühjahr aber schickten wir sie auf die Weide, und alsbald begannen wir auch mit dem Anbau.

Steinvilles Sohn war im Kriege gefallen, und Blanka mochte, als ich sie wiedersah, vierzehn oder fünfzehn Jahre alt sein. Das erste, was sie mich damals fragte, war, wo Maresi sei. Ich antwortete, ich wisse es nicht, ich hätte das Pferd verkaufen müssen; und sie sagte, das sei schade, denn sie habe es sehr lieb gehabt und könne sich noch genau an den Tag erinnern, an dem es zur Welt gekommen sei. Sie sprach auch in der Folge immer wieder von dem Pferde, bis ich ihr versprach, mich umzusehen, ob es noch lebe. Vielleicht, sagte ich, werde sich ermitteln lassen, wohin es die Kommission, die es, 1917, übernommen, weitergegeben habe; und als ich bald darauf nach Wien kam, erkundigte ich mich im Kriegsministerium und bei den noch liquidierenden Kommanden nach dem Pferde. Doch war, da der Verkauf in Polen stattgefunden hatte, kein Dokument mehr darüber aufzutreiben. Ich schrieb zwar an Freunde in Polen und Ungarn und bat sie, sich der Sache anzunehmen. Allein es war von der Stute keine Spur mehr vorhanden, und wenn sie überhaupt noch am Leben war, konnte sie nun ebensogut in Istrien oder Rumänien sein, in Böhmen oder Kroatien oder in irgendeiner andern Gegend der auseinandergefallenen Monarchie. Zuletzt wandte ich mich dann auch noch an die Pferdehändler und beschrieb ihnen die Stute und ihre Brände, so gut ich konnte; und im Laufe der Zeit erschienen nun in der Tat alle möglichen Leute mit Pferden bei mir und wollten sie mir anhängen, indem sie behaupteten, eins davon sei das meine. Doch kam ich endlich auf sehr sonderbare Art wieder zu diesem Pferde.

Es tauchte nämlich, im zweiten Jahr nach dem Kriege, ganz plötzlich in einer Reitschule in Wien auf. Woher es die beiden Kerle, denen die Reitschule gehörte, eigentlich erworben hatten, war später nicht mehr festzustellen. Jedenfalls verwendeten sie es als Schulpferd. Leute, die im Kriege Geld gemacht hatten, begannen damals zu reiten, weil sie fanden, das gehöre zum guten Ton: und wenn sie, im Sommer, in die Kurorte reisten, so gingen die Reitschulen mit auf das Land und veranstalteten da Geländeritte, ist der Sommerfrischler doch auch sonst der Affe des Landbewohners. Jedenfalls kam Maresi auf solche Art, im Juli vor etwa zehn Jahren, in einen Badeort in der Nähe von Sankt Marien.

Die Leute, die in solchen Reitschulen ritten, waren natürlich meist rechte Krippenreiter. Eines Tages nun, während eines Terrainrittes, warf Maresi ihren Kriegsgewinner ab und ging durch. Nun ist die Intelligenz eines Pferdes eine sehr beschränkte, man sollte sich da keinen Täuschungen hingeben. Ein Pferd mag zwar ein paar große und heroische Instinkte haben, den Willen zum Sieg im Rennen vielleicht und die Freude am Kampf, aber die Charaktereigenschaften eines Pferdes lassen sich mit denen etwa eines Hundes natürlich gar nicht vergleichen. Immerhin merken Pferde sich wenigstens den Weg zum Stall und erinnern sich vielleicht auch an Gegenden, in denen sie schon einmal gewesen sind. Kurzum, als

Maresi durchging, mochte die Landschaft ihr plötzlich bekannt vorgekommen sein, und sie galoppierte immer weiter. Jedenfalls, als ich, an jenem Tag, auf dem Hofe stand und wiederum mit einem Pferdehändler verhandelte, der mir irgendeine Fuchsstute für diejenige andrehen wollte, die ich suchte, hörte ich plötzlich aus dem Stall, in meinem Rücken, ein helles und schmetterndes Wiehern, über das ich mich wunderte, weil alle meine Pferde mit dem Einfahren der Ernte beschäftigt waren. Ich sprach zwar noch einige Worte mit dem Händler, da sich das Wiehern aber wiederholte, so traten wir, um nachzusehen, was denn los sei, in den Stall; und da kam mir Maresi, die hinter unserem Rücken in den Stall getrabt war, mit schleifendem Zügel und auf den Bauch gerutschtem Sattel, doch hocherhobenen Hauptes, entgegen, und ihr Wiehern klang heller als Silber.«

Ein Gemurmel setzte unter den Zuhörern ein und verriet, daß sie sich sentimental bewegt fühlten, etwa wie in einem Rührfilm. Doch zog Hübner die Brauen zusammen und sprach ziemlich schnell weiter:

»Ich kaufte das Pferd den Besitzern der Reitschule natürlich sogleich ab. Als sie merkten, daß ich es durchaus haben wollte, verlangten sie zwar reichlich viel dafür, ich zahlte aber schließlich den Preis. Dann ritt ich auf Maresi zu den Steinvilles hinüber. Blanka war mehr als glücklich; und noch am gleichen Abend verlobte ich mich mit ihr.«

Bei diesen Worten stieg dem Angeklagten eine leichte Röte ins Gesicht. »Wir wollten«, fuhr er jedoch rasch fort, »heiraten, sobald Blanka zwanzig Jahre alt sein würde. Ich ging also daran, meine Wirtschaft zu verbessern, um meiner Frau ein anständiges Leben bieten zu können. Ich schaffte zunächst neue landwirtschaftliche

Maschinen an und ging im nächsten Jahr sogar auf Traktorenwirtschaft über. Die Zugpferde gab ich alle auf, nur Maresi behielt ich, um über die Felder reiten zu können, aber auch die Wagenpferde gab ich auf und kaufte mir einen amerikanischen Wagen.

Doch kam ich mit allen diesen Veränderungen schon in eine schlechte Zeit. Zunächst hatte ich eine Mißernte, und dann übernahm ich mich mit Krediten in eben dem Augenblick, in welchem die Inflation ein Ende fand. Ich war zu leichtsinnig gewesen, und es sollte sich zeigen, daß ich die Kredite nicht mehr würde zurückzahlen können.

Steinville hatte dem Ganzen mit Unbehagen zugesehen, er mochte ahnen, was sich da anbahnte, es kursierten von mir schon eine Menge Wechsel. Zudem fingen die Getreidepreise an zu fallen, teils wegen der ungarischen, rumänischen und der überseeischen Produktion, teils wegen der Überproduktion überhaupt, die durch die Einstellung von Maschinen in die meisten landwirtschaftlichen Betriebe entstanden war. Steinville selbst aber ging viel ruhiger in die Krise als ich. Er hatte in den letzten Jahren gut gewirtschaftet und war schuldenfrei. Auch war er vom Pferdebetrieb nicht abgegangen. Ich hingegen konnte bald nur mehr mit Mühe meine Schuldzinsen zahlen und meine Wechsel prolongieren lassen.

Wir sprachen von der Verschlechterung meiner Lage zwar nie direkt, als aber der Zeitpunkt heranrückte, zu dem Blanka und ich heiraten sollten, trafen die Steinvilles keine Vorbereitungen dazu, und der Termin der Hochzeit wurde stillschweigend verschoben. Blanka ging mit verweinten Augen umher, und ich selbst war nicht weniger unglücklich als sie. Doch wagte ich nicht, auf eine Eheschließung zu dringen. Denn meine Situation war eine so unsichere geworden und verschlechterte sich im Laufe der Zeit so sehr, daß ich es nicht mehr auf mich nehmen konnte, das Schicksal einer Frau an mein eigenes ungewisses Schicksal zu ketten. Ich versuchte zwar, meine Lage dadurch zu bessern, daß ich verschiedene Grundstücke losschlug, wobei ich, den Steinvilles gegenüber, angab, sie seien für meine Wirtschaft ohne jede Bedeutung; und ich verkaufte auch den ganzen Schmuck, den ich von meiner armen Mutter geerbt hatte. Aber das alles reichte nur zur Befriedigung der zudringlichsten Gläubiger hin. Zudem brachte mich am Ende auch noch Steinville selbst in die peinlichste Lage.

Er kaufte nämlich, vielleicht auf das Drängen seiner Tochter, vielleicht auch weil er selbst sich über meine Situation vergewissern wollte, mehrere meiner Wechsel auf, machte mir einen Besuch und verständigte mich dahingehend, daß er sie nun in seinem Besitze habe. In zwei Wochen seien sie zwar fällig, falls es mir aber unbequem sein werde, sie einzulösen, so könne man sie ja prolongieren; und überhaupt komme es ihm sehr gelegen, daß er, wie er sagte, durch Zufall in den Besitz der Wechsel gelangt sei. Denn daß nun er sie besitze, statt irgendeines Fremden, könne doch auch mir nur lieb sein.

Wahrscheinlich meinte er's wirklich so, wie er sagte; und wenn Blanka ihn gedrängt hatte, die Wechsel aufzukaufen, so hatte sie es gewiß nur getan, um mir Unannehmlichkeiten zu ersparen, indem sie annahm, ich könne meine Angelegenheiten mit ihrem Vater leichter als mit irgendwem anders ordnen. Dennoch traf mich Steinvilles Eröffnung wie ein Schlag. Ich wollte die Wechsel allerdings prolongieren lassen, aber natürlich nicht bei ihm; und da nun er sie besaß, war an ein Prolongieren nicht mehr zu denken. So blieb mir denn nichts übrig, als sie eben einzulösen. Denn einen wirklichen Einblick in meine Lage durfte ich ihm, wie ich glaubte, unter keinen Umständen gestatten. Ich hätte sonst jede Hoffnung, Blanka schließlich doch noch heiraten zu können, aufgeben müssen.

Ich erhob mich somit und erklärte, so gefaßt ich konnte, daß ich die Wechsel selbstverständlich einlösen werde, wann immer er es wünsche; und die nächsten vierzehn Tage verbrachte ich damit, Geld aufzutreiben, von wo es nur möglich war. Ich mußte aber auch mehrere antike Bilder verkaufen, die ich noch besaß, dann fast mein ganzes Silber und schließlich auch Maresi.

Ich bekam nicht mehr viel für sie. Sie war inzwischen alt geworden, und Pferde erzielten schlechte Preise. Aber daß man sie mir aus dem Stall führte, hätte mir dennoch das Herz gebrochen, wenn meine andern fortwährenden Sorgen mich das Pferd nicht sehr bald hätten vergessen lassen.

Als die Wechsel fällig waren, erschien Blanka statt des alten Steinville. Er fühle sich, sagte sie, nicht ganz wohl, sie fürchte, er könne ernstlich erkranken. Das Geld für die Wechsel wollte sie zunächst gar nicht nehmen. Das ganze, sagte sie, sei ja doch nur eine Formalität. Vielleicht hatte sie Vollmachten bekommen, wie sie über die Sache hinweggehen solle, falls ich das Geld nicht besäße. Ich drängte ihr's aber dennoch auf. Dann gingen wir noch ein paar Minuten lang durch die Wirtschaft. Maresis Box stand leer. Ich sagte, das Pferd sei beim Tierarzt. Ehe Blanka in den Wagen stieg, brach sie auf einmal in Schluchzen aus. Ich tröstete sie, indem ich ihr das Haar streichelte, brachte aber kein Wort heraus. Was hätte ich ihr auch sagen sollen!

Von da an ging ich meinem Ruin sehr rasch entgegen, und einige Monate später schon sah ich, daß ich das Gut nicht mehr würde halten können. Das war vor zwei Jahren im Herbst. Was von mir an Wechseln noch lief, wurde protestiert, und nach Abwicklung der Formalitäten ward die Versteigerung von Sankt Marien auf Mitte November festgesetzt.

Ich sah die Steinvilles gar nicht mehr, es wäre mir unerträglich gewesen, mich ihnen jetzt noch unter die Augen zu wagen; und auch sie schienen meine Stimmung zu achten und zeigten sich nicht. Steinville, hieß es überdies, sei bettlägerig. Er war herzkrank geworden. Erst ein paar Tage vor der Versteigerung entschloß ich mich, ihn anzurufen und ihn um Hilfe zu bitten.

Blanka kam an den Apparat. Sie sagte mir, ihr Vater sei sehr krank, sie werde ihm jedoch meine Bitte sofort weitergeben. Auf die Frage, wie er sich fühle, sagte sie, es sei Wassersucht eingetreten, schon vor Wochen.

Am nächsten Tag brachte sein Verwalter mir einen Brief, in welchem er mir schrieb: wenn es ihm bei der Versteigerung möglich sein werde, das Gut zu erstehen, so könne ich darauf rechnen. Er habe schon einen Bevollmächtigten bestimmt.

Ich dankte ihm brieflich und wünschte ihm alles Gute.

Zwei Tage später war er tot.

Damit war auch ich verloren. Denn aus der Hinterlassenschaft, ehe sie nicht geregelt war (und das konnte Monate dauern), durften die Steinvilles nun kein Geld mehr ziehen; und überdies mußten sie gewiß auch hohe Erbschaftssteuern zahlen, so daß sie für mich kein Geld flüssig haben konnten.

Am Tage der Versteigerung verließ ich, frühmorgens, Sankt Marien in einem Mietwagen. Es hatte in der Nacht geschneit, nun zerschmolz der Schnee zu trüben Lachen, welche den Himmel spiegelten, der immer noch grau wie Asche war.

Als ich durch das Dorf fuhr, läuteten die Glocken. Man begrub eben Steinville. Ich ließ halten, stieg aus und stellte mich zu den Bauern und kleinen Leuten, die das Grab umgaben. Blanka und die Gräfin standen, in langen schwarzen Schleiern, in einer Gruppe von Verwandten. Ich hielt mich abseits und hoffte, daß mich niemand sehen werde. Als ich aber, noch vor Beendigung des Rituals, wieder in den Wagen steigen wollte, stand plötzlich Blanka neben mir.

Sie schlug den Schleier zurück, und ihre Augen waren so verweint, als sei auf zwei Saphire ein Tau von Blut gefallen. Sie hängte sich mir schluchzend an den Hals und bat mich, sie jetzt nicht zu verlassen. Sie liebe mich, wie sie mich immer schon geliebt, und nun sie Erbin geworden sei, solle ich sie heiraten und das Gut führen.

Es wurde mir entsetzlich schwer, ihr zu sagen: ich könne das nicht tun. Ich sei nun niemand mehr und besäße nichts mehr, sie aber werde gewiß eine Ehe mit einem vermögenden jungen Menschen schließen können, zu dem sie besser passen werde als zu mir. Es sei genug, daß ich mein eigenes Gut verloren, ich bräuchte nun nicht auch noch das ihre zugrunde zu richten.

Damit küßte ich sie, stieg rasch in den Wagen und befahl dem Kutscher: ›Fahr zu!‹ Blanka wollte mich zurückhalten und rief mir nach, aber ich brachte es nicht mehr übers Herz, mich auch nur noch *einmal* umzuwenden.

Am Abend war ich in Wien.

Um es kurz zu sagen, so versuchte ich mich, mit dem Rest des Geldes, das mir nach der Versteigerung des Gutes geblieben war, in verschiedenen Unternehmungen, doch verlor ich dabei auch noch diesen Rest. Dann nahm ich eine Stellung in einem Bauunternehmen an, verlor jedoch, als das Unternehmen sich auflöste, auch diese; und von da an fand ich überhaupt keine Stellung mehr. Als ich mein letztes Geld ausgegeben hatte, steckte ich meine Armeepistole zu mir, schrieb, in einem Kaffeehaus, noch ein paar Abschiedsbriefe und trat dann auf die Straße, um mich irgendwo in einem der Parks zu erschießen. In diesem Moment sah ich Maresi.

Ich erkannte sie sofort wieder, wenngleich sie ganz heruntergekommen aussah. Sie war noch mehr gealtert, mager und ganz verwahrlost. Sie ging, zusammen mit einem schlechten Grauschimmel, im Wagen dieses Kutschers da.«

Dabei zeigte der Angeklagte auf Matthias Loy. Alles sah auf den Kutscher, der sich auf einmal ziemlich unbehaglich zu fühlen und darüber nachzudenken schien, wie er sich aus der Situation ziehen könne.

»Ja, so gut wie bei Ihnen«, sagte er schließlich, »wo Sie nichts zu tun hatten, konnten die Pferde es bei mir natürlich nicht haben.«

»Der Wagen«, sagte Hübner, »war hochbeladen, die Pferde brachten ihn nur mit Mühe vorwärts, und dieser Mensch schlug sie immer mit der Peitsche.«

»Wer?« rief Loy. »Ich?«

»Ja, Sie. Ich trat«, wendete der Angeklagte sich wieder an den Richter, »sofort zu Maresi hin, und indem ich neben dem Pferd herging und ihm die Mähnenzotten aus der Stirn strich, wandte ich mich halb zurück und rief dem Kutscher zu, was ihm einfalle, die Pferde zu schlagen, sie zögen doch, so gut sie könnten. Er aber schrie mich an, was mich das angehe.«

»Es ist Sie ja auch«, rief der Kutscher, »nichts angegangen, und dann ist es auch gar nicht wahr, daß ich die Pferde geschlagen habe, bloß ein wenig angetrieben habe ich sie!«

Er solle schweigen, fuhr jedoch der Richter dazwischen, jetzt rede der Angeklagte.

»Ich sagte ihm«, fuhr Hübner fort, »daß es gemein sei, ein Pferd zu schlagen, noch dazu ein so altes und herabgekommenes. Er aber schrie, wer herabgekommen sei, seine Pferde vielleicht? Es sei eine Frechheit, das zu behaupten, und wenn ich nicht sofort abfahre, so werde er mit der Peitsche auch mir noch eins überziehen! Und damit schlug er auch schon wieder auf die Pferde ein.«

»Ah«, fuhr der Kutscher auf, »der Kerl soll sein Maul halten! Habe ich nicht schon gesagt, daß ich nicht wirklich zugeschlagen habe?« Und er fuhr fort zu schreien, er lasse sich nicht anschwärzen, bis dem Richter die Geduld riß. Er schrie ihn an, er werde ihn aus dem Saale werfen lassen, und als der andere drauf mit Flüchen antwortete, befahl der Richter mit kreischender Stimme, ihn sofort in Haft zu nehmen. Unter dem Applaus des Publikums ward der Kutscher aus dem Saale gestoßen; und der Angeklagte blickte ihm nach. Dann, als wieder Stille eingetreten war, wandte sich Hübner zum Richter zurück und fuhr fort:

»Ich stritt mit diesem Menschen weiter, bis wir an einem Polizisten vorbeikamen, an den ich mich wendete. Doch hatte der Kutscher inzwischen natürlich aufgehört die Pferde zu schlagen, so daß mir der Schutzmann nicht glaubte. Aber kaum waren wir ihm aus den Augen, so begann der Kerl schon wieder auf die Tiere einzuhauen. Ich glaube, er tat es nun schon weniger um sie zu quälen, als um mir selber eine Bosheit anzutun. Sobald ich das merkte, trat ich von den Pferden weg, ging aber auf dem Gehsteig neben dem Wagen her.

Vier Tage ging ich so neben dem Wagen. Ich vermochte nicht, mich von meinem Pferde zu trennen und es seinem Schicksal zu überlassen. Ich begleitete es, bis es abends in den Stall gebracht wurde, ich übernachtete irgendwo auf einer Bank und war am Morgen schon wieder da, wenn der Wagen bespannt wurde. Ich mußte zusehen, wie die Pferde geschlagen wurden, aber immer, wenn ich bei einem Polizisten Anzeige gegen den Kutscher erstattete, benahm er sich so scheinheilig und schlau, daß man seinen Versicherungen mehr Glauben schenkte als den meinen. Bei einigen von den Wachleuten traf es sich, daß sie anderntags wiederum Dienst taten, wenn wir vorbeikamen; und wenn ich mich erneut an sie wendete, hielten sie mich für einen Querulanten und hörten mich gar nicht mehr an. Schließlich kam ich auf den Gedanken, dem Kutscher das Pferd abzukaufen. Das Geld dazu hätte ich vielleicht noch irgendwo auftreiben können. Viel war die Stute ja nicht mehr wert. Ich hätte zwar nicht gewußt, was ich dann mit ihr anfangen sollte, aber der Kerl verlangte ohnedies einen so unverschämten Preis, daß an den Kauf nicht zu denken war. So viel Geld hätte ich dafür nicht mehr entleihen können, billiger aber wollte er sie mir nicht geben; und nachdem ich ihn, Gott weiß wie lang, gebeten hatte, mir Maresi dennoch abzulassen, stieg er wieder auf den Bock, fuhr weiter und prügelte die Pferde. Da ging ich noch ein paar Stunden lang nebenher, um die ärgsten Mißhandlungen zu verhüten, schließlich aber sagte ich mir, helfen könne ich dem Pferd auf die Dauer ja doch nicht, auch sei es schon so alt, daß es keine Zukunft mehr habe, und so trat ich denn auf das Gespann zu, zog rasch die Pistole, und schoß Maresi nieder.«

Es folgte eine gänzliche Stille. Dann fügte der Angeklagte noch hinzu:

»Ich war, schließlich, österreichischer Reiteroffizier, und ich weiß, daß es meine Pflicht war, zu tun, was ich getan habe. – In der Haft hat mich dann Blanka Steinville besucht. Ich habe sie gebeten, dem Kutscher das Pferd zu ersetzen; und sie hat mir's sogleich zugesagt. Ich gehe später, wenn ich wieder freigekommen sein werde, doch zu den Steinvilles auf das Gut. Ich werde mein Leben nicht mehr wegzuwerfen versuchen. Denn letzten Endes hat mich die Stute, die ich getötet habe, ja doch davor bewahrt, mich selbst zu töten. Ich habe alle sieben Schüsse, die ich in der Waffe hatte, auf sie abgefeuert, denn als ich sah, wie langsam sie zu Boden ging, wollte ich ihren Todeskampf verkürzen, indem ich alle meine Patronen auf sie verschoß. So ist mir denn keine mehr für mich selbst geblieben; und das war vielleicht auch der eigentliche Sinn dessen, daß ich Maresi wiedergesehen habe. Wirklich erkannt wird sie mich ja gar nicht mehr haben, ein Pferd erkennt einen Menschen kaum wieder. Aber daß sie mir, hart vor meinem Tod, überhaupt noch einmal in den Weg gekommen ist, war ihrer Dienste schon genug. Es war alles, was sie für mich noch tun konnte, obwohl sie, in ihrem einfachen, dumpfen Tiergehirn, natürlich nicht ahnen konnte, was sie da tat. Aber wir alle wissen ja nicht, was für Aufträge es sind, die wir erfüllen.«

Der Richter erhob sich. Mit ein paar gemurmelten Worten sprach er den Angeklagten frei.

Die Verlobung

Nach dem Mittagessen schlug der Marquis de Valoraine einen Spaziergang im Park vor. Bischof d'Orviel, den die Gicht plagte, eröffnete den Zug und stützte sich dabei auf den Arm der Marquise, einer schlanken, zarten Frau von dreißig Jahren, in deren Augen hin und wieder ein düsterer Glanz aufglühte. Langsam schritten sie unter dem dichten Laubwerk hochgewachsener Bäume dahin, in denen die Vögel sangen. Hinter ihnen folgten in gleichem Schritt der Marquis de Valoraine und sein Schwiegervater, der Baron Cappadoce. Sie unterhielten sich über einen Gesetzesentwurf, der die Besteuerung landwirtschaftlicher Einkünfte zum Inhalt hatte. Beide waren gleich alt, der Schwiegervater klein, dürr, monokelbewehrt, der Schwiegersohn mächtig, dickbäuchig, lachlustig, aber doch voll Ehrfurcht. Ernestine Godin, das Patenkind des Prälaten, hielt sich zumeist zwischen den beiden promenierenden Paaren, die sie beide in gleichem Maße langweilten. Manchmal beschleunigte sie den Schritt, um sich dem einen zuzugesellen, manchmal verlangsamte sie ihn, um das andere zu erwarten. Sie dachte an ein Heft des »Kinotraums«, das heimlich bei den Pensionärinnen der Schule der hl. Therese vom Kinde Jesu die Runde machte, und da die Langeweile das ihre dazu beitrug, wurde sie immer trauriger darüber, daß sie mit den Bildern Michèle Morgans im Kinotraum nicht die geringste Ähnlichkeit besaß. Ernestine Godin hatte eine stark entwickelte Brust, ein wohlausgebildetes Hinterteil, die Waden eines Athleten und ein nettes rundes

Gesicht mit fleischigen Lippen und großen, samtschwarzen Augen mit sehnsuchtsvollem Blick.

Als sie gerade an des Bischofs Seite dahinging, hielt Ernestine Godin plötzlich inne, die Brust vorgewölbt, das Hinterteil desgleichen, und stieß einen Schrei aus. Zwischen den Zweigen eines Haselnußstrauches schob sich vor ihren Augen der Oberkörper eines nackten Mannes hervor, der einen Strohhut trug. Es war ein schöner Jüngling mit feinen Zügen und schüchternem Ausdruck, der siebzehn oder achtzehn Jahre zählen mochte. Auch die Marquise de Valoraine war stehengeblieben, und während ihre Hand den Arm des Prälaten umklammerte, schwand alle Farbe aus ihrem Gesicht, und ihre Nasenflügel bebten.

»Was ist denn los?« fragte Baron Cappadoce, der mit der Nase an die bischöfliche Soutane gestoßen war.

»Nichts Besonderes«, antwortete Exzellenz, »kehren wir ins Schloß zurück.«

Und er machte wirklich Anstalten, sich umzudrehen. Aber da er sich sehr schwerfällig bewegte, hatte er nur eben Zeit, eine halbe Kehrtwendung auszuführen. Der junge Mann mit dem Strohhut war rasch aus dem Gebüsch hervorgekommen und bot sich allen Blicken nun in seiner ganzen Blöße. Vor Verblüffung schrie Ernestine ein zweites Mal auf, der Bischof mit ihr, und der Baron ebenfalls. Denn der Torso des Jünglings ruhte nicht auf dem Unterbau, der zu erwarten gewesen wäre, sondern fügte sich an den Leib eines Apfelschimmels von kräftigem und eher ländlichem Wuchs.

»Vade retro, Satanas!« sprach der Bischof und machte das Zeichen des Kreuzes in die Luft.

Der junge Kentaur war, man sah es wohl, nicht von dämonischer Art. Denn statt sich in Rauch aufzulösen, nahm er seinen Strohhut herunter, drehte ihn mit verlegener Miene zwischen den Händen und schlug die Augen nieder. Er war bartlos, hatte blonde, lockige Haare und ein reizendes Gesicht, das Ernestine Godin bereits mit lebhaftem Interesse betrachtete, während eine Woge von Zärtlichkeit ihre Brust hob. Da sie noch nicht mit Bestimmtheit wußte, welche Teile seines Körpers ihre Blicke zu meiden hatten, bemühte sie sich, ihm nur ins Gesicht zu sehen und vergaß, daß er Kentaur war. Bischof d'Orviel ärgerte sich indessen, daß sich die Erscheinung auf seinen befehlenden Ruf hin nicht verflüchtigt hatte. Er ließ es daher auch der Marquise gegenüber etwas an Rücksicht fehlen. Sie hing an seinem Arm und schien einer Ohnmacht nahe und Exzellenz versuchte, ihren Griff abzuschütteln. Der Kentaur fuhr fort, seinen Hut in Händen zu drehen und wagte nicht, die Augen zu erheben. Der Marquis, dessen Gesicht purpurrot angelaufen war, fuhr ihn mit rauher Stimme an:

»Aristide, du wirst dich gefälligst in deine Gemächer zurückbegeben, und zwar im Trab, verstanden?«

Bei diesen Worten errötete der Kentaur bis über die Ohren. Er behielt seine bescheidene Haltung bei, bewegte sich aber trotzdem auf die Gruppe zu, blieb drei Schritte vor dem Marquis stehen und antwortete:

»Verzeihen Sie, Papa, wenn ich Ihnen Kummer bereiten muß, aber Sie verlangen etwas Unmögliches von mir.«

»Etwas Unmögliches? Was willst du damit sagen?«

»Ich wäre unglücklich, lieber Papa, wenn ich Sie erzürnt hätte. Aber bitte verstehen Sie mich. Ich möchte nicht mehr eingesperrt leben. Ich möchte die Welt kennenlernen.«

»Genug mit diesen Kindereien, Aristide, gehorche jetzt!«

Aristide betrachtete mit verstockter Miene seine Vorderhufe und rührte sich nicht von der Stelle. Der Marquis trocknete sich die Schweißperlen von der Stirne und wandte sich mit verlegenem Lächeln seinen Gästen zu. Mit leicht verkniffenem Mund, neugierig und doch voll Zurückhaltung, beobachtete der Bischof ihn aus den Augenwinkeln. Baron Cappadoce jedoch richtete einen vernichtenden Blick auf seinen Schwiegersohn.

»Alban«, sagte er kalt, »ich erwarte deine Erklärungen.«

Der Marquis bat Aristide, sich ein wenig zu entfernen, und schien dann mit den Augen bei seiner Frau Hilfe und Unterstützung zu suchen, aber sie wurde ihm nicht zuteil. Ihr Blick war erloschen, sie war totenbleich und unfähig, auch nur einen Laut von sich zu geben.

»Bester Schwiegervater«, begann der Marquis mit gekünstelter Ungezwungenheit, »ich hätte es Ihnen gerne erspart, mit uns ein peinliches Geheimnis zu teilen. Unser Aufenthalt auf dieser Erde ist so kurz bemessen! Alles ist eitel. Unser Leben ist eine Farce, eine Illusion, ein löcheriges Sieb, ein Lug, ein Trug, Tränen und Wähnen, eine Schürze ohne Taschen, ein Keller ohne Flaschen, ein . . .«

»Zur Sache!« brüllte Baron Cappadoce.

»Hören Sie also, was sich zugetragen hat, aber erwarten Sie nichts als eine ganz einfache Geschichte.«

Der Marquis gönnte sich eine kleine Pause. Er zog seine Frau an sich, nahm ihr blasses Gesicht zwischen seine kräftigen Hände und lächelte ihr zärtlich zu. Aristide hatte sich zu dem Busch zurückbegeben, aus dem er vor kurzem hervorgebrochen war, und betrachtete Ernestine Godin mit brennender Neugier.

»Im Jahr 1944, während Sie in Ambert, auf der andern Seite der Demarkationslinie residierten, wurde Estelle schwanger. War das nicht ein freudiges Ereignis? Wir waren glücklich über die Aussicht, in unserer Einsamkeit aufgeheitert zu werden. Sie wissen, wie wir in der Zeit der Besatzung gelebt haben. Abgeschnitten von der Welt, allem ferngehalten, kein Wagen, ach und keinerlei Zerstreuung! Unsere einzige Zuflucht war die Lektüre. Und gerade Estelle interessierte sich leidenschaftlich für griechische Antike und Mythologie. Wo sie ging und stand, im Bett oder bei Tisch, nirgends ließ sie es sich nehmen, Werke über Griechenland zu lesen. In der Nacht hörte ich sie im Traum von den Göttern reden, von den Argonauten oder vom Garten der Hesperiden. Sie war wie besessen davon – unglückseligerweise.«

Der Marquis schüttelte bei diesen Worten traurig den Kopf. Sein Schwiegervater begann höhnisch zu lachen, und sein Monokel schoß Blitze.

»Nun hör einmal, Alban, du, der du immer so gern geritten bist, ich nehme doch an, daß die Lektüre nicht deine einzige Zuflucht war und daß die Sorge um deinen Stall dich sehr in Anspruch genommen hat.«

»Um meinen Stall? Meine Pferde waren bei der Katastrophe im Jahr 40 in alle Winde zerstreut worden. Clio, die unvergleichliche Stute, die ich allen anderen vorzog, wurde in den Sielen eines Wagens mit belgischen Flüchtlingen getötet. Als wir nach dem Waffenstillstand ins Schloß zurückkehrten, fand ich nur mehr Rossignol vor, ein Zugpferd, das ich übrigens noch besitze. Ich glaube aber, Sie kennen es.«

»Ja, ja«, brummte der Baron, »ein kräftiger Apfelschimmel mit einem lächerlichen Hals.«

Sein Zorn war plötzlich verraucht und er schwieg nachdenklich. Aristide, der sich abseits bei den Haselbüschen hielt, fuhr fort, Ernestine mit fieberigen Blicken zu verschlingen. Die Sonnenstrahlen spielten durch das Blätterwerk auf seinem gesprenkelten Fell.

»Prächtiges Wetter!« bemerkte Exzellenz. »Es scheint, als wolle die Natur der Jahreszeit heuer vorauseilen.«

»Die Natur behält sich immer Überraschungen vor«, meinte Baron Cappadoce. »Und doch – die Wirkung, die der Umgang mit den Griechen auf meine Tochter gehabt hat, erstaunt mich nicht allzusehr. Estelle war immer sehr empfindsam. Ihre Einbildungskraft ist so lebhaft, daß der Gedanke an einen faszinierenden Mythos genügte, und schon nahm er in ihrem Schoß Gestalt an. Aristide! Komm her und umarme deinen Großvater!«

Aristide eilte in leichtem Trab herbei, und der Baron gab ihm einen zärtlichen Kuß.

»Ein prächtiger Junge! Ein echter Cappadoce! Warum zum Teufel hat man mir die Geburt dieses Kindes verheimlicht?«

Während der Schwiegersohn eine Analyse seines Seelenzustandes und desjenigen seiner Frau bei der Geburt ihres Sohnes gab, wurde der Spaziergang durch den Park wieder aufgenommen. Die Erwachsenen gingen voraus, die jungen Leute folgten schweigend in einiger Entfernung. Unter Aristides Blicken bekam des Bischofs Patenkind heiße Wangen und begann vor Erregung hemmungslos zu schwitzen. Dem Kentauren stieg der Schweißgeruch heftig in die Nase. Ernestine wandte von Zeit zu Zeit den Kopf, um einen flüchtigen Blick auf die reiterliche Verlängerung ihres Gefährten zu werfen. Schließlich brach er das Schweigen.

»Ich würde«, sagte er, »Sie gerne nackt sehen.«

Als Ernestine jäh zusammenzuckte, begriff er, daß seine Worte nicht am Platze gewesen waren, und entschuldigte sich höflich. Der Marquis de Valoraine und der Hausmeister des Schlosses, die sich in die Sorge um seine Erziehung teilten, bewahrten gewissen Punkten gegenüber große Zurückhaltung.

»Papa hat es übernommen, mir Latein, Mathematik und französische Geschichte beizubringen. Vom Hausmeister lerne ich Gärtnerei und Flötenspiel. Aber weder der eine noch der andere erzählen mir etwas von Frauen. Die einzigen, die ich kenne, sind meine Mutter und die Gattin des Hausmeisters. Ich finde Mama sehr hübsch und ich gestehe, daß ich sie gern heiraten würde, aber sie hat mir gesagt, daß ich mir diesen Gedanken aus dem Kopf schlagen soll. Übrigens hat Mama eine weit weniger schöne Kruppe als Sie. Ich sage das nicht, um Ihnen zu schmeicheln, ich kann mir tatsächlich nicht vorstellen, daß eine Frau schöner sein könnte als Sie. Welche Kruppe, nein, welche Kruppe!«

Ernestine atmete mühsam, es wurde ihr immer heißer und heißer und die Bluse klebte an ihrem Körper. Alle diese Komplimente, die so unleugbar ehrlich gemeint waren, verdrehten ihr den Kopf und sandten schwere, warme Wellen durch ihren Körper. Mit Vergnügen zog sie jetzt den Pferdegeruch ein, der von Aristide ausging.

»Und ich«, fragte er, »wie finden Sie mich?«

»Sie sind großartig!« sagte sie in einem Ton, der keinen Zweifel zuließ.

»Sind Sie bereit, mich zu heiraten?« fragte er und nahm den Strohhut ab.

Er las in ihren Augen, daß sie durchaus dazu bereit war, zog sie an sich und preßte sie an seine nackte Brust. Bischof d'Orviel, der in diesem Augenblick den Kopf wandte, sah die Umarmung, sah den Strohhut des Kentauren über das Hinterteil seines Patenkindes gestülpt, und äußerte seinen Begleitern gegenüber lebhafte Mißbilligung.

»Ihr Herr Sohn nimmt sich wirklich etwas zu viel heraus«, sagte er dem Marquis.

»Ich erkenne mein Blut«, jubelte der Baron. »Ein Cappadoce hat sich niemals der Liebe verwehrt.«

»Aristide!« rief der Marquis. »Laß Fräulein Godin los und komm hierher!«

Aristide ließ Ernestine los, aber er nahm sich Zeit dazu. Sie selbst zeigte übrigens keinerlei Eile, sich aus der Umarmung zu lösen.

»Das ist ein Kentaur«, meinte der Bischof launig, »den ich an Ihrer Stelle ohne weiteren Aufschub verschneiden würde, denn wenn er bleibt, wie er ist, wird er Ihnen Unannehmlichkeiten bereiten.«

»Exzellenz«, antwortete der Marquis, »bedenken Sie wohl, daß Sie von meinem Sohn wie von einem einfachen Gaul sprechen. Glauben Sie denn, daß man, der rein äußerlichen Erscheinung nach, den Sohn eines Mannes und einer Frau wie ein Pferd behandeln kann?«

»Wollen Sie leugnen, daß in ihm eine Roßnatur steckt?«

Daraufhin fragte der Marquis den Prälaten, ob er, wie der Marquis selbst, glaube, daß der Sitz der Seele der Kopf sei und wenn nicht, an welche Stelle er sie sonst verlege. Exzellenz entgegnete wie es sich gehört, daß die Seele keine materielle Substanz habe und es daher sinnlos sei, ihr einen Platz im Körper oder ganz allgemein im Raum zuzuweisen.

»Wollen Sie damit sagen, daß meine Seele weder in mir noch sonstwo steckt, kurz, daß sie nirgends ist?«

»Darum geht es im Augenblick nicht«, antwortete der Bischof und wandte sich seinem Patenkind zu. »Nun, Ernestine, was hast du mir zu sagen?«

Ernestine Godin und ihr Kentaur kamen Hand in Hand und Blick in Blick unbekümmerten Schrittes bei der Gruppe an. Auf die Frage ihres Paten wagte das junge Mädchen nicht zu antworten, aber es zog schuldbewußt die Hand zurück, die es dem Kentauren überlassen hatte.

»Aristide«, sagte der Vater, »du benimmst dich nicht wie ein wohlerzogener junger Mann. Du hast es an Respekt für Fräulein Godin fehlen lassen und sie schwer beleidigt, genau so übrigens wie ihren Paten, den Bischof. Du wirst dich also bei ihnen entschuldigen.«

»Ach was, Alban«, murmelte der Baron und stieß seinen Schwiegersohn in die Seite, »laß den Jungen in Ruhe! Teufel noch einmal, der Jugend muß doch ihr Recht werden!«

»Tatatata! Ich bestehe darauf, daß er sich entschuldigt.«

Aristide stellte sich gerade vor seinem Vater auf und antwortete ebenso freimütig wie beherrscht:

»Wenn ich jemanden beleidigt habe, so bin ich durchaus bereit, mich zu entschuldigen. Aber ich sehe wirklich nicht ein, was ich mir im Hinblick auf Fräulein Godin vorzuwerfen hätte. In dem Augenblick, in dem Sie mich riefen, lag sie in meinen Armen und ich fühlte, wie ihre schönen, starken Brüste sich durch ihr Kleid hindurch sanft an meinen Körper drängten. Ich hatte ihr eben ein Kompliment über ihre Kruppe gemacht, und ich bin sicher, darin lag nichts Beleidigendes, denn es ist die lautere Wahrheit, daß Fräulein Ernestines Kruppe sehr schön ist. Sehen Sie sich doch nur diese herrlichen Backen an, Papa! Voll, gerundet und elastisch! Sind sie nicht eine Augenweide? Ich sagte sogar, daß Mamas Kruppe, an der ich bisher großen Gefallen fand, es nicht im entferntesten mit der Ernestines an Pracht und Gewichtigkeit aufnimmt. Sie verzeihen, Mama.«

Aristide lächelte seiner Mutter freundlich zu, richtete dann seinen Blick auf Ernestines Rundungen und verlor sich eine kurze Weile in Betrachtung. Exzellenz, der mit Ungeduld Aristides Erklärungen angehört hatte, reckte sich, um das Ohr des Marquis zu erreichen, und flüsterte ihm halblaut zu:

»Eben das habe ich ja gerade gesagt und seine Reden bestätigen mich nur in meiner Meinung. Die Roßnatur ist bei ihm wesentlich stärker als die menschliche – wenn er überhaupt eine menschliche Natur besitzt. Sie haben seine Worte gehört, sie sind unschuldig wie die eines armen Geschöpfes, dem auch der leiseste Begriff von Sünde fehlt. Nichts könnte das Animalische deutlicher kundtun.«

»Wer kann das sagen«, meinte der Marquis. »Vergessen Sie nicht, daß Aristide noch ein Kind ist. Er wurde eben erst neun Jahre alt.«

»Jedenfalls besitzt er Verstand und Aussehen eines Erwachsenen und zwar deshalb, weil bei den Pferden das Wachstum viel rascher vor sich geht als bei den Menschen. Das allein genügt, um zu beweisen, daß Ihres Sohnes Natur . . .«

»So wie er ist, ist mein Sohn in Ordnung«, unterbrach der Marquis. »Im übrigen scheint Ihr Patenkind meiner Meinung zu sein.«

Während diese Worte halblaut ausgetauscht wurden, trug Ernestine Godin mit schwimmenden Augen und herzförmig geöffnetem Mund ihre Gefühle allerdings deutlich genug zur Schau, und selbst angenommen, daß sie sich über Aristides Roßnatur Gedanken machte, so sah sie nicht aus, als ob sie sich darüber entsetzte.

»Erlauben Sie mir«, sagte der Kentaur zu seinen Eltern gewendet, »daß ich offen mit Ihnen spreche. Mein Gefühl für Fräulein Godins Kruppe ist zärtlich und aufrichtig und da ich das Glück hatte, ihr nicht zu mißfallen, haben wir beschlossen, so bald als möglich zu heiraten. Ich darf annehmen, daß weder Sie noch Exzellenz dagegen einen Einwand haben werden. Warum sollte eine solche Verbindung Ihnen nicht genehm sein?«

Nachdem die erste Überraschung vorüber war, schien es gar nicht so unsinnig, eine Verbindung zwischen Ernestine und dem Kentauren ins Auge zu fassen. Bischof d'Orviel war nicht ungehalten, ein Patenkind unter die Haube bringen zu können, dessen Zukunft ihm lebhafte Sorgen bereitete. Ernestine war eine Waise ohne Namen und ohne Vermögen, sie hatte niemals die geringste Lust zum Lernen gezeigt und schleppte sich seit fünf Jahren als Klassenletzte durch die Schule der hl. Therese vom Kinde Jesu. Das Ärgste aber war vielleicht die blühende Gesundheit, die sie veranlaßte, das Leben mit einem erschreckenden Appetit zu betrachten. Dieser junge Kentaur, der schließlich ein Graf Valoraine war, erwies sich als eine unverhofft gute Partie. Der Marquis seinerseits sah der Heirat nicht ungern entgegen, denn es lag ihm sehr daran, die Last der Verantwortung loszuwerden, die sein etwas seltsam geratener Sohn ihm bisher auferlegt hatte. Die Marquise schließlich hatte sich glücklicherweise von ihrem Schrecken erholt und betrachtete das Paar mit gerührten Blicken.

»Der Graf ist allerdings sehr jung«, bemerkte Exzellenz.

»Wenn es nur das ist!« brummte der Baron. »Während der Albigenserkriege holte Johann III. von Cappadoce sich eine Frau aus dem Haus der Grafen von Toulouse, als er gerade so alt war wie Aristide.«

»Ich würde vermutlich eine kirchliche Dispens erhalten, aber sie nützt uns nichts, wenn es nicht gelingt, die Ziviltrauung der Kinder im Gemeindeamt durchzusetzen.«

»Dort könnte ich vielleicht die Dinge in Ordnung bringen«, sagte der Marquis. »Der Brand im Jahr 40 hat das Gemeindeamt zerstört und damit auch das Personalregister.«

Der Marquis ließ durchblicken, daß er der Hilfe des Bürgermeisters sicher sei und daß es ein leichtes sein würde, Aristide um einige Jahre älter zu machen. Exzellenz gab durch keine Äußerung zu verstehen, ob er diesen Schwindel mit den Daten mißbillige oder nicht und ging zu Ernestines Ausstattung über, für die er die Kosten übernehmen wollte.

Man war schon drauf und dran, den Tag der Hochzeit festzusetzen, da wandte Baron Cappadoce, der immer wieder die Achseln zuckte und in seinen Kragen brummte, sich zu Aristide und sagte:

»Liebes Kind, laß Fräulein Ernestine doch einen kleinen Ritt durch den Park machen. Du hast sicher das Bedürfnis, dich etwas zu bewegen.«

Aristide ließ sich das nicht zweimal sagen und bog die Vorderbeine, damit Ernestine ohne Hilfe aufsteigen könne. Sie hob ihren Rock bis zu den Knien und glaubte, damit genug getan zu haben, aber sobald sie rittlings auf ihrem Verlobten saß, rutschte der Rock bis zu den Schenkeln hinauf. Exzellenz sah das, hörte, wie sie mit heißen Wangen in lautes Lachen ausbrach und wurde von einer Unruhe befallen, der er keinen Ausdruck zu geben wagte. Als das junge Paar um eine Wegbiegung verschwunden war, wandte der Baron sich zornbebend an seinen Schwiegersohn:

»Diese Heirat kann man nicht zulassen. Ich will gern anerkennen, daß Exzellenz' Patenkind reizend ist, aber mein Enkel kann unmöglich ein Fräulein Godin heiraten, und es ist mir unbegreiflich, Alban, wie du nur eine Minute lang mit dem Gedanken an diese Mesalliance hast spielen können. Bei seiner Jugend müßte Aristide noch nicht daran denken, sich eine Frau zu nehmen, aber wenn du ihn unbedingt verheiraten willst, so fehlt es wirklich nicht an Mädchen aus guter Familie, um die der Junge anhalten kann.«

»Sie vergessen, daß Aristide einen recht ungewöhnlichen Körperbau besitzt.«

»Na und? Er ist trotzdem bildschön. Hat er schon viele junge Mädchen getroffen?«

»Nein, Fräulein Godin ist die erste.«

»Siehst du. Die erste, die ihn zu Gesicht bekommt, verliebt sich auf der Stelle in ihn und du kannst daran zweifeln, daß er fähig wäre, einem jungen Mädchen unseres Standes Liebe einzuflößen?«

Die Marquise gab zu bedenken, daß junge Mädchen sich zwar leicht in einen Kentauren verlieben, deren Eltern ihn aber mit anderen Augen ansehen und nicht zögern würden, ihn im gegebenen Fall hinauszukomplimentieren, vielleicht sogar mit der Peitsche. Da es der glückliche Zufall wolle, daß Ernestine Waise sei, müsse man diesen Zufall ausnützen. Der Bischof machte seinerseits geltend, daß im Zeitalter des Sozialismus das Vorurteil der Geburt unhaltbar und überdies unchristlich sei. Der Baron ließ sich keineswegs besänftigen und erklärte, sein Enkel würde ihn nie mehr wiedersehen, wenn er die Godin heirate. Über so viel unbeugsamen Widerstand schien der Prälat beunruhigt, aber der Marquis de Valoraine zwinkerte ihm begütigend zu und gab ihm, sobald sich dazu Gelegenheit fand, die Versicherung, man würde auf die Zustimmung des Großvaters eben verzichten.

Währenddessen lenkte Ernestine ihren Bräutigam unter den großen Räumen des Parkes sanft dahin, und sie plauderten zärtlich miteinander:

»Ich finde«, sagte Aristide, »daß es reizend ist, verlobt zu sein und reizend, deine Schenkel an meinen Flanken zu spüren. Ich fühle eine Wärme im Bauch, die sich in meinem ganzen Körper ausbreitet, bis in den Kopf hinauf. Papa erzählt mir oft von der Seele, aber noch nie habe ich so deutlich empfunden, daß ich eine besitze. Und du?«

»Ach«, sagte Ernestine, »mir ist, als flöge ich auf den azurenen Flügeln des Glücks zum gestirnten Himmelsgewölbe empor. Und meine Seele erscheint mir wie eine regenbogenfarbene Seifenblase, die auf den linden Frühlingslüften hüpft.«

»Wirklich? Das ist merkwürdig. Meine Seele sehe ich nicht, aber ich fühle sie in mir, hauptsächlich in meinem Bauch, wie ich es dir schon gesagt habe. Drück nur die Schenkel fest zusammen. Ach, tut das wohl! Mir ist ganz warm im Bauch.«

»Mir auch«, murmelte Ernestine.

Während sie sprachen, hatten sie die Umfassungsmauer des Parkes erreicht, sie folgten ihr ein kleines Stück und kamen zu einer vergitterten Pforte. Offensichtlich war man hier mit den Erntewagen auf die Felder hinausgefahren, aber der Weg wurde jetzt nicht mehr benützt. Durch die Gitterstäbe des Tores hindurch entdeckte der Kentaur schweigend die weite Welt und was er davon zu sehen bekam, dünkte ihn so schön, daß ihm die Tränen in die Augen traten. Weithin breiteten sich Felder, Wiesen, Wälder und Hügel und am Horizont verlor die Erde sich in den Himmel. Das Gittertor war versperrt, aber Aristide bediente sich eines dicken Holzpflocks als Rammbock und hatte bald das Schloß gesprengt.

»Ernestine«, sagte er, als sie die Pforte hinter sich gelassen hatten, »ich bin frei und du sitzest auf meinem Rükken. Niemals habe ich mir ein so reines Glück, eine so beseligende Trunkenheit ausgemalt. Jetzt sehe ich wohl, daß meine Seele wie die deine eine regenbogenfarbene Seifenblase ist. Und ich weiß nicht, was mich vorhin, als wir von Liebe sprachen, dazu brachte, meinen Bauch zu erwähnen. Das war lächerlich und, wie mir scheint, auch unpassend. In Wahrheit ist meine Liebe auch eine regenbogenfarbene Seifenblase. Und vielleicht sind meine Seele und meine Liebe nur eine einzige regenbogenfarbene Seifenblase, die zum Himmel emporsteigt.«

»Um so besser!« sagte Ernestine.

Der Kentaur entfernte sich von dem Gittertor, trabte über die Felder und über die Wiesen und unterhielt seine Reiterin mit feinen und zärtlichen Worten. Als sie sich anschickten, eine Straße zu überqueren, kam ein Gendarm auf einem Fahrrad daher. Er hatte beim Anblick dieses Wesens, das halb Mensch halb Pferd war und einen Strohhut trug, das Gefühl, man mache sich über die Obrigkeit lustig.

Er sprang vom Fahrrad und fragte angriffslustig: »Wo wollen Sie hin?«

»Wir streifen durch die Welt«, antwortete Aristide, »ohne Grund und Ziel, um des Vergnügens willen, zurückzublicken und die Bahn zu ermessen, die unsere Liebe schon durchlaufen hat. Hinter uns folgen oder vor uns schweben zwei regenbogenfarbene Seifenblasen, die zu Zwillingen geworden sind.«

»Haben Sie Papiere?«

»Nein«, sagte Aristide, der die Frage des Gendarmen falsch verstand. »Brauchen Sie Papier?«

»Ich mache Sie aufmerksam, daß ich nicht scherze. Und vor allem werde ich Sie jetzt wegen Verletzung der öffentlichen Sittlichkeit aufschreiben.«

»Ihre Worte beunruhigen mich, aber ich glaube, daß ich ihren Sinn nicht ganz begreife. Sagen Sie, was ist eigentlich die öffentliche Sittlichkeit?«

»Spielen Sie nicht den Dummkopf. Sie wissen sehr gut, daß das Gesetz einem Menschen untersagt, sich ganz nackt den Blicken der Passanten zu zeigen. Kommen Sie, folgen Sie mir auf die Gendarmerie.«

Ernstlich besorgt sah Aristide, wie der Schatten des Gesetzes sich auf das freie Dasein senkte, von dem er so lange geträumt hatte.

»Aber ich bin kein Mensch«, sagte er und fühlte sich gedemütigt, »ich bin ein Pferd.«

Aus der Fassung gebracht, versuchte der Gendarm, der Sache durch Nachdenken beizukommen. Aber er fühlte, daß das über seine Kräfte ging, warf dem Kentauren einen mißtrauischen und vorwurfsvollen Blick zu und setzte dann seinen Weg fort. Auch Aristide machte sich wieder auf den Weg, er war in Gedanken versunken, ließ den Kopf hängen und schien vergessen zu haben, daß er seine Liebe auf dem Rücken trug, denn er sprach kein Wort mehr. Ernestine war schließlich ganz beunruhigt über sein Benehmen und fragte ihn, ob er sicher sei, daß er sie auch wirklich liebe.

»Mehr als alles auf der Welt«, antwortete er, »und so sicher bin ich dessen, daß ich sogar vergesse, es dir zu sagen.«

Sie kamen an das Ende eines schmalen Pfades und als sie um eine Hecke bogen, sahen sie hinter einem weißgestrichenen Holzzaun eine Stute auf einer Wiese weiden. Aristide setzte sich in Galopp, wobei Ernestine seinen Leib umklammerte, und wollte das Tier aus der Nähe betrachten. Es war eine hübsche, elegante Fuchsstute. Sie kam mit lässiger Koketterie an den weißen Zaun, konnte aber eine gewisse Erregung nicht verbergen, als sie sich dem Kentauren näherte: erst wieherte sie ein paarmal, dann begann sie mit allen vier Füßen zu tänzeln. Sie stieg, und da bäumte auch Aristide sich auf, der offenbar nicht in der Lage war, ruhiges Blut zu bewahren. Dabei warf er seine Braut zu Boden, nahm aber keine Rücksicht auf sie, sondern begann neben der Stute herzugaloppieren, von der er immerhin noch durch den Zaun getrennt war.

»Aristide!« rief Ernestine hingebungsvoll, »Aristide! mein Liebster! meine regenbogenfarbene Seele! meine Zwillingsseifenblase!«

Aber Aristide hielt nur an, um ein Gatter zu öffnen und die Stute herauszulassen, mit der er den Galopp in der Richtung des Waldes wieder aufnahm. Ernestine Godin kehrte zum Schloß zurück und erzählte dort unter Tränen ihr böses Abenteuer. Baron Cappadoce verbarg nicht seine Befriedigung, wollte aber genau wissen, ob Aristides Stute reinrassig gewesen sei.

»O wie recht ich hatte!« meinte Exzellenz bitter und seufzte. »Was sich zugetragen hat, bezeugt eindeutig die Roßnatur des jungen Grafen.«

»Nicht doch«, widersprach die Marquise errötend, »das ist kein Beweis.«

»Vielleicht nicht unbedingt«, stimmte der Prälat versonnen zu. »Jedenfalls hat er sich benommen wie ein Schwein.«

Daraufhin verdoppelte sich das Schluchzen der unglückseligen Ernestine, der Marquis de Valoraine tätschelte ihr die Wange und sagte, um sie zu trösten:

»Beruhigen Sie sich, mein Kind. Vielleicht ist es nur eine Laune, eine vorübergehende Neigung. Ich bin sicher, daß er zu Ihnen zurückkommen wird.«

Aber heute ist es über sieben Wochen her, seit Aristide verschwand. Ernestine Godin ist in die Schule der hl. Therese vom Kinde Jesu zurückgekehrt und niemand weiß, was aus dem Kentauren wurde, noch was mit der Fuchsstute geschah. Ihr Besitzer ist wütend.

KNUT HAMSUN

Das schöne Fräulein

Auf dem Schloß waren Sommergäste, Fremde aus der Stadt; es gab Tanz und Musik. Und eine Woche lang wehte Tag und Nacht die Fahne auf dem runden Turm.

Und Heu lag da und sollte eingefahren werden, aber

die Pferde waren durch die vergnügten Gäste in Beschlag genommen worden, und das Heu blieb liegen. Und große Strecken ungemähter Wiesen standen da, aber die Knechte wurden als Kutscher und Ruderknechte verwendet, und das Gras blieb stehen und verdarb.

Und die Musik spielte immer noch im gelben Saal ...

In diesen Tagen ließ der alte Müller seine Mühle stillstehen und verschloß das Haus. Er war klug geworden; es war vorgekommen, daß eine ganze Schar dieser lustigen Städter gekommen war und allerhand Streiche mit seinen Kornsäcken getrieben hatte. Denn die Nächte waren so warm und hell, und der Einfälle gab es viele. Der reiche Kammerherr hatte in seinen jungen Tagen einmal mit höchsteigenen Händen einen Ameisenhaufen in einem Trog in die Mühle getragen und ihn dort abgeleert. Jetzt war der Kammerherr gesetzten Alters, aber Otto, sein Sohn, kam noch auf das Schloß und belustigte sich mit seltsamen Dingen. Man konnte vieles über ihn hören ...

Hufschlag und Rufe klangen durch den Wald. Die jungen Leute ritten spazieren, und die Pferde vom Schloß waren glänzend und übermütig. Die Reiter kamen an das Haus des Müllers, klopften mit ihren Peitschen an und wollten hineinreiten. Die Tür war so niedrig, aber sie wollten doch hineinreiten.

Guten Tag, guten Tag! riefen sie. Wir wollten Euch begrüßen.

Der Müller lachte demütig über diesen Einfall.

Dann stiegen sie ab, banden die Pferde fest und ließen die Mühle anlaufen.

Der Mahlgang ist leer, schrie der Müller. Ihr beschädigt die Mühle.

Aber niemand hörte etwas in dem brausenden Lärm.

Johannes! rief der Müller mit der ganzen Kraft seiner Lungen zum Steinbruch hinauf.

Johannes kam.

Die zermahlen mir die Mühlsteine, schrie der Vater und deutete hin.

Langsam ging Johannes auf die Gesellschaft zu. Er war schrecklich bleich, und die Adern an seinen Schläfen schwollen an. Er erkannte Otto, den Sohn des Kammerherrn, der Kadettenuniform trug; außer ihm waren noch zwei andere dabei. Einer von ihnen lächelte und grüßte, um alles wiedergutzumachen.

Johannes rief nicht, winkte nicht, sondern ging seinen Weg. Er strebte gerade auf Otto zu. In diesem Augenblick sieht er zwei Reiterinnen aus dem Wald nachkommen, die eine war Victoria. Sie hatte ein grünes Reitkleid an, und ihr Pferd war die weiße Stute vom Schloß. Sie steigt nicht ab, sondern bleibt sitzen und beobachtet alle mit fragenden Augen.

Da ändert Johannes seinen Weg, er biegt ab, steigt zum Damm hinauf und öffnet die Schleuse; nach und nach nimmt der Lärm ab, die Mühle steht still.

Otto rief:

Nein, laß sie gehen! Warum machst du das? Laß die Mühle gehen, sage ich.

Hast du die Mühle anlaufen lassen? fragte Victoria.

Ja, antwortete er lachend. Warum steht sie still? Warum darf sie nicht gehen?

Weil sie leer ist, antwortete Johannes mit stockendem Atem und sah ihn an. Verstehen Sie das? Die Mühle ist leer.

Sie war doch leer, hörst du? sagte auch Victoria.

Wie konnte ich das wissen? fragte Otto und lachte.

Warum war sie leer, frage ich? War denn kein Korn drin?

Sitz wieder auf! unterbrach ihn einer seiner Kameraden, um der Sache ein Ende zu machen.

Sie saßen auf. Einer von ihnen entschuldigte sich bei Johannes, ehe er fortritt.

Victoria war die letzte. Als sie ein kleines Stück weit gekommen war, wandte sie das Pferd und kam zurück.

Sie müssen so gut sein und Ihren Vater bitten, das zu entschuldigen, sagte sie.

Es wäre richtiger gewesen, wenn der Herr Kadett das selbst getan hätte, antwortete Johannes.

Jawohl. Natürlich; aber ... Er ist voller Einfälle ... Wie lange ist es her, seit ich Sie gesehen habe, Johannes?

Er sah zu ihr auf, lauschend, ob er richtig höre.

Hatte sie den letzten Sonntag vergessen, seinen großen Tag?

Er antwortete:

Ich sah Sie am Sonntag auf der Landungsbrücke.

Jawohl, sagte sie sofort. Welch ein Glück, daß sie dem Steuermann beim Suchen helfen konnten. Ihr habt doch das Mädchen gefunden?

Kurz und gekränkt antwortete er:

Ja. Wir fanden das Mädchen.

Oder war es so, fuhr sie fort, als fiele ihr etwas ein, war es so, daß Sie allein ...? Na, es ist gleich. Jaja, also, ich hoffe, Sie richten es Ihrem Vater aus. Gute Nacht.

Sie nickte lächelnd, straffte die Zügel und ritt fort.

Als Victoria außer Sicht war, schlenderte Johannes ihr nach in den Wald, zornig und unruhig. Er fand Victoria, wie sie ganz allein bei einem Baum stand. Sie lehnte an dem Baum und schluchzte.

War sie heruntergefallen? Hatte sie sich weh getan?

Erich Heckel: Reiter

Er ging zu ihr hin und fragte:

Ist Ihnen etwas zugestoßen?

Sie trat ihm einen Schritt entgegen, sie breitete die Arme aus und sah ihn strahlend an. Dann hielt sie inne, ließ die Arme sinken und antwortete:

Nein, es ist mir nichts zugestoßen; ich stieg ab und ließ die Stute vorausgehen ... Johannes, Sie sollen mich nicht so ansehen. Sie standen beim Teich und sahen mich an. Was wollen Sie?

Er stammelte:

Was ich will? Ich verstehe nicht ...

Sie sind da so breit, sagte sie und legte plötzlich ihre Hand auf die seine. Sie sind da so breit, am Handgelenk. Und dann sind Sie ganz braun von der Sonne, nußbraun...

Er bewegte sich, er wollte ihre Hand nehmen. Da raffte sie ihr Kleid zusammen und sagte:

Nein, es ist mir also nichts zugestoßen. Ich wollte nur gern zu Fuß heimgehen. Gute Nacht.

Ritt im Mondschein

Herz zum Herzen ist nicht weit
Unter lichten Sternen,
Und das Aug', von Tau geweiht,
Blickt zu lieben Fernen;
Unterm Hufschlag klingt die Welt,
Und die Himmel schweigen,
Zwischen beiden mir gesellt
Will der Mond sich zeigen.

Zeigt sich heut in roter Glut
An dem Erdenrande,
Gleich als ob mit heißem Blut
Er auf Erden lande,
Doch nun flieht er scheu empor,
Glänzt in reinem Lichte,
Und ich scheue mich auch vor
Seinem Angesichte.

Abenteuer mit Pferden

JOHANN WOLFGANG GOETHE

Freisinn

Laßt mich nur auf meinem Sattel gelten!
Bleibt in euren Hütten, euren Zelten!
Und ich reite froh in alle Ferne,
Über meiner Mütze nur die Sterne.

Er hat euch die Gestirne gesetzt
Als Leiter zu Land und See,
Damit ihr euch daran ergetzt,
Stets blickend in die Höh.

Hoch zu Roß

Die armen Leute lebten kümmerlich von dem kleinen Gehalt des Mannes. Seit ihrer Heirat waren ihnen zwei Kinder geboren worden, und die Bedrängnis der Anfangsjahre war zu einer demütigen, versteckten, verschämten Not gediehen, der Not einer adligen Familie, die dennoch ihre Haltung bewahren will. Hector de Gribelin war in der Provinz, im väterlichen Herrenhaus, durch einen Hauslehrer, einen alten Abbé, erzogen worden. Sie waren alles andere als reich gewesen; sie hatten sich vielmehr recht kümmerlich durchgeschleppt, aber den äußeren Schein gewahrt.

Als er zwanzig geworden war, hatten sie ihm eine Stellung gesucht, und er war als Beamter mit fünfzehnhundert Francs beim Marineministerium angestellt worden. Er war auf dieser Sandbank gestrandet gleich allen, die nicht auf den harten Kampf ums Dasein vorbereitet worden sind, gleich allen, die das Leben nur durch einen Nebel hindurch wahrnehmen, die nicht wissen, wo sie sich einzusetzen haben und wo sie Widerstand leisten müssen, in denen nicht von Jugend auf gewisse Anlagen, besondere Fähigkeiten, eine verbissene Kampfeskraft entwickelt, gleich allen, denen weder Waffe noch Werkzeug in die Hand gedrückt worden sind.

Die ersten drei Bürojahre waren fürchterlich für ihn.

Er hatte sich an ein paar Freunde seiner Familie angeschlossen, alte, hinter der Zeit zurückgebliebene und ebenfalls wenig begüterte Leute, die in den vornehmen, den trübseligen Straßen des Faubourg Saint-Germain wohnten, und so hatte er sich einen Bekanntenkreis geschaffen.

Sie standen dem modernen Leben als Fremdlinge gegenüber, zugleich voller Demut und Stolz, diese verarmten Aristokraten, die in den oberen Stockwerken verschlafener Häuser wohnten. Sämtliche Wohnungen dieser Häuser hatten Mieter mit Adelsprädikaten inne; aber das Geld war vom ersten bis zum sechsten Stockwerk rar.

Standesvorurteile, Voreingenommenheit für ihren Rang, Besorgnis, sich keine Blöße zu geben, umspukten diese ehemals glänzenden Familien, die durch die Untüchtigkeit der Männer herabgekommen waren. In diesen Kreisen lernte Hector de Gribelin ein junges Mädchen kennen, das von Adel und arm wie er selber war, und heiratete es.

Sie hatten zwei Kinder in vier Jahren.

Während der nächsten vier Jahre kannte die von der Not gepeinigte Familie keine Abwechslung außer dem sonntäglichen Spaziergang auf den Champs-Elysées und ein oder zwei Theaterabenden in jedem Winter, dank den Freikarten, die ein Kollege ihnen schenkte.

Da aber geschah es, gegen Frühling, daß dem Beamten von seinem Chef eine zusätzliche Arbeit anvertraut wurde; und er erhielt dafür eine Sondervergütung von dreihundert Francs. Als er dieses Geld heimbrachte, sagte er zu seiner Frau:

»Meine liebe Henriette, nun müssen wir uns auch einmal etwas zugute tun, zum Beispiel einen Ausflug mit den Kindern.«

Und nach einer langen Besprechung wurde beschlossen, aufs Land zu fahren und dort zu Mittag zu essen.

»Wahrhaftig!« rief Hector, »einmal können wir uns

das schon leisten; wir mieten für dich, die Kinder und das Mädchen einen Breakwagen, und ich hole mir aus der Reitschule ein Pferd. Das wird mir guttun.«

Und während der ganzen Woche wurde von nichts als von dem geplanten Ausflug gesprochen.

Jeden Abend, wenn Hector vom Büro heimkam, langte er sich seinen ältesten Jungen, setzte ihn rittlings auf seine Knie und ließ ihn aus Leibeskräften hüpfen, wobei er ihm sagte:

»Genauso galoppiert der Papa am nächsten Sonntag, wenn wir unterwegs sind.«

Und der Kleine ritt den ganzen Tag auf den Stühlen im Zimmer herum und rief:

»Ich bin Papa auf Hottehühpferd!«

Und sogar das Hausmädchen sah den Herrn mit bewundernden Blicken an, wenn es sich vorstellte, wie er neben dem Wagen herreiten würde; und bei allen Mahlzeiten hörte es ihn von seinen Reitkünsten sprechen, und wie er sich darin ehedem hervorgetan, als er noch in seinem Vaterhaus gelebt habe. Oh, er habe eine gute Schule gehabt, und wenn er erst einmal wieder ein Pferd unter sich spüre, dann sei er vor nichts mehr bange, vor gar nichts!

Er sagte wiederholt zu seiner Frau und rieb sich dabei die Hände: »Wenn ich nur ein Pferd bekommen könnte, das ein bißchen schwierig ist, dann wäre ich entzückt. Du sollst einmal sehen, wie ich aufsitze; und wenn du magst, fahren wir auf dem Rückweg über die Champs-Elysées, um die Zeit, wo die andern alle aus dem Bois kommen. Paß nur auf, wie gut wir wirken; es wäre mir weiter nicht unangenehm, wenn ich jemand aus dem Ministerium träfe. So etwas ist gerade das Richtige, um sich die Achtung der Vorgesetzten zu erringen.«

Am festgesetzten Tage langten der Wagen und das Pferd gleichzeitig vor der Haustür an. Er ging sogleich hinunter, um sich das Tier anzusehen. Er hatte sich Stege an seine Hose nähen lassen und schwang eine am Vortage gekaufte Reitgerte.

Er hob nacheinander die vier Beine des Tieres hoch und befühlte sie; er tätschelte ihm den Hals, die Flanken und die Gelenke, fuhr ihm mit der Hand über die Lenden, machte ihm das Maul auf, sah sich die Zähne an und stellte das Alter des Pferdes fest, und als die ganze Familie herunterkam, hielt er ihr einen kleinen theoretischen und praktischen Vortrag über das Pferd im allgemeinen und über das seinige im besonderen, das er als vortrefflich bezeichnete.

Als alle gut im Wagen Platz gefunden hatten, prüfte er die Sattelgurte; darauf setzte er den Fuß in den Steigbügel und fiel plump auf das Tier nieder, das unter der Last zu tänzeln begann und seinen Reiter beinahe abgeworfen hätte.

Hector geriet ein wenig aus der Fassung und versuchte, es zu beruhigen:

»Na, sachte, mein Junge, sachte.«

Als dann das Tragtier seine Ruhe wiedergefunden hatte und der Getragene seine Haltung, fragte er:

»Seid ihr soweit?«

Wie aus einem Munde riefen sie:

»Ja.«

Da kommandierte er:

»Anfahren!«

Und der Zug setzte sich in Bewegung.

Alle Blicke hingen an ihm. Er trabte englisch und ließ sich jedesmal unnötig hoch werfen. Kaum war er in den Sattel gefallen, als er auch schon wieder emporschoß, als wolle er sich himmelwärts schwingen. Oft schien es, als wolle er sich auf der Mähne niederlassen, und die Augen hielt er starr geradeaus gerichtet, während sein Gesicht in Falten lag und seine Wangen blaß waren.

Seine Frau, die eins der Kinder auf dem Schoße hatte, und das Mädchen, das das andere hielt, riefen in einem fort:

»Seht doch nur Papa, seht doch nur Papa!«

Und die beiden kleinen Jungen, die durch die Fahrt, die Freude und die frische Luft ganz aufgeregt waren, stießen helle Schreie aus. Das Pferd, das durch dieses Geschrei unruhig wurde, fiel schließlich in Galopp, und während der Reiter sich anstrengte, es zurückzuhalten, verlor er den Hut. Der Kutscher mußte von seinem Bock herunterklettern und die Kopfbedeckung aufheben, und als Hector sie aus seinen Händen wiederbekommen hatte, rief er seiner Frau von weitem zu:

»Sorg doch bitte dafür, daß die Kinder nicht so laut schreien; sonst muß ich böse werden!«

Sie frühstückten im Grünen, im Walde von Le Vésinet; der Proviant war in Koffern mitgenommen worden.

Obwohl der Kutscher für die drei Pferde sorgte, stand Hector alle paar Augenblicke auf, um nachzusehen, ob auch dem seinigen nichts abgehe; er klopfte ihm den Hals und gab ihm Brot, Kuchen und Zucker zu fressen.

Er erklärte:

»Ein toller Traber ist das. In den ersten paar Minuten hat er sogar mich ein bißchen durchgeschüttelt; aber du hast wohl gesehen, wie schnell ich ihn untergekriegt habe; er hat seinen Herrn gespürt, und jetzt wird er sich nicht mehr mucksen.«

Wie es beschlossen worden war, fuhren sie über die Champs-Elysées heim.

Die breite Prunkstraße wimmelte von Fahrzeugen. Und seitlich auf den Bürgersteigen schob sich eine so große Zahl von Fußgängern vorwärts, daß man hätte sagen können, zwei lange schwarze Bänder zögen sich vom Triumphbogen bis zur Place de la Concorde hin. Ein Schwall von Sonnenlicht ergoß sich über das Gewühl und ließ den Lack der Fahrzeuge, die Nickelgeschirre und die Handgriffe der Wagentüren funkeln.

Ein Rausch der Bewegung, eine Lebenstrunkenheit schien die Menge von Menschen, Fahrzeugen und Tieren zu durchfluten. Und der Obelisk weit unten erhob sich in eine golddurchfilterte Dunstwolke.

Sobald er am Triumphbogen vorbeigeritten war, schien plötzlich über Hectors Pferd abermals eine Unruhe zu kommen, und es trabte schlank zwischen den rollenden Fahrzeugen hindurch seinem Stalle zu, ungeachtet aller Versuche seines Reiters, es zurückzuhalten.

Der Wagen war weit hinten geblieben, und als auf der Höhe des Palais de l'Industrie das Tier freies Feld vor sich sah, wandte es sich zur Rechten und fing zu galoppieren an.

Eine alte Frau mit einer Schürze ging geruhsam über den Fahrdamm; sie war gerade vor Hector, der mit Eilzugsgeschwindigkeit heranbrauste. Da er alle Gewalt über das Tier verloren hatte, fing er aus Leibeskräften an zu schreien:

»Holla! He! Holla! Aufpassen!«

Vielleicht war sie schwerhörig, denn sie ging friedlich ihres Weges, bis zu dem Augenblick, wo die Brust des wie eine Lokomotive heransausenden Pferdes gegen sie stieß, daß sie sich dreimal überschlug und mit hochgeschobenen Röcken zehn Schritt weiter liegenblieb.

Geschrei gellte auf:

»Haltet ihn!«

Hector hatte völlig den Kopf verloren, krallte sich in der Mähne fest und rief: »Hilfe! Hilfe!«

Es gab einen heftigen Ruck, und er flog wie ein Gummiball zwischen den Ohren des Pferdes hindurch in die Arme eines Sergeant de Ville, der sich ihm entgegengeworfen hatte.

Im nächsten Augenblick hatte sich eine Gruppe wütender, fuchtelnder und schimpfender Menschen um ihn gesammelt. Zumal ein alter Herr, ein alter Herr mit einer großen, runden Ordensrosette und einem großen weißen Schnurrbart, schien völlig außer sich. Immer wieder sagte er:

»Den Teufel auch, wenn man sich so blöd anstellt, wie der da, dann sollte man zu Haus bleiben! Man kann doch nicht einfach die Leute auf der Straße umbringen, nur weil man nicht mit Pferden umzugehen versteht.«

Doch dann kamen vier Männer heran, die die Alte trugen. Sie schien tot zu sein; ihr Gesicht war gelb, und ihre verrutschte Haube grau von Staub.

»Tragt die Frau in eine Apotheke«, befahl der alte Herr, »und dann marsch zum Polizeikommissar.«

Hector wurde von zwei Beamten in die Mitte genommen und setzte sich in Bewegung. Ein dritter führte sein Pferd. Ein Haufen Menschen schloß sich an; und plötzlich erschien der Breakwagen. Seine Frau stürzte auf ihn zu, das Mädchen verlor den Kopf, die kleinen Jungen heulten. Er erklärte, er werde gleich zurück sein, er habe eine Frau angeritten; es sei nicht weiter gefährlich. Die entsetzte Familie fuhr davon.

Bei dem Kommissar wurden nur wenige Worte gewechselt. Er gab seinen Namen an, Hector de Gribelin, Beamter im Marineministerium, und dann warteten sie auf Nachrichten von der Verletzten. Ein deswegen fortgeschickter Polizist kam zurück. Sie habe das Bewußtsein wiedererlangt, aber sie habe schreckliche Schmerzen im Leib, hatte sie gesagt. Es handelte sich um eine fünfundsechzig Jahre alte Aufwartefrau namens Simon.

Als er vernahm, sie sei nicht tot, schöpfte Hector Hoffnung und versprach, für die Wiederherstellungskosten aufzukommen. Dann lief er nach der Apotheke.

Vor der Tür staute sich eine Menschenmenge; die gute Frau lag schlaff in einem Lehnsessel, stöhnte und tat wer weiß wie, mit unsicheren Gesten und stumpfem Gesicht. Zwei Ärzte waren um sie bemüht. Gebrochen hatte sie sich nichts; aber es wurde eine innere Verletzung befürchtet.

Hector redete sie an:

»Haben Sie arge Schmerzen?« – »O ja!«

»Wo denn?«

»Als wenn ich Feuer in den Gedärmen hätte.«

Ein Arzt trat heran: »Haben Sie den Unfall verschuldet?«

»Ja.«

»Das beste wäre, wenn die Frau in ein Krankenhaus käme; ich kenne eins, wo sie schon für sechs Francs den Tag unterkommen könnte. Ist es Ihnen recht, wenn ich die Sache übernehme?«

Der entzückte Hector dankte ihm und ging getröstet nach Haus. Seine Frau wartete unter Tränen auf ihn: er redete ihr gut zu. »Es ist weiter nichts geschehen; es geht der Dame Simon schon wieder besser; in drei Tagen merkt sie nicht das mindeste mehr; ich habe sie in ein Krankenhaus bringen lassen; es hat wirklich nichts auf sich.«

O nein, es hatte wirklich nichts auf sich!

Am andern Tage, auf dem Heimweg vom Büro, erkundigte er sich nach Madame Simons Befinden. Er traf sie gerade an, wie sie zufriedenen Gesichts eine kräftige Fleischbrühe zu sich nahm.

»Na, wie geht's?« fragte er. – Sie antwortete:

»Ach, mein lieber Herr, es ist noch immer dasselbe. Ich fühle mich wie gerädert. Nein, es geht mir gar nicht besser.«

Der Arzt erklärte, man müsse abwarten; es könne sich noch immer eine Komplikation ergeben.

Er wartete drei Tage; dann sprach er wieder vor. Die alte Frau hatte eine gute Gesichtsfarbe und schaute klar aus den Augen; aber sobald sie ihn erblickte, fing sie zu greinen und zu jammern an:

»Ich kann mich nicht bewegen, mein guter Herr; ich kann und kann es nicht. Ich habe bis an das Ende meiner Lebenstage genug.«

Hector überrieselte ein Schauer. Er fragte den Arzt. Der Arzt zuckte die Achseln:

»Was soll man da sagen? Ich weiß es auch nicht. Wenn man versucht, sie aufzurichten, heult sie los. Schon wenn man sie in ihrem Stuhl von der Seite rückt, stimmt sie ein Jammergeschrei an. Ich muß glauben, was sie mir sagt; ich stecke in ihr nicht drin. Solange ich sie nicht habe gehen sehen, habe ich kein Recht zu der Annahme, sie simuliere.«

Die Alte hörte reglos zu, mit tückischem Blick.

Acht Tage gingen hin; dann vierzehn; dann ein Monat. Die alte Simon stand nicht von ihrem Sessel auf. Sie aß von früh bis spät, sie gedieh dabei zusehends, sie unterhielt sich vergnügt mit den andern Kranken; sie schien sich an ihre Gelähmtheit gewöhnt zu haben, als sei das die wohlverdiente Ruhe nach einem halben Jahrhundert des Treppensteigens, Bettenmachens, Kohlenschleppens, Fegens und Bürstens.

Der bestürzte Hector besuchte sie tagtäglich; tagtäglich fand er sie ruhig und heiter, und immer erklärte sie: »Ich kann mich nicht bewegen, mein guter Herr, ich kann und kann es nicht.«

Allabendlich fragte Madame de Gribelin angstgepeinigt:

»Und wie geht es Madame Simon?«

Und jedesmal antwortete er niedergeschlagen und verzweifelt: »Unverändert, völlig unverändert!«

Das Hausmädchen wurde entlassen; der Lohn war ihnen unerschwinglich. Sie schränkten sich noch mehr ein; die ganze Sondervergütung ging drauf.

Da ließ Hector vier bekannte Ärzte kommen, die sich um die Alte versammelten. Sie ließ sich untersuchen, betasten, abklopfen und beobachtete sie mit tückischen Blicken.

»Man müßte sie zum Gehen bringen«, sagte der eine.

Sie schrie:

»Das kann und kann ich nicht, liebe Herren, das kann und kann ich nicht!«

Da faßten sie sie, hoben sie auf, schleppten sie ein paar Schritte; aber sie glitt ihnen aus den Händen, wand sich am Boden und stimmte ein so entsetzliches Wehgeheul an, daß sie sie mit unendlicher Behutsamkeit wieder in ihren Sessel trugen.

Sie gaben ein vorsichtig abgefaßtes Gutachten ab, das indessen auf völlige Arbeitsunfähigkeit lautete.

Als Hector diesen Bescheid seiner Frau brachte, ließ sie sich in einen Stuhl fallen und stammelte:

»Es wäre das beste, wenn wir sie zu uns nähmen; dann würde es weniger teuer.«

Er fuhr auf: »Hierher, zu uns? Was fällt dir eigentlich ein?«

Doch sie, die sich mit dem Unvermeidlichen abgefunden hatte, antwortete unter strömenden Tränen:

»Ach, laß es gut sein, mein Lieber; ich kann ja doch nichts dafür . . .!«

SVEND FLEURON

Der Ritt

Die Hunde waren eingesperrt, als die Pferde an einem der folgenden Tage zum Hofe gejagt wurden. Sie hörten Schnells Widerspruch drinnen aus der Scheune; huhuuu heulte und bellte er – er war Pferdehund, und wenn er auch im Augenblick nicht ganz so gut sehen konnte, wie er zu tun pflegte, so fehlte doch seinen Gehwerkzeugen nicht das geringste. Nun er das Hufgetrappel auf den Pflastersteinen hörte, wollte er mithalten.

Ein brauner Fladen erstarrten Lehmes wurde plötzlich auf Flygas Rücken sichtbar. Jungin trat herzu und schnupperte daran – und fühlte sich mit einem Male an seine frühesten Füllenbesuche bei den Dorschköpfen und dem pferdeschweißgetränkten Lederzeug erinnert.

Dann schwang sich Torleif in den Sattel und ritt davon –

Zum Hecktor hinaus. Über den Schnelläufer. Einen lehmroten Abhang aufwärts – und eine weiße, schwach hügelige Bergheide liegt vor ihnen! Noch kennt Jungin die Umgebung; aber Torleif lehnt sich vornüber, und pfeilschnell jagt die Stute auf dem schmalen, hufzerstampften Reitweg dahin, daß Wolken grauer Motten hinter ihnen aus dem Heidekraut aufwirbeln.

Über eine Strecke glitschigen, lehmigen Sumpfbodens geht es, dessen Wasser abgesickert ist, der aber dennoch so viel Feuchtigkeit enthält, daß die Oberfläche den Lauf stark hemmt. Die Pferdeläufe gleiten aus und schwappen – Flyga gelangt hinüber, aber Jungin bleibt hängen – so, nun ist er wieder frei!

Brachvögel flattern auf, Schafe mit ihren Lämmern stehen still und starren. Das Fohlen bleibt ebenfalls stehen und starrt zurück – ein Wiehern, nein, er muß sich eilen. Nachfolgen!

Aus dem einen Reitpfad werden mehrere, werden tiefgetretene, eingesunkene Gräben; der ausladende Graswall stülpt sich dicht um den Leib des kleinen Anfängers, er hört ein kurzes Klirren von Metall – der Grabenrand hat Torleif einen Bügel vom Fuße geschlagen.

Aber bald verschwinden die Hügel, und ein steinichter Anstieg ist in Sicht. Der Reitpfad verwandelt sich plötzlich in eine Treppe, und die Hufeisen hämmern wie auf Ambosse. Flyga schnauft und setzt die Beine vorsichtig, hebt den Reiter in langen Schritten hoch über die hemmenden Hindernisse. Schwerfällig, mit nickendem Kopfe schnauft das Fohlen hinterher –

Die Unwegsamkeit nimmt zu! Aber noch vermag die kluge kleine Fohlenmutter den Reitweg zu erkennen, sie kraucht mit jedem Schritt einen Meter voran. Torleif ahnt neue Felsen und sieht blauen Dunst um ferne Klippen liegen, gelangt dann schließlich auf eine neue, gewaltige Hochebene, wo der Weg vor ihm sich zu einem

Gewebe von gleichlaufenden, fast zusammengefallenen Reitgräben verdunkelt.

Es geht im Trab und Galopp vorwärts, schreitend und schleichend, wie der Weg es gerade mit sich bringt. Jungin gebraucht seine Augen und Ohren. Der eine Zipfel ist nach vorn gerichtet, der andere hat den Hörtrichter nach hinten gekehrt und ist fast verborgen unter den nunmehr reich wuchernden kleinen Haarsträhnen. Genau erforscht er den Weg und genau die Stelle, wo die Beine Platz finden können. Nicht allein wo die Vorderläufe stehen, sondern auch wo die weit hinten liegenden Hinterbeine sich aufpflanzen sollen. Und jetzt, wo er auf unbekanntem Gebiet ist, nimmt er auch seine Nase zu Hilfe!

Die Brachvögel sausen auf ihn zu, einer nach dem anderen, werfen sich pfeifend mit halbgekrümmtem Hals und spielendem Langschnabel gerade vor seine Hufe, eilen dann, sich plusternd in Deckung bringend, mit gespreiztem Schwanz auf dem Pfade vor ihm her, um schließlich wieder zwischen den Hügelknollen zu verschwinden und sich auf die Schwingen zu erheben. Es ist fast, als folge ihm das eine Brachvogelpaar bis zu dem Reiche des nächsten. Sie sind hinter ihm und vor ihm und sitzen auf den Hügelkuppen, sein Kommen erwartend – und die Pfiffe und Triller klingen so anhaltend und gellend, daß er heftig seinen Kopf schüttelt, da ihm die Ohren schmerzen.

Er ist wieder voraufgeeilt, pflanzt aber dann mit einem Male alle viere pardauz ins Erdreich, ein Seitensprung folgt – der Schneehahn mit dem Rot am Auge streckt den Hals hinter einem Hügel hervor, mustert forschend mit seinen treuherzigen Perlguckern die Erscheinung, gluckst und kräht und schwingt sich darauf gerad vor Jungins Nase brausend in die Lüfte. Hihihiii! wiehert Flyga beschwichtigend.

Sie ist zum Stillstand gebracht worden und steht mit lose über die steifhaarige Mähne hängenden Zügeln da, während Torleif, mit der Hand die Augen beschattend, die Hänge abspäht; er ist von Kindheit auf gewöhnt, weit zu schauen. Ruhig schickt sie sich in sein Säumen, grast zwischendurch ein wenig, so daß ihr die Zügel ganz auf den Hals gleiten und nur die steifen Ohren ihnen Einhalt tun.

Jungin spürt kein Verlangen nach Gras; die langen, dünnen Backenhaare unter seinem Halse zittern, während er unruhig umhertaumelt, um weiterzukommen.

Auf einen Schlag gegen den Hals hebt Flyga wiederum den Kopf, die Zügel werden eingeholt, und es geht weiter dahin auf den Schlangenwindungen des Reitpfades und seinen vielen verwickelten, langgezogenen Fragezeichen.

Ein Gletscher hat an einer Stelle plötzlich allen Rasen weggeschnitten, nur Lehm und Steine sind zurückgeblieben – und wieder schmiedet der Huf, Steinsplitter knirschen, dann gelangt man an einen Anger, wo die Bahn frei vor ihnen liegt, und die Stute saust von dannen.

Bald kurzer Trab, bald freier. Jetzt Schritt, nun Galopp – alle zehn Meter die Gangart wechselnd – aus und ein, in Windungen um Erdschollen, wo der Reiter die Beine hochheben oder sie fest an den Pferdeleib pressen muß.

Schafe liegen rings auf den Halden, und gehörnte Häupter lugen spähend von jedem Felsblock nieder. Der Weg ist wieder steinicht geworden und senkt sich wie eine Rutschbahn. Die Stute nimmt vorsichtig Schritt für Schritt; über die unregelmäßigen, mannigfaltigen Hindernisse hinwegschwankend, trabt sie gemächlich, hüpft oder kriecht sie weiter.

Aber dieses alles hier ist Flyga altbekannt!

Der Pfad verengert sich –

Der tiefe Elf fließt unter ihr zur einen Seite, der Fels ragt steil empor zur anderen. Erd- und Steinstürze wechseln ab, und Lämmerwolle weht vom Knöterich und blühenden Thymian an dem schmalen Absatz entlang, dem der Weg hier nachgeht. Vereinzelte Riesensteine springen wie Gnomengestalten auf der Hufbahn hoch – vorsichtig windet sie sich außen um sie herum, ganze Felszinnen liegen holterdipolter übereinandergestürzt, bald über ihr, bald unter ihr.

Sie wiehert ununterbrochen – und ein junges, feuriges Wiehern begegnet fortwährend den Tönen der Alten.

Die erstaunte Jugend prallt mit ihren kleinen Hufen gegen harte Steinbuckel, trabt über feldergroße Ebenen, die wie mit riesigen Splittern gepflastert scheinen. Dann versinkt Jungin tief in Moosmatten, weicher und dicker als das Fell der Schafe – er trifft ganze Schluchten voll dieses schwellenden Mooses.

Die grünen Halden sind verschwunden, der Fels ragt jäh empor.

Der Islandfalke, der seinen Horst auf einem der höchsten Vorsprünge errichtet hat, schlägt pfeifend neben ihnen nieder, umkreist sie und ruht sich auf einer Zinne aus. Aller Rasen hört plötzlich auf – sie sind im Reiche der Felsen.

Gäck, gäck – ein Schwarm Wildgänse vom Flußufer, tief, tief unter ihnen! Und neue stoßen ab; ganze Flotten, die am Fuße des Felsens dort drunten verborgen gelegen haben, segeln hervor; die großen Vögel erscheinen nur wie Gössel.

Die Stute wird vorsichtiger und tastet sich vorwärts – nun ruft sie gar das Füllen ganz dicht zu sich heran.

Der Pfad ist jetzt nichts anderes mehr als eine kullernde, rollende Schicht Schotter, die unter den Pferdehufen knirschen und rasseln und kreischen – Einem ungewohnten Reiter würde es schwindeln, er tritt in den anderen Steigbügel, hängt im Sattel nach dem Felsen über, aus Furcht niederzublicken, und mit Übelkeit im Halse. An den gefährlichsten Stellen schließt er die Augen! Aber so wenig wie Flyga kennt auch Torleif dies Saugen, frei sitzt er im Sattel und freut sich der Landschaft.

Er schaut über einen ungeheuren Wiesenzug hinweg mit kleinen Holmen und wilden Schwänen, deren weißes Gefieder scharf in dem Blau aufleuchtet. Schaut über Lavafelder, von Birkengestrüpp unterbrochen und reich an Blaubeerbüschen, aufgewühlt und gefurcht, mit grünen Höhen und braunen Schlacken. Moore leuchten auf vor einem hohen, zerklüfteten, freistehenden Felsen, der gleichsam alles kleine Kruppzeug von Höhen und Hängen um sich versammelt.

Ein Schafspferch weit drüben gibt plötzlich seine Ringburg zu erkennen, und rote Wehen von Lavamull häufen sich an einem Spalt entlang. Torleif entdeckt seine Gifthöhle hoch über seinem Kopfe, darin er den Winterfuchs fing, der im vergangenen Jahre drei seiner Hammel zuschanden gebissen hatte – wie das Öhr einer Nähnadel nur erscheint sie! Fernes Meeresgebraus dringt an sein Ohr – der Fluß donnert tief unter ihm und erhält Antwort von wasserklaren, glucksenden Gebirgsbächen – Wasser und Stein, Stein und Wasser, sumpfiges Moor, üppigstes Gras, und Schneemassen, die hier und da am Horizont aufleuchten: sein Reich!

Es wird wilder und unwegsamer, Hunderte von niederstürzenden Klippenstücken besäen die Schrägen, die Felsstürze haben sich hoch oben losgescheuert und sie mit sich herabgetragen, so weit sie vermochten, und der Frühling hat ihnen den Rest des Weges weitergeholfen. Flyga achtet auf den Pfad, und Jungin folgt, trippelt, schlägt seine kurzen Schritte hämmernd gegen den harten Fels, während es auf dem steilen, schlüpfrigen Pferdewechsel vorwärts geht. Leicht, auf sich selber achtzugeben – wiehert Flyga, schlimmer schon mit dieser ungebärdigen Menschenbürde auf dem Rücken!

Jetzt aber sind sie am Ende des Saumpfades, der Felsen weicht zurück und wird sanfter – grüne Matten beginnen. Bald darauf erreichen sie Isholt, Bildabergs Nachbarhof auf der entgegengesetzten Seite des Roßfelsens.

Der kleine Bauer mit dem Pferdegebiß hier draußen auf dem kleinen Wüstenhof, dessen Halden nur Morgensonne bekommen, sonst aber infolge des Felsens den ganzen Tag hindurch dem Sonnenlicht entsagen müssen, kommt heraus. Jungin wird geklopft, gemustert und gelobt, er steht mit gespitzten Ohren dabei und lauscht den vielen wunderlichen Katzenlauten des Rauchvolkes, »Javi« und »Ka« und anderen hinsterbenden, seufzerähnlichen Ausbrüchen.

Dann aber schlägt eine Hand zum Abschied auf sein Kreuz, und er springt der Stute nach, quer über den Felsen.

Eine harte Fahrt! Er schnauft, stöhnt, und oftmals muß er stehenbleiben, um richtig Luft zu holen – das ist etwas anderes, als daheim auf dem Pferdewechsel dahinzuschlendern! Alle Fohlenlaunen sind vergangen, er galoppiert nicht mehr, geschweige denn wimmelt er unnütz herum; er kraucht, strauchelt, kommt hoch und tastet sich weiter. Kommen sie denn nimmer da hinauf?

Eine gewaltige Steigung! Noch schwindelnder ist die Höhe als zuvor. Aber regelmäßig wird ihm unterwegs Zeit gelassen, wieder zu Kräften zu kommen – und dann – dann endlich ist er oben!

Er hätte sich umwenden und über Stein und Wasser und Wasser und Stein blicken sollen, über Sumpf und Wiesen, über freiragende Felsen, über Torleifs, Flygas und auch sein Reich. Aber er zog es vor, japsend und außer Atem seinen kleinen Körper über den vier weitgespreizten Beinen in Ruhe zu wiegen, um darauf eine wohlverdiente Herzstärkung zu sich zu nehmen.

Als er endlich mit Milchschaum am Munde die schwarze, flachgedrückte Euterwarze fahren läßt, scharen sich in den Lüften Brachvögel in hellen Haufen um ihn. Und von ungeheuren, hügeligen Heideflächen, die in langen, weichen Wellenzügen über die Hochebene dahinwogten, von steinichten Wüsten, Mooshängen und Mooren flötete der kleine Regenpfeifer ihm seinen Gruß entgegen.

Der schnörkelige Reitpfad lag jetzt festgetreten und eben vor ihm und rief nach seinen Hufen.

Er war nicht faul, dem Ruf sogleich zu folgen; beide Spitzohren vorwärtsgerichtet und erlauschend, was der Pfad ihm wohl vertraute, eilte er von dannen.

Und der Weg wickelte den roten Faden dieser Tagesreise vor ihm ab: »Draußen strauchelt dein Huf alle Augenblicke, und du mußt fortdauernd den Fuß hoch über Stein und Knollen heben. Das strengt dich an, das Setzen der Füße wird dir erschwert, du stöhnst, schnaufst und begehrst immer mehr der Luft. Folge mir, kleiner Freund! Selbst auf den ganz schmalen Wechseln der

Hammel kehrt die Luft dir wieder, das Wasser schwappt nicht im Wanst, und wenn du einst groß sein wirst und man dir Bürde auferlegt, so gleitet und schliddert und hüpft sie nicht auf deinem Rücken. Präge dir's ein, damit du es nimmer vergissest: hast du den Pferdewechsel gefunden, so bist du auf dem glattesten, fahrbarsten aller Wege, du kannst halbschlafend ihm folgen, seine schwarze Bahn verrät sich selbst einem geschwächten Auge; er windet sich freilich dahin, nie aber läuft er in Sackgassen aus, nie in die Wildnis – früher oder später gelangst du zu Feld und Hof.«

Jetzt ging es Jungin bei weitem nicht rasch genug; aber Torleif hielt oftmals inne und beschattete mit der Hand die Augen.

Die Sonne schickt jubelnd alle ihre Wärme nieder. Die Welt ist hochgestimmt, verheißungsvoll, geprägt von diesem leichten, bunten Himmelsblau. Es mischt sich in die Felsschatten, in die Moore und Wiesen, in Flüsse und Seen – es legt jene *Verklärung* in die Farben dieses großen, wilden Landes.

Da plötzlich, wie sie so ritten und Torleif spähte, tauchte aus einer steinigen, kiesigen Schlucht ein schmutziges, dickbäuchiges schwarzes Roß auf, mit erstarrten Schlammspritzern an den weißen Socken hinauf. Es kam ganz selbstverständlich dahergetrottet und ging gleichgültig schlendernd, von einem Füllen begleitet, auf sie zu. Es beschnupperte Flyga und rieb sich an ihrer Lende; aber sie gab ihm als Antwort ihre Hinterbeine zu kosten. Es schien ihr, wie sie ihm, in hohem Grade wohlbekannt!

Die Füllen hingegen starrten mit Verwunderung einander an.

Torleif stieg ab, holte ein Pferdeseil aus der Tasche, legte ihm den Zaum ins Maul, saß wieder auf und ritt weiter. Es ging so gemächlich vonstatten und dennoch so selbstverständlich – die alte Mähre zuckelte lässig hinterdrein, ihr großes, ein wenig vierschrötiges Fohlen am Bauche neben sich.

Schließlich senkte sich der tiefgefurchte Reitpfad langsam, alle ringsum weidenden Schafe blökten den Pferden vertraut entgegen, Wegzeichen begannen ihre Männchen zu machen, und jetzt folgte ein Abstieg von einer großen Pferdegrotte – Jungin meinte, ihn wiederzuerkennen.

Wo war er nur gewesen – einen weiten, weiten Weg, seine erste Reise hinter einem Manne her, der seine Mutter von einem Sattel aus lenkte. Sie waren nur dem flachen Roßfelsen auf halbem Wege an der Sohle gefolgt, und nun zurück quer über die Heideebenen auf der Kuppe. Eine weite, weite Fahrt – viele neue Höhen, von seinem großen »Scheuerklotz« gänzlich verschieden, und neue Felsspitzen, von den »Hundeohren« stark abweichend, spiegelten sich noch in seinen Augen.

Ein kleiner, munterer »Schnelläufer« nach dem anderen hatte ihn verlockt, seine Tiefe mit den Hufen zu loten, das Gras in den Sümpfen, die er schleunigst überqueren sollte, hatte ihm seine süßen Töne ins Ohr geflüstert. Einen Schwall von Farben und Landschaften, die er unmöglich auseinanderhalten konnte, die vielmehr alle auf ihn einstürmten mit dem Begehr, in seiner Erinnerung einen Platz zu finden, hatte er über sich ergehen lassen; jetzt endlich, als er Bildabergs seltsam geformte, verstreute Blöcke wiedersah, kannte er seine Geburtsstätte wieder.

Wie eine Sturzsee schlug das Hofgestüt auf der Außenweide um die ankommenden Pferde zusammen, und das Fohlen der alten Bleigsokki wurde vom Maul bis zum Schwanz beschnuppert. Es war ganz offenbar, daß solches nie zuvor gesehen ward. Schlägereien entstanden und viele Eifersüchteleien; aber der Klepper nahm die Sache in die Hand – jetzt hatte er zwei Kinder.

Bleigsokkis Geschichte verlor sich draußen in Islands Nebeln. Sie war nicht der Zucht des Hofes entsprungen, man hatte sie vielmehr einem Manne unter sonderbaren Umständen abgekauft:

Die größten Wollsäcke wurden einst einer kleinen, mageren Stute aufgebürdet. Die Reise zum Handelsmann verlief gut; aber während des Aufenthaltes dortselbst verschwanden über Nacht zwei Packpferde. Man gab dem Knecht die kleine Stute, daß er nach ihnen suche, und nach einigen Stunden kam er denn auch mit ihnen zurück. Da troff die Stute von Schweiß –

Man belud sie aber trotzdem und fuhr fort, ihr Lasten aufzubürden, bis man sie geradezu stützen mußte. Sie legte die Ohren weit zurück, fast wie ein Hase, ein Zeichen, daß sie sehr müde war.

Man trat die Heimreise an. Einen Tag – zwei – da warf sie sich vor Ermattung zu Boden.

»Gebt ihr die Last des großen Braunen, sie geht am besten mit großer Ladung!«

Sie hörte nicht auf, sich niederzuwerfen.

»Gebt ihr die Peitsche!«

Und sie kam wieder auf die Beine und erreichte den Hof.

Die Stute war gebrochen und verwundet – aber der Bauer sagte, das sei sie auch gewesen, als man die Reise antrat.

Die Sache war die, die »Kleine Magere« war das Pferd eines anderen.

Dies trug sich zu, ehe es in Torleifs Hände überging.

Bleigsokki kam erst einige Jahre später nach Bildaberg.

Torleif war auf dem Heimweg von einer seiner weiten Reisen begriffen. Er war über einen Berg geritten und hatte eben einen steilen, steinichten Abstieg glücklich überwunden. Unten in der Kluft traf er auf einen Mann und ein kleines, mageres Pferd. Das Pferd war sehr ermattet, große Wunden klafften auf seinem Rücken und setzten ihm so zu, daß es nicht einmal grasen wollte. Der Sattel hing ihm unterm Bauch; der Reiter lag daneben, schwer betrunken.

Torleif schaffte den Mann zur nächsten Behausung und kaufte ihm das Pferd ab, als er wieder nüchtern geworden war. Er zahlte einen guten Preis, nicht dem Manne zuliebe, sondern des Pferdes wegen. Dessen leidender Zustand, seine traurigen Augen hatten den alten Pferdefreund gerührt.

Er kam erst spät am Abend fort und ritt die ganze Nacht hindurch, wurde dann aber schläfrig, nahm den Pferden den Zaum aus dem Maule und legte sich zum Schlummer nieder. Aber er hatte nur kurze Zeit geschlafen, als Flyga ihn weckte, indem sie die Stirn an seiner Schulter rieb; Bleigsokki war ausgerückt, und nun wollte sie ihm die Flucht melden. Torleif fing sie wieder ein und gelangte schließlich heim.

Bleigsokkis Wunden heilten, sie kam wieder zu Kräften – und nun begann sie allgemach ihre guten Eigenschaften zu offenbaren: Pfadfinder ersten Ranges, vielleicht ein wenig beschränkt, aber gerade infolge ihrer Treuherzigkeit ein Wagehals.

Wie die meisten Bauern auf Island reiste auch Sigurd Torleifson einmal im Jahre zur Handelsstadt. Er führte vierzehn Pferde mit sich und brauchte sechs Tage. Ein langer, mühseliger Weg über Moore und Sümpfe und hohe Gebirgspässe und über breite Flüsse mit weichem Grund.

Da war Bleigsokki ihm von Nutzen.

Die Karawane stand reisefertig bereit. Alle Pferdehufe waren am vorhergehenden Tage nachgesehen, die dünngelaufenen Eisen durch neue ersetzt und lose Eisen festgeschlagen. Man zieht vom Hofe. An der Spitze Bleigsokki, frei gehend und auf beiden Seiten die dicken Rasenkissen des Saumsattels tragend, eine kleine, grün angemalte Kiste, darin der Vorrat an Essen und Kleidern für die ganze Reisegesellschaft verstaut ist.

Darauf Steindor mit Schnell, der Bleigsokki auf dem rechten Wege halten soll, die Hausmutter würdig und sattelfest auf Rotur – und nun Torleif auf Flyga, das erste Saumpferd am Zügel haltend.

Die Nasen fast bis auf den Boden geneigt, aber auf jede Unregelmäßigkeit, jeden Stein und Lavablock achtend und die Beine danach setzend, trottet Saumpferd hinter Saumpferd; das erste an dem Schwanz des nächsten festgebunden. Über der Sattelstelle hängen an jeder Flanke die selbstgesponnenen, umfangreichen Wollsäcke herab, ein jeder wieder an seinen Pflock im Saumsattel befestigt.

»Fardu veginn«, ruft man Bleigsokki zu – nimm den geraden Weg! Sobald sie ausbrechen will, knallt der Ruf ihr in die Ohren, und gehorcht sie nicht sogleich, ist Schnell zur Stelle. Aber hier und da verlockt sie immer wieder einmal eine saftige Weide – bis man ihr einen Zaum ums Maul legt, und am Seiltampen zieht man sie eine Weile hinterher. Das lehrt sie schließlich, die Freiheit wertzuhalten!

Die Moorheiden mit den gefährlichen Sümpfen sind erreicht, und nun läßt man Bleigsokki an der Spitze gehen, denn nur wo *sie* einen Weg findet, folgt die Karawane nach. Sowie man zu einem der breiten, hinterhältigen Flüsse gelangt, deren Furten wechseln, heißt es auch hier: erst laßt Bleigsokki hinaus und ihre Haut zu Markte tragen!

Schließlich ist man in der Handelsstadt angekommen und verschnauft sich. Die Packpferde werden je zu zweien zusammengekoppelt. Nur die Reitpferde, denen ja immer ein freundlicheres Los zuteil wird, grasen frei umher. Alle geben sich einer langen, wohltuenden Ruhe hin.

Als aber Bleigsokki die Karawane heimwärts führte, sah diese anders aus. Die Wollsäcke strotzten nicht von schwellenden Formen, sie sahen eckig, kantig aus von den vielen Kaufmannswaren. Mehrere der Pferde trugen nicht mehr Säcke, sie schleppten lange, zusammengeseilte Bretter, ungefähr in der Mitte am Saumsattel festgemacht. Auf den steilen Zickzackpfaden, die vom Ende der Schluchten über die Felskämme führten, stapften sie vorwärts, den Atem in sichtbaren Wolken herausstoßend, schwitzend, daß der Pferdegeruch hinter ihnen dick die Luft erfüllte.

Nach einer jeden glücklich beendigten Reise holte Bleigsokki Urlaub ein, nahm Reißaus und verbarg sich hier oder da auf der ungeheuren Bergebene des flachen Roßfelsens. Sie hier zu suchen, war mit allzu großen Mühen verknüpft, weshalb man ihr den Urlaub denn auch gewährte – mitunter so lange, bis der Schnee sie heimwärts trieb.

In diesem Jahre freilich hatte sie ihre Pflichtreise gar nicht abgewartet, sondern hatte lange Zeit vorher das Weite gesucht; aber da sie jetzt alt wurde, und Öjn sicher ihr letztes Fohlen war, vergab Torleif gern seinem weißgesockten kleinen Pfadfinder diese außergewöhnlichen Wochenbettferien.

CARSON McCULLERS

Jagd über das offene Gelände

Am Nachmittag begab Hauptmann Penderton sich für seinen üblichen Ausritt zu den Stallungen. Soldat Williams hatte noch Dienst, obschon er an diesem Tage eigentlich um vier Uhr frei sein sollte. Als der Hauptmann mit dem jungen Soldaten sprach, sah er ihn nicht an und sagte in scharfem, arrogantem Tonfall: »Sattle Mrs. Pendertons Feuervogel.«

Soldat Williams stand reglos da und starrte in das weiße, gespannte Gesicht des Hauptmanns. »Herr Hauptmann befehlen?«

»Feuervogel«, wiederholte der Hauptmann. »Mrs. Pendertons Pferd.«

Das war ein ungewohnter Befehl, denn Hauptmann Penderton hatte Feuervogel bisher nur dreimal geritten, und jedesmal hatte seine Frau ihn begleitet. Der Hauptmann selber hatte kein Pferd und pflegte daher eines der Pferde aus den Stallungen zu benutzen. Während der Hauptmann draußen im Hof wartete, zupfte er nervös an den Fingerspitzen seiner Handschuhe. Als Feuervogel dann vorgeführt wurde, war er nicht zufrieden. Soldat Williams hatte Mrs. Pendertons flachen englischen Sattel aufgelegt, aber der Hauptmann zog einen Armeesattel vor. Nachdem die Sättel ausgewechselt waren, blickte der Hauptmann dem Pferd in die runden purpurdunklen Augen, wo er das glasige Spiegelbild seines eigenen ängstlichen Gesichtes sah. Soldat Williams hielt das Pferd am Zügel, während Penderton aufsaß. Der Hauptmann saß gespannt da, mit vorgeschobenem Kinn und die Knie krampfhaft an den Sattel gedrückt, während der Soldat immer noch versunken dastand, die Hand am Zügel.

Nach einer Weile sagte der Hauptmann: »Sehen Sie nicht, daß ich längst im Sattel sitze? Lassen Sie endlich los.«

Soldat Williams trat ein paar Schritte zurück. Der Hauptmann zog die Zügel an und drückte das Pferd mit den Schenkeln. Nichts geschah. Das Pferd stieß nicht in die Zügel und spielte auch nicht, wie sonst jeden Morgen unter Mrs. Penderton, mit der Kandare, sondern wartete ruhig auf das Zeichen zum Aufbruch. Als der Hauptmann dies merkte, kam eine plötzliche böse Freude über ihn. ›Sieh da‹, dachte er, ›sie hat ihm alles Feuer ausgetrieben; das war vorauszusehen.‹ Der Hauptmann drückte dem Tier die Sporen in die Flanken, gab ihm einen Schlag mit seiner kurzen geflochtenen Reitpeitsche und galoppierte dann auf dem Reitweg davon.

Es war ein strahlender Nachmittag, und die kühle Luft war erfüllt von dem frischen, bittersüßen Geruch der Kiefern und des welken Laubes. Nicht eine Wolke war an dem weiten blauen Himmel zu sehen. Das Pferd, das an diesem Tage noch nicht geritten worden war, schäumte über vor Lebenslust, wie es so in ungehemmter Freiheit dahingaloppierte. Feuervogel war wie die meisten Pferde manchmal schwer zu halten, wenn man ihm frisch vom Stall weg die Zügel gab. Der Hauptmann wußte dies und richtete sein weiteres sonderbares Verhalten danach. Er ließ das Pferd etwa einen Kilometer ruhig galoppieren und brachte es dann mit einem so plötzlichen Ruck zum Stehen, daß es stolperte und stieg. Dann stand es still: verwundert, aber gefügig – zur größten Zufriedenheit des Hauptmanns.

Dies Spiel wiederholte sich noch zwei weitere Male. Der Hauptmann ließ dem Pferd die Zügel, bis es sich ganz dem vollen Genuß seiner Freiheit hingab, um es dann ohne jede Warnung jäh zu parieren. Er empfand bei dieser seltsamen und versteckten Art von Selbstkasteiung eine Befriedigung, die er anderen schwerlich hätte erklären können.

Beim drittenmal parierte das Pferd genauso brav; was aber dann geschah, beunruhigte den Hauptmann derart, daß seine ganze Zufriedenheit dahin war. Denn als sie so allein auf dem Reitweg dastanden, drehte das Pferd seinen Kopf langsam nach hinten und sah den Hauptmann an; dann legte es die Ohren zurück und senkte langsam den Kopf.

Der Hauptmann hatte plötzlich das Gefühl, daß der Hengst ihn abwerfen – und nicht nur abwerfen, sondern töten würde. Er hatte immer Angst vor Pferden gehabt und ritt nur, weil es sich nun mal so gehörte und weil das Reiten ihm eine willkommene Gelegenheit bot, sich selbst zu quälen. Er hatte den eleganten Sattel seiner Frau nur deswegen gegen den plumpen Armeesattel umgetauscht, weil er sich an dem hohen Sattelbogen notfalls festklammern konnte. Jetzt saß er steif da und hielt sich am Sattel und an den Zügeln fest. Dann überwältigte ihn die Furcht so vollends, daß er jeden weiteren Kampf aufgab, die Füße aus den Bügeln zog, die Hände vors Gesicht hielt und sich vorsichtig umsah, wohin er wohl fallen würde. Diese Schwäche dauerte jedoch nur einen Augenblick, und als er merkte, daß das Pferd ihn doch nicht abwerfen wollte, kam ein triumphierendes Glücksgefühl über ihn, und er galoppierte weiter.

Der Weg ging mitten durch den Wald unmerklich aufwärts. Langsam näherten sie sich der Lichtung, von wo man das Festungsgelände meilenweit überschauen konnte. In der Ferne schloß der grüne Kiefernwald das Bild mit einem dunklen Streifen gegen den leuchtenden Herbsthimmel ab. Von dem märchenhaften Anblick überwältigt, wollte der Hauptmann einen Augenblick rasten und zog die Zügel an. Im gleichen Augenblick aber geschah etwas völlig Unerwartetes, das den Hauptmann leicht das Leben hätte kosten können. Als er die Kammhöhe des Hügels erreichte, galoppierte er immer noch. Plötzlich aber brach das Pferd ohne jede Warnung und wie ein Dämon nach links aus und raste den Hang hinunter.

Der Hauptmann war so verdutzt, daß er aus dem Sattel und auf den Hals des Pferdes flog und beide Steigbügel verlor. Es gelang ihm jedoch, oben zu bleiben. Die eine Hand in der Mähne und die andere in den Zügeln, schob er sich langsam wieder zurück in den Sattel; das war alles, was er tun konnte. Das Pferd stürmte so blindlings dahin, daß ihn schwindelte, sobald er die Augen öffnete. Er saß zu wenig fest im Sattel, als daß er die Herrschaft über die Zügel hätte zurückgewinnen können. Mit Entsetzen begriff er, daß dies ihm auch nichts nützen würde, da er jede Gewalt über sein Pferd verloren hatte. Seine Muskeln und Nerven waren nur noch auf das eine Ziel gerichtet: oben zu bleiben. Mit dem Renntempo von Feuervogels berühmtem Stammvater jagten sie über das offene Gelände dahin. Das kurze Gras schimmerte wie Kupfer in der Sonne. Mit einemmal fühlte der Hauptmann, daß ein grünes Dämmerlicht ihn umgab. Er begriff, daß sie sich nun wieder im Walde befanden und einen engen Fußweg entlangstürmten. Auch jetzt schien das Pferd sein Tempo kaum zu verlangsamen. Der halb betäubte Hauptmann saß geduckt im Sattel. Ein Ast hatte ihm die linke Backe aufgerissen. Er fühlte keine Schmerzen, sah aber deutlich das heiße rote Blut auf seinen Ärmel tropfen. Er bückte sich so tief, daß seine rechte Backe sich an der kurzen harten Nackenmähne des Pferdes rieb. Er wagte es nicht, sich wieder aufzurichten, aus Furcht, sich an einem Ast den Schädel einzuschlagen.

Drei Worte beherrschten das Bewußtsein des Hauptmanns. Er flüsterte mit zitternden Lippen atemlos vor sich hin: »Ich bin verloren.«

Im selben Augenblick aber, als er sein Leben aufgegeben hatte, begann er plötzlich zu leben. Er fühlte eine jähe, wahnsinnige Lebenslust in sich aufsteigen. Er hatte diesen Taumel, der ihn so unverhofft wie das Ausbrechen des Pferdes überfiel, früher niemals empfunden. Seine halbgeschlossenen glasigen Augen sahen wie im Fieberwahn klarer und schärfer, als sie je gesehen hatten. Jeder der kaleidoskopisch an ihm vorbeijagenden Eindrücke prägte sich ihm mit brennender Deutlichkeit ein. Eine halb unter dem welken Laub versteckte kleine schimmerndweiße, köstliche Blume, ein derber Kiefernzapfen, ein aufgescheuchter blauglänzender Häher, ein jäher Sonnenstrahl in der grünen Dämmerung – der

Hauptmann sah all diese Herrlichkeiten wie zum erstenmal in seinem Leben. Er empfand dankbar die scharfe Frische der Luft und staunte über seinen eigenen Leib, sein pochendes Herz, seine Muskeln, Nerven und Knochen wie über ein Wunder. Der Hauptmann hatte alle Angst vergessen; in einer mystischen Ekstase wußte er, daß die Erde ihm gehörte und er der Erde. Ein verzücktes Lächeln lag auf seinen blutigen Lippen.

Wie lange dieser wahnsinnige Ritt gedauert hatte, wußte der Hauptmann nicht. Er wußte nur, daß er schließlich aus dem Wald hinaus und über eine offene Ebene galoppierte. Ihm war, als hätte er flüchtig so etwas wie einen auf einem Felsen in der Sonne liegenden Mann und ein grasendes Pferd gesehen, worüber er sich nicht weiter wunderte und was er sogleich wieder vergaß. Was ihn jetzt, wo sie sich wieder im Wald befanden, ausschließlich beschäftigte, war sein völlig erschöpftes Tier. In fassungsloser Angst dachte er: ›Das ist das Ende von allem.‹

Das Pferd war in einen müden Trott gefallen und blieb schließlich stehen. Der Hauptmann richtete sich im Sattel auf und sah sich um. Als er das Pferd mit den Zügeln auf den Hals schlug, stolperte es noch ein paar Schritte weiter und blieb dann endgültig stehen. Zitternd stieg der Hauptmann ab und band das Pferd langsam und sorgfältig an einen Baum. Dann brach er sich einen langen Zweig und schlug mit seiner letzten Kraft wütend auf das Pferd ein. Mit keuchendem Atem und schweißschwarzen fliegenden Flanken bewegte das ausweichende Tier sich anfangs um den Baum herum. Als aber der Hauptmann fortfuhr, es zu schlagen, blieb es regungslos stehen und stöhnte nur einmal tief. Eine dunkle Schweißpfütze bildete sich unter ihm auf der

Nadelstreu, und sein Kopf hing nach unten. Der Hauptmann warf die Peitsche fort. Er war mit Blut beschmiert; und wo sein Gesicht und sein Nacken sich an der kurzen harten Mähne wundgerieben hatten, zeigte sich ein roter Ausschlag. Sein Ärger war noch nicht verflogen, obschon er sich vor Erschöpfung kaum auf den Beinen halten konnte. Er sank auf den Boden und blieb, den Kopf in den Armen vergraben, in einer sonderbar gekrümmten Haltung liegen – wie eine zerbrochene Puppe, die jemand weggeworfen hat. Er schluchzte laut.

Für kurze Zeit verlor der Hauptmann das Bewußtsein. Als er dann wieder zu sich kam, hatte er eine Art Vision: er blickte zurück in die vergangenen Jahre, wie man in das schwankende Bild auf dem Grunde eines Brunnens hineinstarrt. Seine Kindheit tauchte wieder auf. Er war von fünf alten unverheirateten Tanten erzogen worden. Diese alten Jungfern waren jedoch keineswegs verbittert, außer wenn sie unter sich waren. Sie lachten viel und gern und veranstalteten fortwährend Picknicks, sinnlose Ausflüge und Sonntagsgesellschaften, zu denen sie andere alte Jungfern einluden. Trotzdem hatten sie den kleinen Jungen als eine Art Stütze benutzt, um sich so die eigene drückende Last zu erleichtern. Der Hauptmann hatte wirkliche Liebe nie kennengelernt. Seine Tanten überschütteten ihn mit ihren sentimentalen Schwärmereien, die er ihnen, da er's nicht besser wußte, in der gleichen unechten Münze heimzahlte. Außerdem war der Hauptmann ›aus dem Süden‹, und seine Tanten sorgten dafür, daß er es nicht vergaß. Mütterlicherseits stammte er ab von Hugenotten, die Frankreich im siebzehnten Jahrhundert verlassen hatten, um dann bis zu dem großen Aufstand in Haiti und schließlich bis zum Bürgerkrieg als Farmer in

Georgia zu leben. Es waren Zeiten barbarischer Üppigkeit, tiefster Verarmung und anmaßenden Familienhochmuts gewesen. Die jetzige Generation hatte es jedoch nicht gerade weit gebracht. Der einzige lebende Vetter des Hauptmanns war Polizist in der Stadt Nashville. Da der Hauptmann ein großer Snob war, echtes Selbstgefühl aber nicht besaß, legte er übertriebenen Wert auf den erloschenen Glanz dieser Vergangenheit.

Der Hauptmann bohrte seine Stiefelspitzen in die Nadelstreu und machte sich Luft in einem lauten Seufzer, der im Wald verhallte. Dann lag er starr und stumm, während ein seltsames, unklares Gefühl, das ihn schon eine ganze Weile beschäftigte, plötzlich Gestalt gewann. Er war sicher, daß sich jemand in seiner Nähe befand. Mühsam drehte er sich auf den Rücken.

Zunächst glaubte er einfach nicht, was er sah. Zwei Meter neben ihm, an eine Eiche gelehnt, blickte der junge Soldat, dessen Gesicht ihm so zuwider war, auf ihn herab. Er war völlig nackt. Sein schlanker Körper glänzte in der Abendsonne. Mit ausdruckslosen, vagen Augen starrte er den Hauptmann an wie ein fremdes, nie gesehenes Insekt. Der Hauptmann war so verdutzt, daß er sich nicht rührte. Er wollte etwas sagen, aber nur ein trockenes Rasseln drang aus seiner Kehle. Während er den Soldaten beobachtete, schaute dieser zu dem Pferd hinüber. Feuervogel war immer noch schweißnaß, und Striemen liefen über sein Fell. An einem einzigen Nachmittag war aus dem übermütigen Vollblut ein müder Ackergaul geworden.

Der Hauptmann lag zwischen dem Soldaten und dem Pferd. Der nackte Mann nahm sich nicht die Mühe, um den ausgestreckten Körper herumzugehen, sondern schritt von seiner Eiche geradewegs über den Offizier hinweg. Der Hauptmann sah einen Augenblick lang den nackten Fuß des jungen Soldaten dicht vor seinen Augen; es war ein schmaler, wohlgeformter Fuß mit einem hohen Spann. Der Soldat band das Tier los und legte ihm die Hand liebkosend auf das weiche Maul. Dann, ohne einen Blick nach dem Hauptmann, führte er es in den dichten Wald hinein. Das alles geschah so rasch, daß der Hauptmann sich weder hatte aufrichten noch etwas sagen können. Anfangs war er nur grenzenlos erstaunt. Er dachte nicht ohne Wohlgefallen an den ebenmäßigen Körper des jungen Mannes. Dann rief er irgend etwas in den Wald, bekam aber keine Antwort. Ein glühendes Haßgefühl gegen den Soldaten stieg in ihm auf, das ebenso übertrieben war wie das Lustgefühl, das er auf dem durchgehenden Pferd empfunden hatte. Alle Erniedrigungen, aller Neid, alle Ängste seines Lebens machten sich Luft in dieser jähen Wut. Der Hauptmann erhob sich stolpernd und wanderte blindlings in den dunklen Wald.

Er wußte weder wo er war noch wie weit entfernt von der Garnison. Ein Dutzend schlauer Pläne, wie er den Soldaten quälen könne, gingen ihm im Kopf herum. In seinem Herzen wußte er, daß dieser Haß, leidenschaftlich wie Liebe, ihn bis ans Ende seiner Tage nicht wieder verlassen würde. Nach langem Herumirren stieß er, als es schon zu nachten begann, auf einen ihm bekannten Pfad.

Der Untergang des Schimmelreiters

Es war vor Allerheiligen, im Oktober. Tag über hatte es stark aus Südwest gestürmt; abends stand ein halber Mond am Himmel, dunkelbraune Wolken jagten überhin, und Schatten und trübes Licht flogen auf der Erde durcheinander; der Sturm war im Wachsen. Im Zimmer des Deichgrafen stand noch der geleerte Abendtisch; die Knechte waren in den Stall gewiesen, um dort des Viehes zu achten; die Mägde mußten im Hause und auf den Böden nachsehen, ob Türen und Luken wohlverschlossen seien, daß nicht der Sturm hineinfasse und Unheil anrichte. Drinnen stand Hauke neben seiner Frau am Fenster; er hatte eben sein Abendbrot hinabgeschlungen; er war draußen auf dem Deich gewesen. Zu Fuße war er hinausgetrabt, schon früh am Nachmittag; spitze Pfähle und Säcke voll Klei oder Erde hatte er hie und dort, wo der Deich eine Schwäche zu verraten schien, zusammentragen lassen; überall hatte er Leute angestellt, um die Pfähle einzurammen und mit den Säcken vorzudämmen, sobald die Flut den Deich zu schädigen beginne; an dem Winkel zu Nordwesten, wo der alte und der neue Deich zusammenstießen, hatte er die meisten Menschen hingestellt, nur im Notfall durften sie von den angewiesenen Plätzen weichen. Das hatte er zurückgelassen; dann, vor kaum einer Viertelstunde, naß, zerzaust, war er in seinem Hause angekommen, und jetzt, das Ohr nach den Windböen, welche die in Blei gefaßten Scheiben rasseln machten, blickte er wie gedankenlos in die wüste Nacht hinaus; die Wanduhr hinter ihrer Glasscheibe schlug eben acht. Das Kind, das neben der Mutter stand, fuhr zusammen und barg den Kopf in deren Kleider. »Claus!« rief sie weinend; »wo ist mein Claus?«

Sie konnte wohl so fragen, denn die Möwe hatte, wie schon im vorigen Jahre, so auch jetzt ihre Winterreise nicht mehr angetreten. Der Vater überhörte die Frage; die Mutter aber nahm das Kind auf ihren Arm. »Dein Claus ist in der Scheune«, sagte sie; »da sitzt er warm.«

»Warum?« sagte Wienke, »ist das gut?«

– »Ja, das ist gut.«

Der Hausherr stand noch am Fenster: »Es geht nicht länger, Elke!« sagte er; »ruf eine von den Dirnen; der Sturm drückt uns die Scheiben ein, die Luken müssen angeschroben werden!«

Auf das Wort der Hausfrau war die Magd hinausgelaufen; man sah vom Zimmer aus, wie ihr die Röcke flogen; aber als sie die Klammern gelöst hatte, riß ihr der Sturm den Laden aus der Hand und warf ihn gegen die Fenster, daß ein paar Scheiben zersplittert in die Stube flogen und eins der Lichter qualmend auslosch. Hauke mußte selbst hinaus, zu helfen, und nur mit Not kamen allmählich die Luken vor die Fenster. Als sie beim Wiedereintritt in das Haus die Tür aufrissen, fuhr eine Böe hinterdrein, daß Glas und Silber im Wandschrank durcheinanderklirrten; oben im Hause über ihren Köpfen zitterten und krachten die Balken, als wolle der Sturm das Dach von den Mauern reißen. Aber Hauke kam nicht wieder in das Zimmer; Elke hörte, wie er durch die Tenne nach dem Stalle schritt. »Den Schimmel! Den Schimmel, John! Rasch!« So hörte sie ihn rufen; dann kam er wieder in die Stube, das Haar zerzaust, aber die grauen Augen leuchtend. »Der Wind ist umgesprungen!« rief er – »nach Nordwest, auf halber Springflut! Kein Wind; – wir haben solchen Sturm noch nicht erlebt!«

Elke war totenblaß geworden: »Und du mußt noch einmal hinaus?«

Er ergriff ihre beiden Hände und drückte sie wie im Krampfe in die seinen: »Das muß ich, Elke.«

Sie erhob langsam ihre dunkeln Augen zu ihm, und ein paar Sekunden lang sahen sie sich an; doch war's wie eine Ewigkeit. »Ja, Hauke«, sagte das Weib; »ich weiß es wohl, du mußt!«

Da trabte es draußen vor der Haustür. Sie fiel ihm um den Hals, und einen Augenblick war's, als könne sie ihn nicht lassen; aber auch das war nur ein Augenblick. »Das ist unser Kampf!« sprach Hauke; »ihr seid hier sicher; an dies Haus ist noch keine Flut gestiegen. Und bete zu Gott, daß er auch mit mir sei!«

Hauke hüllte sich in seinen Mantel, und Elke nahm ein Tuch und wickelte es ihm sorgsam um den Hals; sie wollte ein Wort sprechen, aber die zitternden Lippen versagten es ihr.

Draußen wieherte der Schimmel, daß es wie Trompetenschall in das Heulen des Sturmes hineinklang. Elke war mit ihrem Mann hinausgegangen; die alte Esche knarrte, als ob sie auseinanderstürzen solle. »Steigt auf, Herr!« rief der Knecht, »der Schimmel ist wie toll; die Zügel könnten reißen.« Hauke schlug die Arme um sein Weib: »Bei Sonnenaufgang bin ich wieder da!«

Schon war er auf sein Pferd gesprungen; das Tier stieg mit den Vorderhufen in die Höhe, dann gleich einem Streithengst, der sich in die Schlacht stürzt, jagte es mit seinem Reiter die Werfte hinunter, in Nacht und Sturmgeheul hinaus. »Vater, mein Vater!« schrie eine klägliche Kinderstimme hinter ihm darein; »mein lieber Vater!«

Wienke war im Dunkeln hinter dem Fortjagenden hergelaufen; aber schon nach hundert Schritten strauchelte sie über einen Erdhaufen und fiel zu Boden.

Der Knecht Iven Johns brachte das weinende Kind der Mutter zurück; die lehnte am Stamme der Esche, deren Zweige über ihr die Luft peitschten, und starrte wie abwesend in die Nacht hinaus, in der ihr Mann verschwunden war; wenn das Brüllen des Sturmes und das ferne Klatschen des Meeres einen Augenblick aussetzten, fuhr sie wie in Schreck zusammen; ihr war jetzt, als suche alles nur ihn zu verderben und werde jäh verstummen, wenn es ihn gefaßt habe. Ihre Knie zitterten, ihre Haare hatte der Sturm gelöst und trieb damit sein Spiel. »Hier ist das Kind, Frau!« schrie John ihr zu; »haltet es fest!« und drückte die Kleine der Mutter in den Arm.

»Das Kind? – Ich hatte dich vergessen, Wienke!« rief sie; »Gott verzeih mir's.« Dann hob sie es an ihre Brust, so fest nur Liebe fassen kann, und stürzte mit ihr in die Knie: »Herr Gott und du mein Jesus, laß uns nicht Witwe und nicht Waise werden! Schütz ihn, o lieber Gott; nur du und ich, wir kennen ihn allein!« Und der Sturm setzte nicht mehr aus; es tönte und donnerte, als solle die ganze Welt in ungeheuerem Hall und Schall zugrunde gehen.

»Geht in das Haus, Frau!« sagte John; »kommt!«, und er half ihnen auf und leitete die beiden in das Haus und in die Stube.

– – Der Deichgraf Hauke Haien jagte auf seinem Schimmel dem Deiche zu. Der schmale Weg war grundlos, denn die Tage vorher war unermeßlicher Regen gefallen; aber der nasse saugende Klei schien gleichwohl die Hufen des Tieres nicht zu halten, es war, als hätte es festen Sommerboden unter sich. Wie eine wilde Jagd trieben die Wolken am Himmel; unten lag die weite Marsch wie eine unerkennbare, von unruhigen Schatten erfüllte Wüste; von dem Wasser hinter dem Deiche, immer ungeheurer, kam ein dumpfes Tosen, als müsse es alles andere verschlingen. »Vorwärts, Schimmel!« rief Hauke; »wir reiten unseren schlimmsten Ritt!«

Da klang es wie ein Todesschrei unter den Hufen seines Rosses. Er riß den Zügel zurück; er sah sich um: ihm zur Seite dicht über dem Boden, halb fliegend, halb vom Sturme geschleudert, zog eine Schar von weißen Möwen, ein höhnisches Gegacker ausstoßend; sie suchten Schutz im Lande. Eine von ihnen – der Mond schien flüchtig durch die Wolken – lag am Weg zertreten: dem Reiter war's, als flattere ein rotes Band an ihrem Halse. »Claus!« rief er. »Armer Claus!«

War es der Vogel seines Kindes? Hatte er Roß und Reiter erkannt und sich bei ihnen bergen wollen? – Der Reiter wußte es nicht. »Vorwärts!« rief er wieder, und schon hob der Schimmel zu neuem Rennen seine Hufen; da setzte der Sturm plötzlich aus, eine Totenstille trat an seine Stelle; nur eine Sekunde lang, dann kam er mit erneuter Wut zurück; aber Menschenstimmen und verlorenes Hundegebell waren inzwischen an des Reiters Ohr geschlagen, und als er rückwärts nach seinem Dorf den Kopf wandte, erkannte er in dem Mondlicht, das hervorbrach, auf den Werften und vor den Häusern Menschen, an hochbeladenen Wagen umherhantierend; er sah, wie im Fluge, noch andere Wagen eilend nach der Geest hinauffahren; Gebrüll von Rindern traf sein Ohr, die aus den warmen Ställen nach dort hinaufgetrieben wurden. »Gott Dank! sie sind dabei, sich und ihr Vieh zu retten!« rief es in ihm; und dann mit einem Angstschrei: »Mein

Weib! Mein Kind! – Nein, nein; auf unsere Werfte steigt das Wasser nicht!«

Aber nur ein Augenblick war es; nur wie eine Vision flog alles an ihm vorbei.

Eine furchtbare Böe kam brüllend vom Meer herüber, und ihr entgegen stürmten Roß und Reiter den schmalen Akt zum Deich hinan. Als sie oben waren, stoppte Hauke mit Gewalt sein Pferd. Aber wo war das Meer? Wo Jeverssand? Wo blieb das Ufer drüben? – – Nur Berge von Wasser sah er vor sich, die dräuend gegen den nächtlichen Himmel stiegen, die in der furchtbaren Dämmerung sich übereinander zu türmen suchten und übereinander gegen das feste Land schlugen. Mit weißen Kronen kamen sie daher, heulend, als sei in ihnen der Schrei alles furchtbaren Raubgetiers der Wildnis. Der Schimmel schlug mit den Vorderhufen und schnob mit seinen Nüstern in den Lärm hinaus; den Reiter aber wollte es überfallen, als sei hier alle Menschenmacht zu Ende; als müsse jetzt die Nacht, der Tod, das Nichts hereinbrechen.

Doch er besann sich: es war ja Sturmflut; nur hatte er sie selbst noch nimmer so gesehen; sein Weib, sein Kind, sie saßen sicher auf der hohen Werfte, in dem festen Hause; sein Deich aber – und wie ein Stolz flog es ihm durch die Brust – der Hauke-Haien-Deich, wie ihn die Leute nannten, der mochte jetzt beweisen, wie man Deiche bauen müsse!

Aber – was war das? – Er hielt an dem Winkel zwischen beiden Deichen; wo waren die Leute, die er hiehergestellt, die hier die Wacht zu halten hatten? – Er blickte nach Norden den alten Deich hinauf, denn auch dorthin hatte er einzelne beordert. Weder hier noch dort vermochte er einen Menschen zu erblicken; er ritt ein

Stück hinaus, aber er blieb allein; nur das Wehen des Sturmes und das Brausen des Meeres bis aus unermessener Ferne schlug betäubend an sein Ohr. Er wandte das Pferd zurück: er kam wieder zu der verlassenen Ecke und ließ seine Augen längs der Linie des neuen Deiches gleiten; er erkannte deutlich: langsamer, weniger gewaltig rollten hier die Wellen heran; fast schien's, als wäre dort ein ander Wasser. »Der soll schon stehen!« murmelte er, und wie ein Lachen stieg es in ihm herauf.

Aber das Lachen verging ihm, als seine Blicke weiter an der Linie seines Deichs entlangglitten: an der Nordwestecke – was war das dort? Ein dunkler Haufen wimmelte durcheinander; er sah, wie es sich emsig rührte und drängte – kein Zweifel, es waren Menschen! Was wollten, was arbeiteten die jetzt an seinem Deich? – Und schon saßen seine Sporen dem Schimmel in den Weichen, und das Tier flog mit ihm dahin; der Sturm kam von der Breitseite; mitunter drängten die Böen so gewaltig, daß sie fast vom Deiche in den neuen Koog hinabgeschleudert wären; aber Roß und Reiter wußten, wo sie ritten. Schon gewahrte Hauke, daß wohl ein paar Dutzend Menschen in eifriger Arbeit dort beisammen seien, und schon sah er deutlich, daß eine Rinne quer durch den neuen Deich gegraben war. Gewaltsam stoppte er sein Pferd: »Halt!« schrie er; »halt! Was treibt ihr hier für Teufelsunfug?«

Sie hatten in Schreck die Spaten ruhen lassen, als sie auf einmal den Deichgraf unter sich gewahrten; seine Worte hatte der Sturm ihnen zugetragen, und er sah wohl, daß mehrere ihm zu antworten strebten; aber er gewahrte nur ihre heftigen Gebärden, denn sie standen alle ihm zur Linken, und was sie sprachen, nahm der Sturm hinweg, der hier draußen jetzt die Menschen mitunter wie im Taumel gegeneinander warf, so daß sie sich dicht zusammenscharten. Hauke maß mit seinen raschen Augen die gegrabene Rinne und den Stand des Wassers, das, trotz des neuen Profiles, fast an die Höhe des Deichs hinaufklatschte und Roß und Reiter überspritzte. Nur noch zehn Minuten Arbeit – er sah es wohl – dann brach die Hochflut durch die Rinne, und der Hauke-Haien-Koog wurde vom Meer begraben!

Der Deichgraf winkte einem der Arbeiter an die andere Seite seines Pferdes. »Nun, so sprich!« schrie er, »was treibt ihr hier, was soll das heißen?«

Und der Mensch schrie dagegen: »Wir sollen den neuen Deich durchstechen, Herr, damit der alte Deich nicht bricht!«

»Was sollt ihr?«

– »Den neuen Deich durchstechen!«

»Und den Koog verschütten? – Welcher Teufel hat euch das befohlen?«

»Nein, Herr, kein Teufel; der Gevollmächtigte Ole Peters ist hier gewesen, der hat's befohlen!«

Der Zorn stieg dem Reiter in die Augen: »Kennt ihr mich?« schrie er. »Wo ich bin, hat Ole Peters nichts zu ordinieren! Fort mit euch! An euere Plätze, wo ich euch hingestellt!«

Und da sie zögerten, sprengte er mit seinem Schimmel zwischen sie: »Fort, zu euerer oder des Teufels Großmutter!«

»Herr, hütet Euch!« rief einer aus dem Haufen und stieß mit seinem Spaten gegen das wie rasend sich gebärdende Tier; aber ein Hufschlag schleuderte ihm den Spaten aus der Hand, ein anderer stürzte zu Boden. Da plötzlich erhob sich ein Schrei aus dem übrigen Haufen, ein Schrei, wie ihn nur die Todesangst einer Menschenkehle zu entreißen pflegt; einen Augenblick war alles, auch der Deichgraf und der Schimmel, wie gelähmt; nur ein Arbeiter hatte gleich einem Wegweiser seinen Arm gestreckt; der wies nach der Nordwestecke der beiden Deiche, dort, wo der neue auf den alten stieß. Nur das Tosen des Sturmes und das Rauschen des Wassers war zu hören. Hauke drehte sich im Sattel: was gab das dort? Seine Augen wurden groß: »Herr Gott! Ein Bruch! Ein Bruch im alten Deich!«

»Euere Schuld, Deichgraf!« schrie eine Stimme aus dem Haufen: »Euere Schuld! Nehmt's mit vor Gottes Thron!«

Haukes zornrotes Antlitz war totenbleich geworden; der Mond, der es beschien, konnte es nicht bleicher machen; seine Arme hingen schlaff, er wußte kaum, daß er den Zügel hielt. Aber auch das war nur ein Augenblick; schon richtete er sich auf, ein hartes Stöhnen brach aus seinem Munde; dann wandte er stumm sein Pferd, und der Schimmel schnob und raste ostwärts auf dem Deich mit ihm dahin. Des Reiters Augen flogen scharf nach allen Seiten; in seinem Kopfe wühlten die Gedanken: Was hatte er für Schuld vor Gottes Thron zu tragen? – Der Durchstich des neuen Deichs – vielleicht, sie hätten's fertiggebracht, wenn er sein Halt nicht gerufen hätte; aber – es war noch eins, und es schoß ihm heiß zu Herzen, er wußte es nur zu gut – im vorigen Sommer, hätte damals Ole Peters' böses Maul ihn nicht zurückgehalten – da lag's! Er allein hatte die Schwäche des alten Deichs erkannt; er hätte trotz alledem das neue Werk betreiben müssen: »Herr Gott, ja ich bekenn es«, rief er plötzlich laut in den Sturm hinaus, »ich habe meines Amtes schlecht gewartet!«

Zu seiner Linken, dicht an des Pferdes Hufen, tobte

das Meer; vor ihm, und jetzt in voller Finsternis, lag der alte Koog mit seinen Werften und heimatlichen Häusern; das bleiche Himmelslicht war völlig ausgetan; nur von einer Stelle brach ein Lichtschein durch das Dunkel. Und wie ein Trost kam es an des Mannes Herz; es mußte von seinem Haus herüberscheinen, es war ihm wie ein Gruß von Weib und Kind. Gottlob, sie saßen sicher auf der hohen Werfte! Die andern, gewiß, sie waren schon im Geestdorf droben; von dorther schimmerte so viel Lichtschein, wie er niemals noch gesehen hatte; ja selbst hoch oben aus der Luft, es mochte wohl vom Kirchturm sein, brach solcher in die Nacht hinaus. »Sie werden alle fort sein, alle!« sprach Hauke bei sich selber; »freilich auf mancher Werfte wird ein Haus in Trümmern liegen, schlechte Jahre werden für die überschwemmten Fennen kommen, Siele und Schleusen zu reparieren sein! Wir müssen's tragen, und ich will helfen, auch denen, die mir Leid's getan; nur, Herr, mein Gott, sei gnädig mit uns Menschen!«

Da warf er seine Augen seitwärts nach dem neuen Koog; um ihn schäumte das Meer; aber in ihm lag es wie nächtlicher Friede. Ein unwillkürliches Jauchzen brach aus des Reiters Brust: »Der Hauke-Haien-Deich, er soll schon halten; er wird es noch nach hundert Jahren tun!«

Ein donnerartiges Rauschen zu seinen Füßen weckte ihn aus diesen Träumen; der Schimmel wollte nicht mehr vorwärts. Was war das? – Das Pferd sprang zurück, und er fühlte es, ein Deichstück stürzte vor ihm in die Tiefe. Er riß die Augen auf und schüttelte alles Sinnen von sich: er hielt am alten Deich, der Schimmel hatte mit den Vorderhufen schon daraufgestanden. Unwillkürlich riß er das Pferd zurück; da flog der letzte Wolkenmantel von dem Mond, und das milde Gestirn beleuchtete den

Graus, der schäumend, zischend vor ihm in die Tiefe stürzte, in den alten Koog hinab.

Wie sinnlos starrte Hauke darauf hin; eine Sündflut war's, um Tier und Menschen zu verschlingen. Da blinkte wieder ihm der Lichtschein in die Augen; es war derselbe, den er vorhin gewahrt hatte; noch immer brannte der auf seiner Werfte; und als er jetzt ermutigt in den Koog hinabsah, gewahrte er wohl, daß hinter dem sinnverwirrenden Strudel, der tosend vor ihm hinabstürzte, nur noch eine Breite von etwa hundert Schritten überflutet war; dahinter konnte er deutlich den Weg erkennen, der vom Koog heranführte. Er sah noch mehr: ein Wagen, nein, eine zweiräderige Karriole kam wie toll gegen den Deich herangefahren; ein Weib, ja auch ein Kind saßen darin. Und jetzt – war das nicht das kreischende Gebell eines kleinen Hundes, das im Sturm vorüberflog? Allmächtiger Gott! Sein Weib, sein Kind waren es; schon kamen sie dicht heran, und die schäumende Wassermasse drängte auf sie zu. Ein Schrei, ein Verzweiflungsschrei brach aus der Brust des Reiters: »Elke!« schrie er; »Elke! Zurück! Zurück!«

Aber Sturm und Meer waren nicht barmherzig, ihr Toben zerwehte seine Worte; nur seinen Mantel hatte der Sturm erfaßt, es hätte ihn bald vom Pferd herabgerissen; und das Fuhrwerk flog ohne Aufenthalt der stürzenden Flut entgegen. Da sah er, daß das Weib wie gegen ihn hinauf die Arme streckte: Hatte sie ihn erkannt? Hatte die Sehnsucht, die Todesangst um ihn sie aus dem sicheren Haus getrieben? Und jetzt – rief sie ein letztes Wort ihm zu? – Die Fragen fuhren durch sein Hirn; sie blieben ohne Antwort: von ihr zu ihm, von ihm zu ihr waren die Worte all verloren; nur ein Brausen wie vom

Weltenuntergang füllte ihre Ohren und ließ keinen andern Laut hinein.

»Mein Kind! O Elke, o getreue Elke!« schrie Hauke in den Sturm hinaus. Da sank aufs neu ein großes Stück des Deiches vor ihm in die Tiefe, und donnernd stürzte das Meer sich hinterdrein; noch einmal sah er drunten den Kopf des Pferdes, die Räder des Gefährtes aus dem wüsten Greuel emportauchen und dann quirlend darin untergehen. Die starren Augen des Reiters, der so einsam auf dem Deiche hielt, sahen weiter nichts. »Das Ende!« sprach er leise vor sich hin; dann ritt er an den Abgrund, wo unter ihm die Wasser, unheimlich rauschend, sein Heimatsdorf zu überfluten begannen; noch immer sah er das Licht von seinem Hause schimmern; es war ihm wie entseelt. Er richtete sich hoch auf und stieß dem Schimmel die Sporen in die Weichen; das Tier bäumte sich, es hätte sich fast überschlagen; aber die Kraft des Mannes drückte es herunter. »Vorwärts!« rief er noch einmal, wie er es so oft zum festen Ritt gerufen hatte: »Herr Gott, nimm mich; verschon die andern!«

Noch ein Sporenstich; ein Schrei des Schimmels, der Sturm und Wellenbrausen überschrie; dann unten aus dem hinabstürzenden Strom ein dumpfer Schall, ein kurzer Kampf.

Der Mond sah leuchtend aus der Höhe; aber unten auf dem Deiche war kein Leben mehr als nur die wilden Wasser, die bald den alten Koog fast völlig überflutet hatten. Noch immer aber ragte die Werfte von Hauke Haiens Hofstatt aus dem Schwall hervor, noch schimmerte von dort der Lichtschein, und von der Geest her, wo die Häuser allmählich dunkel wurden, warf noch die einsame Leuchte aus dem Kirchturm ihre zitternden Lichtfunken über die schäumenden Wellen.

Der Feuerreiter

Sehet ihr am Fensterlein
Dort die rote Mütze wieder?
Nicht geheuer muß es sein,
Denn er geht schon auf und nieder.
Und auf einmal welch Gewühle
Bei der Brücke, nach dem Feld!
Horch! das Feuerglöcklein gellt:
   Hinterm Berg,
   Hinterm Berg
Brennt es in der Mühle!

Schaut! da sprengt er wütend schier
Durch das Tor, der Feuerreiter,
Auf dem rippendürren Tier,
Als auf einer Feuerleiter!
Querfeldein! Durch Qualm und Schwüle
Rennt er schon, und ist am Ort!
Drüben schallt es fort und fort:
   Hinterm Berg,
   Hinterm Berg
Brennt es in der Mühle!

Der so oft den roten Hahn
Meilenweit von fern gerochen,
Mit des heilgen Kreuzes Span
Freventlich die Glut besprochen –

Weh! dir grinst vom Dachgestühle
Dort der Feind im Höllenschein,
Gnade Gott der Seele dein!
  Hinterm Berg,
  Hinterm Berg
Rast er in der Mühle!

Keine Stunde hielt es an,
Bis die Mühle borst in Trümmer;
Doch den kecken Reitersmann
Sah man von der Stunde nimmer.
Volk und Wagen im Gewühle
Kehren heim von all dem Graus;
Auch das Glöcklein klinget aus:
  Hinterm Berg,
  Hinterm Berg
Brennt's! –

Nach der Zeit ein Müller fand
Ein Gerippe samt der Mützen
Aufrecht an der Kellerwand
Auf der beinern Mähre sitzen:
Feuerreiter, wie so kühle
Reitest du in deinem Grab!
Husch! da fällt's in Asche ab.
  Ruhe wohl,
  Ruhe wohl
Drunten in der Mühle!

Fabrizio in der Schlacht von Waterloo

Es währte nicht lange, so begegnete Fabrizio ein paar Marketenderinnen, und die unsagbare Dankbarkeit, die er der Kerkermeistersfrau in B... entgegenbrachte, bewog ihn, sie anzureden. Er fragte einc von ihnen, wo das vierte Husarenregiment stehe, dem er angehöre.

»Du tätest gut daran, nicht so sehr zu drängeln, mein kleiner Soldat«, erwiderte die Marketenderin, der es Fabrizios Blässe und seine schönen Augen angetan hatten. »Deine Fäuste sind noch nicht stark genug für die Säbelhiebe, die es heute absetzt. Wenn du wenigstens noch ein Gewehr hättest, wollte ich ja gar nichts sagen. Du könntest ebenso gut wie irgendein anderer drauflosschießen.«

Dieser Rat erregte Fabrizios Mißfallen. So sehr er aber seinen Klepper antrieb, er kam doch nicht rascher voran als der Karren der Marketenderin. Von Zeit zu Zeit schien es, als komme der Geschützdonner näher, und sie konnten sich nicht mehr verständigen, denn Fabrizio war derart außer sich vor Begeisterung und Seligkeit, daß er das Gespräch wieder aufgenommen hatte. Jedes Wort, das die Marketenderin sagte, machte ihn doppelt glücklich, weil er dadurch erst faßte, wie glücklich er war. Abgesehen von seinem wahren Namen und seiner Flucht aus dem Gefängnis erzählte er der Frau, die ihm so gutherzig vorkam, schließlich alles. Sie war darüber sehr verwundert und begriff überhaupt nichts von alledem, was ihr der bildschöne junge Soldat erzählte.

»Jetzt hab' ich's!« rief sie schließlich frohlockend. »Sie

sind ein junges Herrensöhnchen und in die Frau irgendeines Rittmeisters bei den Vierten Husaren verknallt! Ihre Liebste wird Ihnen die Uniform, die Sie tragen, geschenkt haben, und jetzt laufen Sie ihr nach. So wahr der liebe Gott im Himmel wohnt, ein Soldat sind Sie nie gewesen! Da Sie aber ein wackerer Kerl sind und Ihr Regiment heute ins Feuer kommt, wollen Sie auch mit dabeisein und nicht als Drückeberger dastehn!«

Fabrizio gab alles zu. Das war der einzige Weg, wie er sich gute Ratschläge verschaffen konnte. Ich habe keine Ahnung, wie diese Franzosen denken und leben, sagte er sich, und wenn mich niemand berät und anleitet, so bringe ich's noch ein zweites Mal fertig, daß man mich ins Gefängnis wirft, und dann stiehlt man mir nochmals mein Pferd.

»Vor allem, mein Kleiner«, sagte die Marketenderin, die sich mit ihm immer mehr anfreundete, »gib zu, du bist noch nicht einundzwanzig Jahre alt. Wenn's hoch kommt, bist du siebzehn.«

Das entsprach der Wahrheit, und Fabrizio gab es ohne weiteres zu.

»Somit bist du nicht einmal Rekrut. Und du willst dir einzig um der schönen blauen Augen der Gnädigen willen die Knochen entzweischlagen lassen. Verdammich! Einen schlechten Geschmack hat sie ja nicht! Wenn du noch ein paar von den Goldvögelein hast, die sie dir zugesteckt hat, dann mußt du dir zuallererst ein anderes Pferd anschaffen. Schau nur, wie dein Klepper die Ohren spitzt, wenn der Kanonendonner nur ein bißchen näher dröhnt! Auf dieser Bauernmähre brichst du dir das Genick, sobald du in der Feuerlinie stehst. Der weiße Rauch, den du dort vorne über der Hecke siehst, das sind Plänkler, die im Feuer stehen. So mach dich also drauf gefaßt, daß du mächtig Angst kriegst, wenn du dann die Kugeln um die Ohren pfeifen hörst. Du solltest, glaub' ich, auch noch einen Happen essen, solange du noch Zeit dazu hast.«

Fabrizio befolgte ihren Rat. Er reichte der Marketenderin einen Napoleon und bat sie, sich damit bezahlt zu machen.

»Es ist ein Jammer, so etwas mit anzusehn!« zeterte die Frau. »Der arme Kleine versteht nicht einmal sein Geld auszugeben! Du verdientest wahrhaftig, daß ich deinen Napoleon einsteckte und dann meine Cocotte in Trab setzte. Hol' mich der oder jener, wenn deine Mähre mir nachkäme! Was wolltest du auch anfangen, du dummer Kindskopf, wenn du mich so mir nichts, dir nichts abhauen sähest? Merk dir ein für allemal: Wenn die Kanonen donnern, darf man nie Gold vorzeigen! Da nimm«, setzte sie hinzu, »da hast du achtzehn Franken fünfzehn Centimes. Dein Frühstück kostet dich dreißig Sous. Jetzt wird's bald Gäule in Hülle und Fülle zu kaufen geben. Ist das Biest klein, dann gibst du dafür zehn Franken, auf keinen Fall mehr als zwanzig Franken, und wäre es auch das Roß der vier Haimonskinder!«

Als Fabrizio mit seinem Frühstück zu Ende war, wurde die Marketenderin in ihrem Redeschwall von einer Frau unterbrochen, die querfeldein auf sie zukam und auf der Landstraße vorbeiging.

»He! Hallo!« rief ihr diese Frau zu. »Hallo, Margot! Deine Sechser Leichten stehen da rechts!«

»Da muß ich dich verlassen, Kleiner«, sagte daraufhin die Marketenderin zu unserm Helden. »Doch im Ernst, du tust mir leid. Ich mag dich wirklich gern, sackerlott! Du weißt nicht gix und nicht gax und wirst dich totschießen lassen, so wahr ein Herrgott im Himmel wohnt. Komm lieber mit mir zu den Sechser Leichten!«

»Ich sehe schon ein, daß ich rein nichts weiß«, versetzte Fabrizio, »ich will aber kämpfen und bin fest entschlossen, dorthin zu den weißen Rauchwölklein zu reiten.«

»Schau nur, wie dein Pferd die Ohren spitzt! Sobald du dort drüben bist, wird es dir, so lendenlahm es sonst auch ist, glatt durchbrennen und auf und davon galoppieren, und Gott weiß, wo es dich dann hinträgt! Willst du auf mich hören? Gleich, wenn du bei den Schützen da vorne bist, nimm ein Gewehr und eine Patronentasche, stell dich neben die andern Soldaten und mach ihnen alles genau nach. Aber, Grundgütiger! ich will wetten, du weißt nicht einmal, wie man eine Patrone abbeißt!«

Fabrizio war tief gekränkt, aber er gestand seiner neuen Freundin, sie habe es richtig erraten.

»Armer Kleiner! Man wird ihn handkehrum totschießen! So wahr ein Gott im Himmel ist, lange wird's nicht gehen. Du mußt unbedingt mit mir kommen«, setzte die Marketenderin gebieterisch hinzu.

»Ich will aber kämpfen!«

»Das wirst du auch können. Nur keine Angst, die Sechser sind tüchtige Burschen, und heute gibt's Arbeit für alle.«

»Aber werden wir bald bei Euerm Regiment sein?«

»Spätestens in einer Viertelstunde.«

Wenn mich diese wackere Frau unter ihre Fittiche nimmt, sagte sich Fabrizio, wird man mich nicht wegen meiner völligen Unkenntnis sämtlicher Vorgänge und Dinge als Spion verdächtigen, und ich werde kämpfen können.

Im selben Augenblick schwoll der Kanonendonner an. Schuß um Schuß dröhnte pausenlos.

»Der reinste Rosenkranz«, meinte Fabrizio.

»Man kann allmählich das Gewehrfeuer unterscheiden«, erwiderte die Marketenderin und versetzte ihrem Rößlein einen Hieb mit der Peitsche. Es war offensichtlich wegen der Schießerei scheu geworden.

Die Marketenderin bog nach rechts ab und fuhr über einen Seitenweg quer durch die Wiesen. Der Schmutz stand knietief darin, und der kleine Karren kam nur mühsam vorwärts. Fabrizio stieß und schob an den Rädern. Sein Pferd stürzte zweimal. Bald stand zwar der Weg nicht mehr so tief unter Wasser, dafür aber war er nur noch ein schmaler Fußpfad, der durchs Gras führte. Fabrizio war noch keine fünfhundert Schritte weitergekommen, da blieb sein Klepper bocksteif stehen. Ein Toter lag quer über dem Weg. Roß und Reiter prallten entsetzt zurück.

Fabrizios Gesicht, das von Natur schon bleich war, verfärbte sich und wurde ausgesprochen grünlich. Die Marketenderin warf einen Blick auf den Toten und sagte vor sich hin, als rede sie mit sich selber:

»Der gehört nicht zu unserer Division.«

Dann schaute sie zu unserm Helden auf und lachte laut heraus.

»Hahaha, Kleiner«, spottete sie, »das ist was ganz Piekfeines!« Fabrizio erstarrte zu Eis. Was ihm vor allem Eindruck machte, das waren die schmutzstarrenden Füße des Toten, dem schon jemand die Schuhe ausgezogen hatte. Er hatte nichts mehr an als ein altes Paar bluttränkter Hosen.

»Komm einmal her«, sagte nun die Marketenderin zu ihm. »Steig von deinem Roß, du mußt dich an alles gewöhnen. Da«, rief sie, »schau nur, er hat eine Kugel mitten durch den Kopf abgekriegt!«

Eine Kugel war dicht neben der Nase hinein und auf der andern Seite bei der Schläfe wieder herausgefahren, und das Antlitz des Leichnams war grauenhaft entstellt. Ein Auge stand immer noch weit offen.

»Steig doch vom Roß, Kleiner«, höhnte die Marketenderin, »und schüttle ihm die Hand! Du wirst dann sehen, ob er sie dir auch drückt!«

Ohne zu zögern, wenn auch vor Ekel und Brechreiz halbtot, sprang Fabrizio vom Pferd, ergriff die Hand des Toten und schüttelte sie kräftig. Dann blieb er wie gelähmt und seiner Sinne nicht mehr mächtig stehen. Er spürte, daß er nicht mehr die Kraft hatte, wieder aufs Pferd zu steigen. Was ihm am allermeisten Grauen einflößte, war das weit offenstehende Auge.

Die Marketenderin wird am Ende noch glauben, ich sei ein Feigling, sagte er sich voll Bitterkeit. Aber er spürte deutlich, daß er kein Glied zu rühren vermochte. Er wäre einfach hingefallen. Dieser Augenblick war grauenvoll. Es fehlte nicht viel, und Fabrizio wäre ohnmächtig umgesunken. Die Marketenderin bemerkte es, sprang flink von ihrem Wägelchen und reichte ihm wortlos ein Glas Branntwein, das er in einem Zug hinunterstürzte. Nun konnte er wieder auf seine Mähre klettern und ritt schweigend weiter. Die Marketenderin schielte ab und zu verstohlen nach ihm.

»Morgen kannst du meinetwegen kämpfen, Kleiner«, sagte sie schließlich zu ihm. »Heute aber bleibst du bei mir. Du siehst doch, du mußt das Kriegshandwerk erst noch lernen.«

»Im Gegenteil, ich will augenblicks in den Kampf ziehn!« rief unser Held mit finsterer Miene. Die Marketenderin schloß daraus auf eine günstige Wendung im Vorhaben ihres Schützlings.

Der Geschützdonner wurde immer stärker und schien näher zu kommen. Die Kanonenschüsse bildeten gleichsam eine Art grollenden Begleitbaß. Schuß folgte auf Schuß ohne jede Pause, und durch das Baßgrollen hindurch, das an das Tosen eines weit entfernten Wildbachs gemahnte, hörte man deutlich vernehmbar die Gewehrschüsse der Plänkler.

In diesem Augenblick führte der Weg mitten durch ein Wäldchen. Die Marketenderin gewahrte drei oder vier Soldaten von den Unsrigen, die in weiten Sätzen dahergelaufen kamen. Flink sprang sie von ihrem Wagen herab und versteckte sich schnell fünfzehn oder zwanzig Schritte vom Weg entfernt. Sie kauerte sich in ein tiefes Loch, das offen geblieben war, als man einen mächtigen Baum umgehauen hatte. Nun werde ich ja sehen, ob ich ein Feigling bin! sagte sich Fabrizio. Er hielt neben dem Wägelchen an, das die Marketenderin hatte allein stehenlassen, und zog seinen Säbel. Die Soldaten beachteten ihn gar nicht und rannten an ihm vorbei, dem Wald entgegen, linker Hand der Landstraße.

»Die gehören zu den Unsern«, sagte die Marketenderin ruhig, als sie ganz atemlos wieder bei ihrem Wägelchen angekeucht kam. »Wenn dein Gaul überhaupt imstande wäre, im Galopp zu gehen, dann würde ich dir sagen: Reite einmal bis zum Waldrand und sieh nach, ob jemand auf dem freien Felde draußen ist.« Fabrizio ließ sich das nicht zweimal sagen. Er riß einen Zweig von einem Pappelbaum, rupfte die Blätter ab und fing an, aus Leibeskräften auf seine Mähre loszudreschen. Der Klepper setzte sich einen Augenblick lang in Galopp, dann verfiel er wieder in seinen gewohnten Zockeltrab. Die

Marketenderin hatte ihr Pferd ebenfalls zum Galoppieren angetrieben. »Halt doch an! Warte doch!« schrie sie Fabrizio zu. Bald standen sie beide am Rande des Wäldchens. Als sie das freie ebene Feld vor sich liegen sahen, vernahmen sie ein entsetzliches Getöse. Das Geschützfeuer und das Knattern der Gewehre donnerte und krachte ringsum, rechts, links und hinter ihnen. Und da das Wäldchen, aus dem sie ins Freie traten, zuoberst auf einer Anhöhe stand, die sich acht oder zehn Fuß über dem ebenen Feld erhob, überblickten sie ein kleines Stück des Schlachtfeldes. Auf dem Wiesland jenseits des Wäldchens war aber kein Mensch zu sehen. Die Wiese war etwa tausend Schritt weiter hinten von einer langen Reihe dickblättriger Weiden abgegrenzt. Über den Weiden war ein weißer Rauch sichtbar, der zum Himmel emporwirbelte.

»Wenn ich nur wüßte, wo das Regiment steht«, sagte die Marketenderin ratlos. »Gradaus über die große Wiese dürfen wir nicht gehen. Übrigens, du«, sagte sie zu Fabrizio, »wenn du einen feindlichen Soldaten siehst, dann rennst du ihm am besten die Spitze deines Säbels in den Leib. Vertreib dir nicht etwa die Zeit damit, ihn zusammenzuhauen.«

In diesem Augenblick gewahrte die Marketenderin die vier Soldaten, von denen vorhin die Rede war. Sie kamen aus dem Gehölz auf die Ebene herausgerannt, linker Hand von der Landstraße. Einer von ihnen war beritten.

»Das ist etwas für dich!« sagte sie zu Fabrizio. »Holla! Ho!« schrie sie dem Mann zu Pferde zu. »Komm doch her und trink ein Gläschen Branntwein!« Die Soldaten kamen näher.

»Wo sind die Sechser Leichten?« schrie sie zu ihnen hinüber.

»Dort drüben, fünf Minuten von hier, vorne beim Wassergraben, der den Weiden entlang verläuft. Der Oberst Macon ist vorhin gefallen.«

»Willst du fünf Franken für deinen Gaul?«

»Fünf Franken! Du machst wohl Spaß, Mütterchen? Ein Offizierspferd, das ich für fünf Napoleons verkaufen kann, ehe noch eine Viertelstunde um ist!«

»Gib mir einen von deinen Napoleons«, sagte die Marketenderin zu Fabrizio. Dann trat sie zu dem berittenen Soldaten und sprach: »Steig rasch ab, da hast du deinen Napoleon.«

Der Soldat saß ab, und Fabrizio schwang sich fröhlich in den Sattel. Die Marketenderin schnallte den kleinen Mantelsack ab, der hinten auf dem Klepper aufgebunden war.

»Helft mir doch, ihr da!« schalt sie die Soldaten aus. »So wollt ihr also eine Dame sich abplacken lassen?«

Kaum spürte aber das erbeutete Pferd den Mantelsack, so fing es an sich zu bäumen, und Fabrizio, der sonst ein ausgezeichneter Reiter war, mußte seine ganze Kraft aufbieten, um es zu bändigen.

»Ein gutes Zeichen«, meinte die Marketenderin, »der Racker ist das Kitzeln des Mantelsacks nicht gewohnt.«

»Ein Generalspferd!« beteuerte der Soldat, der es verkauft hatte. »Ein Pferd, das seine zwanzig Napoleons unter Brüdern wert ist!«

»Da hast du zwanzig Franken«, sagte Fabrizio zu ihm. Er war vor Freude ganz aus dem Häuschen, weil er ein Pferd zwischen den Beinen spürte, das nicht so steif und lahm war wie das andere.

In diesem Augenblick schlug eine Kanonenkugel schräg in die Weidenreihe ein, und Fabrizio sah, wie alle die Äste und Zweiglein sonderbar nach allen Seiten auseinanderspritzten, als wären sie weggemäht worden.

»Schau, schau, die großen Kaliber kommen näher«, sagte der Soldat und nahm die zwanzig Franken. Es mochte etwa zwei Uhr sein.

Fabrizio war noch im Banne des seltsamen Schauspiels befangen, als ein Trupp Generale, in deren Gefolge etwa zwanzig Husaren einherritten, im Galopp schräg über einen Zipfel der weiten Matte sprengten, an deren Rand er hielt. Sein Pferd wieherte, bäumte sich zwei-, dreimal hintereinander und zerrte dann heftig an den Zügeln, die es zurückhielten. Meinethalben denn, sagte sich Fabrizio, los!

Das Pferd, dem er die Zügel freigelassen hatte, sprengte im gestreckten Galopp davon und setzte der Eskorte nach, die hinter den Generalen herritt. Fabrizio zählte vier goldbetreßte Hüte. Eine Viertelstunde später entnahm Fabrizio aus ein paar Worten, die ein Husar zum andern sagte, der neben ihm ritt, daß einer der Generale der berühmte Marschall Ney war. Er war überglücklich. Nur konnte er nicht herausbringen, welcher von den vier Generalen der Marschall Ney war. Er hätte alles auf der Welt darum gegeben, wenn er es gewußt hätte, aber es fiel ihm ein, daß er ja nicht sprechen durfte. Da wurde die Eskorte von einem breiten Graben aufgehalten, der mit Regenwasser angefüllt war. Es hatte tags zuvor wie mit Kübeln gegossen. – Der Graben war von mächtigen Bäumen umstanden und schloß zur Linken die Wiese ab, an deren Rande Fabrizio das Pferd eingehandelt hatte. Fast alle Husaren waren abgesessen. Die Böschung des Grabens war sehr steil und glitschig, und das Wasser stand wohl drei oder vier Fuß tiefer als die Wiesenfläche. Fabrizio, dem seine Freude völlig den

Kopf verdreht hatte, weilte mit seinen Gedanken weit mehr beim Marschall Ney und träumte von Ruhm und Heldentum, anstatt auf sein Pferd zu achten, das voll Ungestüm in den Wassergraben sprang, so daß das Wasser mannshoch aufspritzte. Einer von den Generalen wurde dabei über und über naß und fluchte lästerlich: »Hol' der Teufel den verdammten Tolpatsch!« Fabrizio fühlte sich durch diesen Schimpf zutiefst gekränkt. Kann ich dafür Genugtuung fordern? fragte er sich. Um aber zu beweisen, daß er doch nicht so ungeschickt sei, versuchte er, sein Pferd die gegenüberliegende Böschung des Grabens hinaufzutreiben. Die fiel aber steil ab und war fünf bis sechs Fuß hoch, und so mußte er es aufgeben. Da wandte er sich flußaufwärts. Seinem Pferd ging das Wasser bis zum Kopf, und endlich fand er eine Art Tränkstelle, wo die Böschung sanft anstieg, und hier konnte er mit Leichtigkeit das offene Feld auf der andern Seite des Grabens erreichen. Er war der erste von der Eskorte, der drüben auftauchte. Stolz trabte er die Böschung entlang. Unten im Graben mühten sich die Husaren in großer Bedrängnis ab, aus ihrer lästigen Lage herauszukommen. An manchen Stellen war das Wasser fünf Fuß tief. Zwei oder drei Pferde scheuten und wollten schwimmend ans Ufer gelangen, und das hatte ein fürchterliches Geplatsche zur Folge. Da bemerkte ein Wachtmeister, wie sich der Gelbschnabel, der so gar nicht soldatisch dreinsah, vorhin eben aus der Patsche gezogen hatte.

»Reitet weiter hinauf! Es ist eine Tränkstelle linker Hand!« rief er. Und nach und nach kamen sie alle hinüber.

Als Fabrizio auf dem andern Ufer anlangte, fand er die Generale dort allein vor. Es war ihm, als sei der Kanonendonner noch viel stärker geworden. So verstand er den General, den er so gründlich durchnäßt hatte, kaum, als er ihm ins Ohr brüllte:

»Wo hast du das Pferd her?«

Fabrizio war derart verwirrt, daß er auf italienisch zur Antwort gab:

»L'ho comprato poco fa.« (Ich habe es vor kurzem gekauft.)

»Was sagst du?« schrie ihn der General an.

Doch in diesem Augenblick schwoll das Getöse so unheimlich stark an, daß ihm Fabrizio nichts antworten konnte. Wir müssen gestehen, daß unser Held in diesem Augenblick recht wenig heldisch wirkte. Und doch hatte er eigentlich erst in zweiter Linie Angst; vor allem ging ihm der Höllenlärm auf die Nerven und tat ihm in den Ohren weh. Der Reitertrupp setzte sich wieder in Galopp. Man ritt über ein großes Ackerfeld, das jenseits des Wassergrabens lag, und dieser Acker war mit Leichen übersät.

»Die Rotröcke! Die Rotröcke!« schrien die Husaren der Eskorte voll Freude. Zuerst verstand Fabrizio nicht, was sie damit meinten. Schließlich bemerkte er, daß tatsächlich fast alle Toten rote Uniformen hatten. Besonders ein Umstand jagte ihm vor Grauen eine Gänsehaut den Rücken hinab. Er sah nämlich, daß viele von den unglücklichen Rotröcken noch lebten. Sie schrien und wollten offenbar um Hilfe bitten, aber niemand machte halt, um ihnen beizustehen. Unser Held gab sich aus Menschlichkeit alle erdenkliche Mühe, damit sein Pferd nicht auf einen der Rotröcke trat. Da hielt die Eskorte an. Doch Fabrizio, der nicht genug auf seine Soldatenpflicht achtgab, galoppierte immer weiter, den Blick auf einen unglücklichen Verwundeten gerichtet.

»Willst du wohl anhalten, Gelbschnabel!« schrie ihm der Wachtmeister nach. Nun merkte Fabrizio erst, daß er den Generalen um zwanzig Schritt nach rechts vorgeritten war, und ausgerechnet auf der Seite, wo sie mit ihren Ferngläsern hinspähten. Als er zurückritt und sich zuhinterst den andern Husaren anschloß, die ein paar Schritte weiter zurück hielten, sah er, wie der dickste unter den Generalen zu seinem Nebenmann, gleichfalls einem General, in gebieterischem Ton, als wolle er ihm einen Verweis erteilen, ein paar Worte sagte. Er fluchte sogar. Fabrizio vermochte seine Neugier nicht mehr zu bezwingen, und entgegen dem Rat, er solle lieber überhaupt nicht reden, den ihm seine Freundin, die Kerkermeistersfrau gegeben hatte, legte er sich einen französischen Satz zurecht, der leidlich korrekt war, und fragte seinen Nebenmann:

»Was ist das für ein General, der den andern neben ihm so anschnauzt?«

»Potz Donner! Der Marschall!«

»Welcher Marschall?«

»Der Marschall Ney, du Esel! Wo hast du denn eigentlich bisher gedient?«

Obschon Fabrizio sonst ungemein kitzlig und empfindlich war, dachte er doch nicht daran, über die Beleidigung in Harnisch zu geraten. Er starrte voll kindlicher Bewunderung nach dem berühmten Fürsten von der Moskowa hin, dem Tapfersten unter den Tapfern.

Plötzlich preschte die ganze Schar im gestreckten Galopp davon. Ein paar Augenblicke später sah Fabrizio zwanzig Schritt weiter vorne auf einem umgepflügten Acker etwas überaus Eigenartiges: Die Ackerfurchen standen unten voll Wasser, und die feuchtnasse Erde zuoberst auf den Kämmen der Furchen spritzte in kleinen schwarzen Brocken drei, vier Fuß hoch in die Luft. Fabrizio bemerkte im Vorüberreiten diese sonderbare Erscheinung. Dann hingen seine Gedanken wieder dem Ruhme des Marschalls nach. Auf einmal hörte er neben sich einen kurzen, gellenden Aufschrei. Zwei Husaren stürzten, von Kanonenkugeln getroffen, vom Pferd. Und als er sich nach ihnen umsah, lagen sie schon zwanzig Schritt hinter dem Reitertrupp. Was ihm einen besonders grauenvollen Eindruck machte, war ein Pferd, das sich blutüberströmt auf dem gepflügten Acker wälzte und sich mit den Beinen in seinen eigenen Gedärmen verwickelte. Es wollte den andern nach. Das Blut rann in ganzen Schwällen in den Kot.

Ha! Nun bin ich endlich doch im Feuer! sagte er sich. Ich habe die Feuertaufe erhalten! sagte er sich immer wieder voll Befriedigung. Jetzt bin ich erst ein rechter Soldat! In diesem Augenblick galoppierte die Eskorte mit verhängten Zügeln dahin, und unser Held begriff mit einemmal, daß das Erdreich ringsum von Kanonenkugeln umhergespritzt und umgepflügt wurde. Vergeblich spähte er in die Richtung, wo die Kanonenkugeln herkamen; er sah den weißen Rauch der Batterie in ungeheurer Entfernung, und mitten unter dem gleichmäßigen und unablässigen Gedröhn des Geschützfeuers war ihm, als höre er Schüsse, die viel näher abgegeben wurden. Er konnte daraus nicht klug werden.

In diesem Augenblick ritten die Generale mit ihrem Gefolge in einen schmalen Hohlweg hinab, der voll Wasser stand und fünf Fuß unterhalb der Ebene verlief.

Der Marschall hielt an und blickte aufs neue durch sein Fernglas. Diesmal konnte ihn Fabrizio in aller Ruhe betrachten; er hatte den Eindruck, er sei ganz blond und habe einen dicken, roten Kopf. Solcherlei Köpfe haben wir in Italien nicht, dachte er bei sich. Ich bin so bleich und habe kastanienbraune Haare, und nie werde ich so aussehen wie er, setzte er traurig hinzu. Damit wollte er sagen: Ich werde nie ein Held. Er sah die Husaren an. Außer einem einzigen hatten sie alle blonde Schnurrbärte. Wenn Fabrizio die Husaren der Eskorte betrachtete, so musterten umgekehrt auch sie ihn. Dies Anstarren brachte ihn in Verlegenheit, und er wurde rot bis über die Ohren. Um seinem Unbehagen ein Ende zu machen, wandte er das Gesicht dem Feinde zu. Da sah er langausgedehnte Linien rotgekleideter Männer. Am meisten erstaunte ihn aber, daß ihm alle diese Männer winzig klein vorkamen. Ihre langen Reihen, Regimenter oder Divisionen, erschienen ihm nicht höher als Hecken. Eine Schar roter Reiter kam in einer langen Reihe auf den Hohlweg zugetrabt, den der Marschall und sein Stab im Schritt durch den tiefen Dreck platschend entlangritten. Der Pulverdampf verwehrte jeden Ausblick nach der Seite, wohin man ritt. Zuweilen konnte man Reiter im Galopp vorbeireiten sehen; sie hoben sich deutlich von dem dichten weißen Rauch ab.

Mit einemmal erblickte Fabrizio vier Männer, die mit verhängten Zügeln von der gegnerischen Seite her auf sie zugesprengt kamen. Aha! Wir werden angegriffen! fuhr es ihm durch den Kopf. Dann sah er, wie zwei von diesen Leuten mit dem Marschall sprachen. Einer von den Generalen aus dem Gefolge des Marschalls ritt im Galopp in der Richtung auf den Feind los, und hinter ihm drein preschten zwei Husaren der Eskorte und die vier Reiter, die eben erst eingetroffen waren. Es ging nun über einen schmalen Wasserlauf, und als Fabrizio gleichfalls auf der andern Seite anlangte, kam er neben einen Wachtmeister zu stehen, der recht gutmütig dreinsah.

Mit dem muß ich reden, sagte er sich. Vielleicht hören sie dann mit ihrem Anstarren auf. Lange ging er mit sich zu Rate.

»Herr Wachtmeister«, sagte er schließlich zu dem Mann, »ich bin heute zum erstenmal in einer Schlacht dabei. Das ist doch eine richtige Schlacht?«

»So was Ähnliches ist es schon! Wer sind denn Sie?«

»Ich bin der Bruder der Frau des Rittmeisters.«

»Und wie heißt er denn, der Rittmeister?«

Unser Held geriet in eine furchtbare Verlegenheit. Auf diese Frage war er nicht gefaßt. Zum Glück ritt der Marschall mit seinem Stab im Galopp weiter. Was für einen französischen Namen soll ich denn angeben? überlegte er. Schließlich fiel ihm der Name des Gasthofbesitzers ein, bei dem er in Paris übernachtet hatte. Er ritt an den Wachtmeister heran und schrie ihm aus voller Lunge zu:

»Der Rittmeister Meunier!«

Der andere verstand ihn wegen des Geschützdonners falsch und rief zurück: »Aha, der Rittmeister Teulier? Der ist gefallen!«

Großartig! dachte Fabrizio. Also der Rittmeister Teulier! Ich muß mich traurig stellen.

»Oh, mein Gott!« rief er aus und machte ein betrübtes Gesicht. Man war aus dem Hohlweg herausgeritten und galoppierte mit verhängten Zügeln über eine kleine Wiese. Von neuem schlugen die Geschosse ringsum ein. Der Marschall ritt auf eine Kavallerieabteilung zu. Der Reitertrupp hielt mitten unter Toten und Verwundeten. Doch dieser Anblick machte bereits nicht mehr denselben erschütternden Eindruck auf unsern Helden. Er hatte nun an andere Dinge zu denken.

Während die Eskorte haltmachte, bemerkte Fabrizio

das Wägelchen einer Marketenderin, und da übermannte ihn die Zärtlichkeit, die er diesem ehrenwerten Stand entgegenbrachte, und er ritt ohne weiteres im Galopp zu ihr hin.

»Bleib doch hier! Sackerlott!« schrie ihm der Wachtmeister nach.

Was kann er mir hier schon anhaben? dachte Fabrizio und galoppierte weiter auf die Marketenderin zu. Als er seinem Pferde die Sporen gab, hatte er im stillen gehofft, es sei die freundliche Marketenderin vom Vormittag. Die Pferde und auch der kleine Karren sahen den ihren sehr ähnlich. Aber die Besitzerin war eine ganz andere Frau, und unser Held fand, sie mache ein bitterböses Gesicht. Als er an sie heranritt, hörte Fabrizio, wie sie sagte: »Er war aber doch ein bildschöner Mann!« Dem neugebackenen Soldaten bot sich ein grausiger Anblick. Man nahm gerade einem Kürassier, einem schönen, jungen, fünf Fuß und zehn Zoll langen Menschen, ein Bein ab. Fabrizio schloß die Augen und stürzte nacheinander vier Gläser Branntwein hinunter.

»Du gehst ja nicht übel ins Zeug, du Jammerlappen!« rief die Marketenderin. Da gab ihm der genossene Branntwein einen Gedanken ein. Ich muß mir das Wohlwollen meiner Kameraden, der Husaren, erkaufen, dachte er.

»Gebt mir, was noch in der Flasche ist«, sagte er zur Marketenderin.

»Weißt du auch«, gab sie zur Antwort, »daß das, was noch übrig ist, an einem Tag wie heute zehn Franken kostet?«

Als er im Galopp zur Eskorte zurückkam, rief ihm der Wachtmeister entgegen: »Aha! Du bringst uns etwas zu saufen! Darum also bist du ausgerissen? Gib her.«

Die Flasche machte die Runde. Der letzte, der sie bekam, warf sie in die Luft, als er sie ausgetrunken hatte.

»Danke, Kamerad«, rief er Fabrizio zu. Aller Augen ruhten mit Wohlwollen auf ihm. Diese Blicke nahmen eine Zentnerlast von Fabrizios Herzen. Er hatte ein Herz, das allzu feinfühlig veranlagt war und darum Wohlwollen und Freundschaft der Umwelt unbedingt brauchte. Endlich wurde er von seinen Kameraden nicht mehr scheel angesehen. Es bestand nunmehr ein Verhältnis zwischen ihnen, etwas, was sie verband! Fabrizio holte tief Atem, dann sagte er in ungezwungenem Ton zum Wachtmeister: »Und wenn der Rittmeister Teulier gefallen ist, wo kann ich dann meine Schwester finden?« Er kam sich vor wie ein kleiner Machiavell, weil er so geläufig Teulier statt Meunier sagte.

»Das erfahren Sie heute abend schon noch«, gab ihm der Wachtmeister zur Antwort.

Der Reitertrupp ritt weiter, einigen Infanteriedivisionen entgegen. Fabrizio spürte, daß er völlig berauscht war. Er hatte zu viel Branntwein getrunken und schwankte auf seinem Sattel hin und her. Da fiel ihm noch zur rechten Zeit ein Ausspruch ein, den der Kutscher seiner Mutter oft anzubringen pflegte: »Wenn man einen über den Durst getrunken hat, muß man zwischen den Ohren seines Pferdes durchblicken und genau das tun, was der Nebenmann tut.« Der Marschall machte bei verschiedenen Kavallerieeinheiten halt und ließ sie eine Attacke reiten. Aber eine oder zwei Stunden lang war sich unser Held nicht klar bewußt, was um ihn her vorging. Er fühlte sich todmüde, und wenn sein Pferd galoppierte, sackte er wie ein Stück Blei auf dem Sattel zusammen.

Auf einmal schrie der Wachtmeister seinen Leuten zu:

»Seht ihr den Kaiser denn nicht, sackerlott?« Sofort brüllte die ganze Eskorte aus Leibeskräften: »Vive l'Empereur!« Man kann sich denken, daß unser Held sich fast die Augen aus dem Kopf schaute; aber er sah nichts als eine Anzahl Generale, die vorbeigaloppierten, und hinter ihnen drein ritt gleichfalls eine Begleitmannschaft. Die langen wehenden Roßhaarschweife, welche die Dragoner im Gefolge des Kaisers an ihren Helmen trugen, hinderten ihn daran, ihre Gesichter deutlich zu sehen. So habe ich also den Kaiser auf dem Schlachtfeld nicht sehen können, und daran sind nur diese verdammten Schnäpse schuld! Diese Überlegung rüttelte ihn vollends wach.

Man ritt wieder in einen Weg hinunter, der voll Wasser stand. Die Pferde wollten saufen.

»Das war also der Kaiser, der da vorbeiritt?« fragte er seinen Nebenmann.

»Gewiß doch, der mit dem Rock ohne jede Goldstikkerei. Wieso haben Sie ihn nicht gesehen?« erwiderte der Kamerad gutmütig. Fabrizio hatte die größte Lust, hinter der Eskorte des Kaisers nachzugaloppieren und sich ihr anzuschließen. Welch ein Glück, im Gefolge dieses Helden wirklich Krieg zu führen! Dazu war er ja nach Frankreich gekommen. Es steht mir völlig frei, sagte er sich, denn schließlich habe ich ja keinen andern Grund, den Dienst zu tun, den ich jetzt leiste, als eine Nücke meines eigenwilligen Pferdes, das losgaloppiert und diesen Generalen nachgelaufen ist.

Was Fabrizio zum Bleiben bestimmte, war die freundliche Haltung, die seine neuen Kameraden, die Husaren, ihm gegenüber einnahmen. Er fing nachgerade an zu glauben, er sei mit allen den Soldaten, in deren Begleitung er seit ein paar Stunden mitgaloppierte, eng befreundet. Zwischen ihnen und ihm bestand, wie ihn dünkte, dieselbe edle Freundschaft, wie einstmals zwischen den Helden Tassos und Ariosts. Schloß er sich aber dem Gefolge des Kaisers an, dann mußte er wieder aufs neue Bekanntschaften anknüpfen; vielleicht sah man ihn sogar scheel an, denn diese andern Reiter waren Dragoner, und er trug eine Husarenuniform, wie alle Reiter im Gefolge des Marschalls. Die Art, wie man ihn jetzt ansah, machte unsern Helden überglücklich. Er hätte alles Erdenkliche für seine Kameraden getan. Seine Seele und sein Geist schwebten himmelhoch in den Wolken. Es war ihm, als sei alles völlig verändert, seit er Freunde gefunden hatte; er verging fast vor Verlangen, sie allerhand zu fragen. Ich bin aber immer noch ein wenig beschwipst, sagte er sich. Ich darf nicht vergessen, was mir die Kerkermeistersfrau eingeschärft hat. – Als er aus dem Hohlweg herauskam, bemerkte er, daß der Marschall Ney nicht mehr bei der Eskorte war. Der General, der nun voranritt, war ein großer, schlanker Mann mit einem hageren Gesicht und grimmigem Blick.

Dieser General war kein anderer als der Graf d'A. . ., der vormalige Leutnant Robert vom 15. Mai 1796. Wie wäre er glücklich gewesen, hätte er Fabrizio del Dongo hier wiedergesehen!

Schon seit geraumer Zeit sah Fabrizio nicht mehr, wie das Erdreich unter den einschlagenden Geschossen nach allen Richtungen auseinanderspritzte. Man langte im Rücken eines Kürassierregiments an, und er hörte deutlich, wie die Kartätschenkugeln auf den Brustpanzern aufschlugen. Er sah auch einige Leute fallen.

Die Sonne stand schon tief und war am Untergehen, als der Reitertrupp aus einem Hohlweg hervorritt und einen kleinen, drei, vier Fuß hohen Abhang hinanstieg, um auf ein kleines umgeackertes Grundstück zu gelangen. Da vernahm Fabrizio dicht neben sich ein eigentümliches Geräusch. Er wandte sich um. Vier Mann waren samt ihren Pferden gefallen. Auch der General war zu Boden gerissen worden. Aber er raffte sich wieder auf, ganz blutüberströmt. Fabrizio starrte auf die Husaren nieder, die zu Boden geworfen worden waren. Drei von ihnen zuckten noch krampfhaft, der vierte schrie: »Zieht mich da unten hervor!« Der Wachtmeister und zwei, drei Mann waren rasch abgesessen und eilten dem General zu Hilfe. Er versuchte, auf seinen Adjutanten gestützt, ein paar Schritte zu gehen. Er wollte aus der Nähe seines Pferdes kommen, das sich auf dem Boden wälzte und wild um sich schlug.

Der Wachtmeister trat auf Fabrizio zu. In diesem Augenblick hörte unser Held, wie jemand hinter ihm, dicht an seinem Ohr sagte: »Das da ist das einzige, das noch galoppieren kann.« Er spürte, wie ihn einer bei den Beinen packte. Dann hob man sie hoch, während gleichzeitig jemand ihm den Körper unter den Armen stützte. Man zog ihn über den Rücken seines Pferdes hinunter und ließ ihn zu Boden rutschen, wo er sitzenblieb.

Der Adjutant nahm Fabrizios Pferd am Zügel. Der General saß mit Hilfe des Wachtmeisters auf und sprengte im Galopp davon. Die sechs Reiter, die noch am Leben waren, galoppierten ihm nach. Fabrizio sprang wütend auf und rannte hinter ihnen drein, und im Laufen schrie er in einem fort: »Ladri! Ladri!« (Diebe! Diebe!) Es sah eher komisch aus, wie er da mitten auf dem Schlachtfeld Dieben nachrannte.

Die Eskorte und der General, der Graf d'A. . ., verschwanden bald hinter einem Weidenhag. Vor Wut außer sich langte auch Fabrizio bei den Weidenbäumen an.

Vor ihm verlief ein tiefer Wassergraben, über den er springen mußte. Als er auf der andern Seite angekommen war, fing er erneut an zu fluchen. In weiter Entfernung gewahrte er den General und seine Eskorte, die hinter den Bäumen allmählich verschwanden. »Diebe! Diebe!« schrie er wieder, diesmal auf französisch. Voll Verzweiflung, weniger über den Verlust seines Pferdes als vielmehr über den hinterlistigen Anschlag, ließ er sich am Rande des Grabens todmüde und hungrig niedersinken. Hätten ihm die Feinde sein schönes Pferd weggenommen, so hätte er sich darüber keinerlei Gedanken gemacht, daß er aber von dem Wachtmeister, den er so gern gehabt, und von den Husaren, die er wie Brüder geliebt hatte, hintergangen und bestohlen worden war, das drückte ihm fast das Herz ab. Über so viel Niedertracht war er untröstlich, und mit dem Rücken an eine Weide gelehnt fing er bitterlich zu weinen an. Einer nach dem andern zerrannen alle seine wunderschönen Träume von ritterlicher Freundschaft, von erhabener Bruderschaft, wie sie die Helden im »Befreiten Jerusalem« kannten. Dem Tod ins Antlitz schauen bedeutete nichts, wenn man von heldenmütigen und liebenden Herzen umgeben ist, die einem beim letzten Seufzer die Hand drücken! Aber seine Begeisterung behalten, wenn man von gemeinen, niederträchtigen Spitzbuben umringt ist! Wie jeder Mensch, wenn er empört ist, übertrieb auch Fabrizio. Nach einer Viertelstunde, während der er sich wehleidig selbst bemitleidet hatte, wurde er gewahr, daß die Kanonenkugeln allmählich bis zu der Baumreihe hin einschlugen, in deren Schatten er seinen Gedanken nachhing. Er sprang auf und versuchte sich zurechtzufinden. Er blickte über die Wiesen hin, die von einem breiten Wassergraben und der Reihe dichtblätteriger Weiden umsäumt waren, und das kam ihm bekannt vor. Dann gewahrte er eine Infanterieabteilung, die über den Graben setzte und quer über die Wiesen näher kam, etwa eine Viertelmeile von ihm entfernt. Um ein Haar wäre ich eingeschlafen, dachte er bei sich. Ich darf nicht in Gefangenschaft geraten! Und er schritt rasch aus. Als er näher kam, war er wieder beruhigt. Er erkannte die Uniform. Die Regimenter, von denen er abgeschnitten zu werden fürchtete, waren französische Truppen. Er wandte sich schräg nach rechts, um sich ihnen anzuschließen.

Nach dem seelischen Schmerz über den nichtswürdigen Verrat und den gemeinen Diebstahl war da noch ein anderer Kummer, der sich mit jedem Augenblick deutlicher fühlbar machte. Er war halbtot vor Hunger. So war er denn höchst erfreut, als er nach einem Marsch oder vielmehr einem Laufschritt von zwei Minuten gewahrte, daß die Infanterieabteilung, die ebenfalls sehr rasch vorrückte, haltmachte, als wollte sie eine Stellung beziehen. Wenige Minuten später befand er sich mitten unter den vordersten Soldaten.

»Kameraden, könntet ihr mir ein Stück Brot gegen Entgelt abgeben?«

»Schau an, der Kerl da hält uns für Bäcker!«

Diese rohen Worte und das allgemeine Hohngelächter, das darauf folgte, nahmen Fabrizio vollends den letzten Rest von Zuversicht. Der Krieg war also nicht mehr jener edle, gemeinsame Aufsturm ruhmliebender Seelen, wie er sich ihn nach Napoleons Proklamationen vorgestellt hatte! Er setzte sich – oder vielmehr, er ließ sich auf den Rasen niederfallen. Totenblässe hatte sein Gesicht überzogen. Der Soldat, der mit ihm gesprochen hatte und zehn Schritt von ihm entfernt stehengeblieben war, um mit seinem Schnupftuch den Zündpfannendeckel seines Gewehres zu reinigen, trat zu ihm heran und schmiß ihm ein Stück Brot hin. Fabrizio schlug die Augen auf und aß das Brot. Sprechen konnte er nicht; er war zu schwach dazu. Als er sich endlich nach dem Soldaten umblickte, um ihm Geld zu geben, war er allein. Die nächsten Soldaten waren schon hundert Schritt von ihm weg auf dem Marsch. Gedanken- und willenlos erhob er sich und ging ihnen nach. Er trat in ein Wäldchen. Zum Umfallen müde, suchte er nach einem bequemen Platz, doch wie groß war seine Freude, als er zuerst das Pferd, dann den Wagen und schließlich noch die Marketenderin vom frühen Morgen wiedererkannte! Sie kam auf ihn zugelaufen und erschrak über sein Aussehen.

»Komm weiter, mein Sohn«, sagte sie zu ihm. »Bist du denn verwundet? Und dein schönes Pferd?«

Mit diesen Worten führte sie ihn zu ihrem Karren, schob ihn an den Armen hinauf und half ihm aufsteigen. Kaum war unser Held im Wagen, so fiel er, vor Müdigkeit vollkommen erschöpft, in einen bleiernen Schlaf.

ERNST WEISS

Der Unfall

Das Schicksal hat mich dazu bestimmt, im Leben eines der seltenen Menschen, welche nach dem Weltkrieg gewaltige Veränderungen und unermeßliche Leiden in Europa hervorrufen sollten, eine gewisse Rolle zu spielen.

Oft habe ich mich nachher gefragt, was mich damals im Herbst 1918 zu jenem Eingriff bewogen hat, ob es Wißbegierde, die Haupteigenschaft eines in der ärztlichen Wissenschaft tätigen Forschers, war oder eine Art Gottähnlichkeit, der Wunsch, auch einmal das Schicksal zu spielen.

Einerlei, ich will mein Leben vorerst bis zu jenem Tage Ende Oktober oder Anfang November 1918 in kurzen Zügen darstellen. Nüchtern und klar, schmucklos und möglichst wahrheitsgetreu.

Ich bin in Süddeutschland geboren als der einzige eheliche Sohn eines ziemlich angesehenen Hoch- und Tiefbauingenieurs. Die Anlage von Bergwerken und dergleichen hat meinen Vater wenig gereizt. Sein eigentliches Gebiet waren Brücken, und ich entsinne mich, daß wir, meine sehr geliebte zarte Mutter, er und ich, eines Herbsttages mit der Eisenbahn von M. nach I. reisten und daß mich, als ich eingeschlummert war, mein Vater plötzlich weckte, als wir über eine Eisenbahnbrücke fuhren, die er im letzten Sommer zu Ende gebaut hatte. Ich merkte nichts Besonderes an der Brücke, es schien mir eine Eisenbahnbrücke wie alle anderen zu sein, sie führte über einen mit Weiden und Erlen eingefaßten Wildbach, aus dessen Bett ein paar bemooste Steine hervorragten, die Böschung, noch ohne Grasnarbe, war nicht besonders steil, aber meine Mutter tat, als sei sie außer sich vor Begeisterung, und sie hustete, wie immer, wenn sie sich erregte. Mein Vater lächelte bescheiden unter seinem dicken blonden Schnurrbart. Gelegentlich vertraute er mir an, es gäbe etwas noch Schöneres zu bauen als Brükken, nämlich Schlösser, Warenhauspaläste, Bahnhöfe, aber diese Aufgabe behielte er sich für später vor.

Man nannte ihn immer den Herrn Oberingenieur.

Man bückte sich ziemlich tief vor ihm, aber wenn jemand seine Verdienste rühmte, wandte er sich kopfschüttelnd vor Staunen ab und begann meist von seiner schweren Jugend oder von seinem Onkel zu sprechen, eigentlich dem Onkel meiner Mutter, der ungeheuer reich sein und dessen Macht und Einfluß alles übersteigen sollte.

Ich war für mein Alter sehr groß, immer der Stärkste in der Klasse der »Au-Schule«. Ich habe mich schon damals nach einem Freund gesehnt, habe aber nie jemanden dazu finden können. Wahrscheinlich war ich es selbst, der die Annäherung der Klassenkameraden nicht richtig aufnahm, und zwar aus einer sicherlich bei manchen Kindern, die keine Geschwister haben, häufigen Ursache: ich fürchtete mich vor den Fremden. Sie fürchteten sich aber noch viel mehr vor mir, vor meiner Körperstärke, vor meinem schweigsamen Wesen. Hätten sie gewußt, daß ich in besonderem Maße schmerzempfindlich war, daß mich ein hartes Wort ebenso verwundete wie ein kleiner Riß in meiner Haut, was alles sie gar nicht spürten, so hätten sie sich mir vielleicht leichter genähert. Ich konnte niemanden leiden sehen, nicht Mensch, nicht Tier, aber ich habe selten geweint.

Die Schule befand sich am Ende einer ziemlich breiten Straße, am Au-Park. Die eine Front ging auf den Park hinaus, oder vielmehr auf die hohe Mauer, die ihn umgab. Von der Straße konnte man im Winter bei Schulbeginn vom Park nichts anderes sehen als die Gipfel der Bäume, Eichen, Platanen, Ahorne, Buchen. Wenn ich aber zum Beispiel im ersten Winter von meiner grasgrünen Schulbank aus dem von Gasflammen erleuchteten Schulsaal heimlich hinaussah, zeichneten sich die schwarzen schweren Zweige unter ihrer handhohen

Schicht von Schnee gegen den Dämmerdunst zuerst nur undeutlich ab. Die Gasflammen summten behaglich, der weiße Kachelofen strömte Wärme aus, und die Tannenzapfen, unter das Holz und die Kohle gemischt, krachten lustig. Die Flächen der Landkarten und Tierabbildungen leuchteten hell. Gegen neun oder zehn Uhr wurde das Gaslicht verlöscht, die Landkarten hörten auf zu spiegeln, um zehn Uhr lüftete man, frische Luft drang ein. Die Sonne war kupferrot aufgegangen. Der Dunst im Park hob sich, durch die klar gewordenen Scheiben sah ich, am Fenster stehend, den Rockkragen aufgeschlagen, die Hände in den Taschen, die mit Rauhreif besetzten Gebüsche an den Wegen, den zinkfarbenen, mit schütterem Schnee bedeckten Eislaufplatz, die große Wiese, die Au in der Mitte des Parkes, die Tennisplätze, von hohen Netzen umgeben, ganz verlassen. Bald öffnete sich die Tür, und der lustige Tumult der Schule verstummte, bevor der Lehrer die Tür hinter sich geschlossen hatte.

Unweit dieses Parkes befand sich die Kaserne des dritten schweren Reiterregimentes. Wenn wir nun mit krummem Rücken dahockten, den Kopf über unser Heft gebeugt, schläfrig vor Hitze und Langeweile, und still unsere Arbeiten niederschrieben, tönte plötzlich in verschiedenartig schnellendem Takt rhythmisch und klar der Klang der trabenden oder galoppierenden Pferde zu uns herüber. Wie oft war es meine (verbotene) Lust nach der Schule, an eine dicke hölzerne, aufgerauhte Barriere gelehnt, dem Reitdienst der Rekruten zuzusehen und die Peitsche des Sergeanten knallen zu hören. Bisweilen kam ein Soldat auf mich zu, in einer gelblichweißen Zwilchjacke trotz der Kälte, auf dem kahlgeschorenen Kopf eine tellerartige schirmlose

Mütze, unter dem Arm ein dickes, hell eingestäubtes knuspriges Kommißbrot, das er gegen Tabak umtauschen oder sehr billig verkaufen wollte. Aber ich hatte leider weder Geld noch Tabak. Mit Bedauern sah ich, wie der Kürassier es mit seinen schweren Händen auseinanderbrach und die Stücke eines nach dem anderen den Pferden geschickt und ohne die geringste Angst verfütterte, welche es gnädig entgegennahmen. Ich weiß eigentlich nicht, warum dieses Brot solche Gier in mir erweckte. Ich bekam ja daheim alles, was sich ein vernünftiges Kind wünschen kann. Eines Tages mußte ein Soldat in meinen Augen diesen brennenden Wunsch nach dem Brot bemerkt haben, er trat sporenklirrend zu mir und hielt mir ein ziemlich großes Stück als Geschenk entgegen. Noch viel später erinnerte ich mich des merkwürdig beizenden Geruches nach Leder und Gerberlohe, den er um sich hatte.

Ich nahm es, aber ich aß es nicht. Eben hatte ich mir etwas Bestimmtes vorgenommen, und dies mußte ich durchführen. Ich nahm meinen Mut zusammen, ging ein kleines Stück an der Barriere, dann an der Umfassungsmauer der Kaserne entlang und kam zu den Schildwachen, von denen nur die eine, die auf der rechten Seite, mich wahrgenommen hatte. Auf ihren Zuruf antwortete ich, ich müsse einen kranken Unteroffizierssohn, der in der Kaserne wohne, besuchen. Ich schlüpfte in den Eingang der Kaserne, kam in den Hof. Schon sah ich ein paar Gäule, drei glaube ich, die mit den Zügeln einer an den anderen angebunden dastanden und auf die harte staubige Erde klopften und mit den langen Schweifen um sich schlugen. Ich gab, eisig vor Angst, aber brennend vor Entzücken und Glück, meinen Willen durchgesetzt, meinen Mut bewiesen zu haben, dem mir zunächst stehenden Pferde ein Stück des Brotes. Sei es, daß meine Hand trotz alledem zu sehr zitterte, sei es, daß das Pferd diese Kruste nicht richtig aufnahm, sondern vielmehr fortstieß, das Brot fiel herab. Ich, jetzt einer gewissen Gefahr gruselnd bewußt, bückte mich trotz allem danach. Das Blut war mir aber so stark zu Kopf gestiegen, daß ich das Brot unter den vielen unruhigen Hufen nicht sah. Die Pferde, die vor der Mittagsfütterung standen und schon deshalb unruhig waren und welche die Stallordonnanz auf einen Augenblick allein gelassen hatte, waren militärfromm. Sie stutzten, sie lauschten auf ein Trompetensignal hin. Sie rissen eines am anderen, ich hörte, wie die Zügel knirschten. Ich konnte nicht auf, ich wand mich, immer noch am Boden, zwischen den zwölf Pferdebeinen hindurch, fand das Brot und war schon gerettet und hatte mich deshalb aufgerichtet, als ein Pferd – ich glaube, es war dasselbe, dem ich den Leckerbissen zuerst zugedacht hatte –, dem Trompetensignal nur zu gehorsam, mich mit dem Huf trat. Es war der erste wahrhaft ungeheure Schmerz meines Lebens. Ich hörte mich aufstöhnen und versank in Ohnmacht, aber nicht in Schmerzlosigkeit, ich war meiner Sinne nicht mehr mächtig und doch ganz wach in grauenhafter Pein. Zum Glück war der Huf an meinem Schultornister, ein dickes Lineal zersplitternd, abgeglitten. Ich fand mich wieder in einer Mannschaftsstube, bis zur Atemlosigkeit heulend vor Schmerz, den Tornister unter dem Kopf, unter den Füßen eine Pferdedecke. Der Schmerz brannte im Rücken, ich konnte nicht atmen und mußte doch schreien. Sonst hätte ich sterben müssen, fühlte ich. Die Soldaten standen herum, die meisten sahen nachdenklich und mißmutig auf mich hin. Einer beugte sich über mich und fragte mich. Sprechen konnte ich nicht. In meinen Büchern stand meine Adresse, ich wies mit der Hand auf den Schulranzen, verlegen nahm ihn ein Kürassier mir unter dem Kopf fort, blätterte ein Buch auf und las silbenweise wie ein Schulkind meinen Namen und meine Adresse vor. Plötzlich standen sie alle stramm, der Arzt trat ein und ließ sie rühren. Die Gesichter der Soldaten, die wie in der Kirche feierlich erstarrt waren, lösten sich. Sie hoben mich jetzt auf. Ich stöhnte, es wurde mir schwarz vor den Augen. Aber ich wurde nicht wieder ohnmächtig, wie ich es erhofft hatte.

JOSEPH CHIPPERFIELD

Die Freiheit der Wildpferde

Das Geräusch stampfender Hufe weckte Jim Blaine. Er wälzte sich unter seiner Decke herum und starrte in den rosigen Morgenhimmel. Die Luft war frostig kalt, im ersten Augenblick meinte er, er sei davon wach geworden, aber dann erblickte er Colorado-Ted, der am Lagerfeuer für alle drei Frühstück kochte.

»Guten Morgen, Ted!«

Der alte Mann blickte von seinem Kochtopf auf.

»Ich hab' mir schon Gedanken gemacht, wie lange ihr wohl schlafen würdet, du und Jake ...«

Er wies mit einer Kopfbewegung nach dem Cowboy, der noch immer fest schlief und dabei entsetzlich schnarchte.

Jetzt, im Licht des frühen Morgens, verrieten Teds Züge einen Adel, der im Dunkel der Nacht nicht so in Erscheinung getreten war. Seine alten Augen konnten noch immer blitzen. Und wenn sie zuweilen dunkler schienen, dann war es, als wachten sie über den gewaltigen Schatz an Weisheit, den dieser echte Trapper in seinem langen Leben gesammelt hatte.

Wie unter einem inneren Zwang starrte Jim unverwandt über die Wüste hin nach der Felsenkuppe, die der »Berg der Wilden Pferde« hieß. Seine Ostflanke schien im Morgenlicht zu glühen, die südlichen Hänge, kaum unterscheidbar über der Wüste, lagen noch in purpurne Schatten gehüllt. Wolkenfetzen hingen um die Gipfelwände, und die Morgensonne zauberte ein seltsames Spiel von Lichtern und Schatten über die hochaufragenden Felsen. Die Gipfelplatte aber strebte steil und mächtig über die Masse des Berges hinaus, als wäre sie ein Thron, bereit, den König des Berges der Wilden Pferde zu empfangen. Auch Colorado-Ted ließ den Blick nicht von dem fernen Berg. Endlich fragte er:

»Du möchtest das Geisterpferd retten, nicht wahr?«

»Ja«, gab Jim sofort zurück.

Der Alte sah Jim ernst in die Augen.

»Das wird nicht einfach sein, soviel ist sicher. Der Hengst dort ist mindestens ebenso widerborstig wie der arme alte Blue Star.« Ted seufzte unter der Last seiner Erinnerungen.

»Jake und ich«, fuhr Jim fort, »hatten uns ausgedacht, daß wir ihn und seine Herde vielleicht von dem Berg dort weg über die Grenze nach Oregon jagen könnten.«

Ted schüttelte den Kopf.

»Ich bin fest davon überzeugt, daß der Hengst schon einmal aus Oregon herübergekommen ist und bald wieder hier auftauchen würde, wenn ihr ihn nur über die Grenze treibt.«

Seine Worte erstarben in einem Gemurmel. Er starrte von neuem über die Wüste weg nach dem Berg der Wilden Pferde.

»Du meinst also, wir könnten nicht viel unternehmen?« meinte Jim ganz verzweifelt.

Eine Weile schwiegen sie beide.

»Hm, ich weiß nicht, vielleicht gibt es doch eine Lösung.«

Ted sagte das tief in Gedanken und hockte sich auf seine Haken nieder. Er hatte gemerkt, daß Jake aufgewacht war und aufmerksam auf alles lauschte, was gesprochen wurde.

»Eine Lösung? Was meinst du damit?« Jim gab sich alle Mühe, seine Erregung zu verbergen.

»Nun, ich meine, wir könnten den Hengst so weit über die Grenze treiben, daß der Rückweg für ihn zu weit wird. Drüben in Oregon findet ein Bursche wie er die besten Jagdgründe.«

»Es würde Wochen dauern, bis wir ihn so weit nach Oregon hineinbrächten«, wandte Jim ein.

»Nun, willst du das Pferd retten oder nicht?«

»Natürlich, ich kann überhaupt an nichts anderes denken.«

»Dann spielt doch die Zeit keine Rolle. Für junge Männer wie dich hat der Begriff Zeit nichts zu bedeuten. Und für junge Hengste auch nicht.«

Bei diesen Worten zwinkerte Ted lustig mit den Augen, dann huschte ein Lächeln über seine faltigen Züge.

»Und was das Geisterpferd betrifft, so könnte es sein, daß wir gar nicht so lange brauchen, den Kerl dorthin zu jagen, wo wir ihn haben wollen. Der war nämlich schon einmal in Oregon. Auch die alte Wagenspur nach Westen kennt er ganz genau. Darum will ich euch jetzt sagen, wie wir die Geschichte anzupacken haben. Wir müssen unbedingt versuchen, ihn in die Gegend des Big Butte zu treiben. Haben wir ihn erst einmal dort, dann sehen wir ihn hier bestimmt nicht wieder.«

»Woher weißt du das so genau?«

Colorado-Ted lächelte zuversichtlich.

»Mein Gott, ich bin eben weit herumgekommen«, sagte er.

»Ja, das stimmt«, sagte Jake plötzlich und rollte sich aus seinen Decken. »Aber jetzt wollen wir erst einmal essen, dann reden wir weiter.«

Nach dem Frühstück saßen alle drei mit gekreuzten Beinen um das Feuer und versuchten einen Plan zu schmieden, der den Hengst Pahuto vor einem traurigen Ende bewahren sollte. Sie wollten ihn so schnell wie möglich aus der Reichweite der rachegierigen Rancher und Viehzüchter bringen.

»Ich bin bereit, mit euch beiden über die Wüste zum Berg der Wilden Pferde zu reiten«, erklärte Ted abschließend. »Es gibt von dort einen besonders kurzen Weg nach Oregon. Auf dem könnten wir den Hengst samt seiner Herde dorthin treiben, wo wir sie haben wollen.«

Jim Blaine überlegte blitzschnell und wandte sich dann an Jake:

»Kannst du zum Rebel Creek zurückreiten und den Proviant holen, den mein Vater dorthin schicken wollte? Du magst den Leuten dort andeuten, daß du nach Westen willst. Sag aber ja nicht genau wohin. Wir treffen uns dann wieder an einem Punkt jenseits der Staatengrenze, über den wir uns noch einigen wollen. Ted und ich bringen es schon fertig, die Pferde in Bewegung zu setzen, soviel ist sicher. Nun, Jake, was sagst du zu diesem Plan?«

Jims Worte hatten einen so flehenden Klang, daß es der Cowboy nicht über sich brachte, das Ansinnen zurückzuweisen. Obwohl er viel lieber mit zum Berg der Wilden Pferde geritten wäre, erklärte er sich bereit, zum Rebel Creek zurückzukehren.

So also wollten die drei Männer vorgehen, um das berüchtigte Geisterpferd in Sicherheit zu bringen und ihm das traurige Schicksal zu ersparen, das seinem Vater beschieden war.

In einer kurzen Stunde war das Lagerfeuer ausgetreten, und die Männer standen zum Aufbruch bereit. Jake machte sich auf den Rückweg zum Rebel Creek, Jim Blaine und Colorado-Ted nahmen den Weg über die Wüste zum Berg der Wilden Pferde.

Damit begann in der Geschichte der wilden Pferde ein neuer Abschnitt.

Als die beiden die Cañons des geheimnisvollen Felsgebildes erreicht hatten, fand Ted auch bald einen passenden Lagerplatz. Die Pferde wurden getränkt und angekoppelt, dann brannten sie ein kleines Lagerfeuer an und sahen fröstelnd der eiskalten Nacht entgegen, die ihnen hier in der Einsamkeit des Berges der Wilden Pferde bevorstand.

Die Nacht brach eben herein. Dort, wo das erste der in Spiralen ansteigenden Bänder begann, herrschte bald tiefes Dunkel. Jim, der die letzte Spur des Lichtes am Himmel suchte, unterschied nur noch einen im Zickzack verlaufenden Spalt im Fels und hoch über der gezackten

Kante des Felsbandes jenes seltsame Gipfelplateau, über dem bereits die ersten Sterne blinkten.

Er hätte später nicht mehr sagen können, was wirklich geschah. Es schien ihm, als sähe er wunderbarerweise unendlich viel schärfer als zuvor, so daß er an dem Gipfelfelsen, der den Berg der Wilden Pferde krönte, auch die kleinsten Einzelheiten klar unterschied. Von Westen her fiel noch die letzte Helle der Dämmerung auf den Steinblock, so daß sich seine Kanten scharf gegen den Himmel abzeichneten. Plötzlich zuckte er zusammen, der Atem stockte ihm. Da war sie wieder, die Spukgestalt auf dem Gipfel, dieselbe, die er schon einmal vor langer Zeit gesehen hatte.

Stumm hob er den Arm und wies nach oben.

Colorado-Ted suchte eine ganze Weile mit den Augen die Bergwand ab. Endlich blieb auch sein Blick an der Gipfelplatte hängen, die sich im verdämmernden Licht noch immer scharf gegen den gestirnten Himmel abhob.

Dann stammelte er: »Da ... das Geisterpferd.«

Im nächsten Augenblick war nichts mehr zu sehen.

Schon sehr früh am Morgen machten sich Ted und Jim auf den Weg, um auf dem spiralig ansteigenden Felsband den Gipfel zu erreichen. Keiner von beiden wußte, was sie dort oben erwartete.

Jim war aufgeregt und voll innerer Spannung. Jetzt kam es ihm vor allem darauf an, sich jede Windung des immer schmäler werdenden Pfades fest einzuprägen. Obwohl die Sonne schon aufgegangen war, hatten ihre Strahlen den Anstieg noch nicht erreicht, den er und der alte Ted benutzten. Erst als sie den Gipfelfelsen betraten, sahen sie die Black-Rock-Wüste im strahlenden Sonnenschein zu ihren Füßen und im Hintergrund den Quinn, der glitzernd wie gehämmertes Silber seine Bahn durch den gelben Sand zog.

Plötzlich stieg Ted vom Pferd, trat dicht an den Absturz des Felsens und starrte wie gebannt den Westhang des Berges hinunter. Zufrieden grinsend winkte er Jim herbei.

»Dieser Bursche«, sagte er, »ist bestimmt nicht auf den Kopf gefallen. Gestern abend war er hier oben und bekam den Geruch von unserem Lagerfeuer in die Nase. Und was macht er? Schau dir das an, mein Junge: Er zieht sich samt seinen Stuten in die Berge zurück, und das in bester Ordnung.«

Ted schüttelte sinnend den Kopf:

»Der ist schlauer, als ich dachte. Er braucht keinen Freund, der ihn fortschafft, wenn es brenzlig wird. Nein, er macht sich ganz von allein aus dem Staub. Ich möchte wetten, daß er jetzt den nächsten Weg in die Berge nimmt und den Tunnelweg benutzt, der durch die östlichen Ausläufer nach Oregon führt.«

»Ob unsere Aufgabe dadurch leichter wird?« fragte Jimmie besorgt.

»Natürlich, Junge«, gab Ted zur Antwort. »Wir bleiben ihm einfach auf den Fersen und halten ihn in Bewegung. Vielleicht bekommen wir ihn auf diese Art über die Staatengrenze und erreichen sogar, daß er noch ein gutes Stück weiter nach Westen zieht.«

Jim hatte inzwischen die Vorgänge auf dem Grunde des Cañons unterscheiden gelernt und konnte nun selbst verfolgen, wie sich die Pferde langsam bergan bewegten. Wachsam und voller Würde schritt das Geisterpferd hinter seiner Stutenschar her. Jede Täuschung war ausgeschlossen: Es war der Hengst mit dem weißen Schweif und der silbernen Mähne – der Hengst, den Jeff Blaine

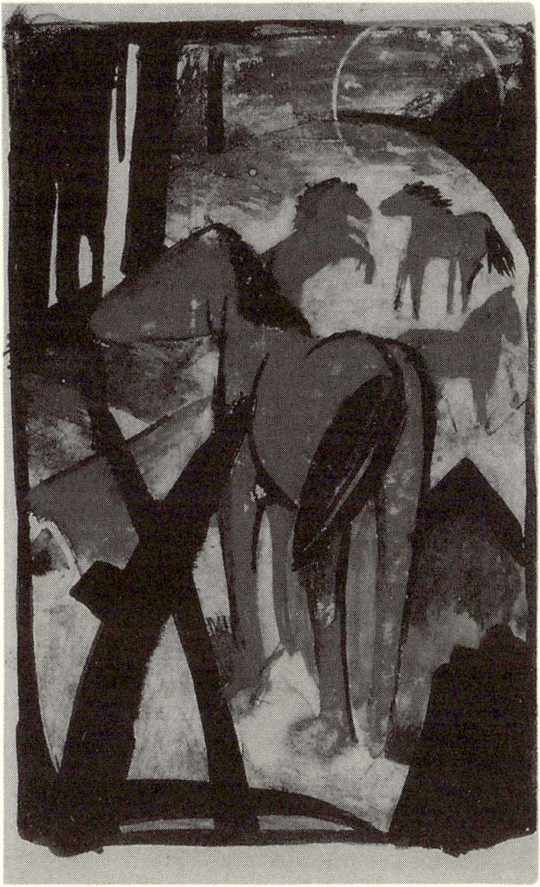

Franz Marc: Die Mutterstute der blauen Pferde

vergebens zu brechen versucht hatte und der nach seiner Flucht kühn zur Ranch zurückgekehrt war, um die Stuten, die er begehrte, zum zweitenmal zu entführen.

»Der Gaul hat es wahrhaftig in sich«, meinte Jim in respektvollem Ton.

Colorado-Ted verzog den Mund zu einem wissenden Lächeln.

»Seit Blue Stars Tod ist er der größte von allen, soviel ist sicher.«

Jim fand keine Worte, um auszudrücken, was ihn in diesem Augenblick bewegte. Er konnte nur schweigend verfolgen, wie sich die lange Reihe der wilden Pferde dort unten immer tiefer in die Felsenwildnis der Pine-Forest-Berge hineinzog, gefolgt von dem letzten großen Hengst, dessen Leben er retten wollte.

Der Junge warf nur einen raschen Blick auf Colorado-Ted und wandte sich dann wieder dem Cañon zu seinen Füßen zu, wo die Schar der Pferde langsam ihres Weges zog. Nie in seinem Leben hatte er sich so von Herzen glücklich gefühlt.

Diese oberste Plattform auf dem Berg der Wilden Pferde war für ihn schlechthin der Gipfel der Welt.

Pferderennen und Jahrmarktsrummel

FRIEDRICH TORBERG

Der Sieger

Folgendermaßen trug es sich zu, und trug sich viel schneller zu als nachheriger Bericht es wiedergeben kann – das ganze Rennen dauerte ja kaum mehr als zwei Minuten.

Der Start erfolgte glatt, Come on! setzte sich sofort an die Spitze, gefolgt von einer Gruppe, die ihrerseits von Irrwisch geführt wurde, und da waren auch Odysseus und Belladonna. Aus der zweiten Gruppe versuchte Little Jackie in der Kurve vorzustoßen, offenbar mit zu jähem Antrieb, sie kam aus der Fahrt, wurde zu weit hinausgetragen und war erledigt. Das schien keine günstige Prognose für plötzliche Vorstöße zu bedeuten, und in der nächsten Folge ereignete sich auch keiner. Irrwisch ging bis an Come on! heran, dann fielen sie beide leicht ab, die entscheidende Gruppierung konnte nun nicht mehr lange auf sich warten lassen. Belladonna lag immer noch eingeklemmt. Es haben aber Stuten schon im allgemeinen die Neigung, an der Spitze richtig in Fahrt zu kommen und nicht im Feld. Bei Belladonna war das aller Erfahrung zufolge erst recht der Fall, und soweit man Matteo kannte, sagte auch ihm die Führung am besten zu. Indessen sah man Kovácz in der rot-weißen Dreß des Stalles Dobler-Denkstett eher eine Kleinigkeit vor den Ottenfeldschen Farben blau-orange, nun lagen sie voll in der Gegenseite.

Ob das noch ein »plötzlicher Vorstoß« genannt werden konnte, mit dem Matteo die Spitze nahm, ließe sich schwer sagen. Die Stute löste sich so leicht vom Feld, in so deutlich gesteigertem Regelmaß, daß es schien, als würde sich der Abstand gleich regelmäßig immer weiter vergrößern, unaufhaltsam, das hinter ihr waren überhaupt keine Gegner. Doch zeigte sich bald, daß ihr Reiter sich da entweder übernommen hatte, oder aber das übrige Feld – nämlich die geschlossen dahinterliegende Gruppe Odysseus, Come on! und Irrwisch – hatte das Tempo gleichfalls gesteigert: jedenfalls kam Belladonna nicht weiter als auf höchstens drei Pferdelängen los. Die hielt sie.

Bis Odysseus aufrückte. Und wenn man schon von Matteos Ansatz den Eindruck der Unaufhaltsamkeit gehabt hatte: was war dann dieses hier? Wie wollte man dieses gradlinige Hinflitzen bezeichnen, in dem Kovácz nach vorn kam und bald an Matteo vorübermußte, mußte, bald, auf den nächsten Metern in der nächsten Sekunde, jetzt –

Es war am Ende der ersten Geraden, es waren jene tausend Meter vor dem Ziel, an denen Kovácz seinen Gegner doch abzuhängen hätte, um sich für alle Fälle gegen unliebsame Überraschungen zu sichern – so hoch hatte sich ja das höchste Vertrauen, das man bei klaren Sinnen für Matteo noch haben konnte, verstiegen. Und Matteo, der alte Matteo, hat es rechtfertigt. Hat gehalten, was man im besten Fall von ihm erwartete. Wenn man es recht besieht, so hat er das Rennen in seinem bisherigen Verlauf – und das waren fast zwei Drittel – zu einer richtigen Sensation gestaltet, hat dem besten europäischen Jockey tatsächlich allen Widerstand entgegengesetzt, dessen er irgend fähig war, ein großer Kampf, den er da liefert, sein größter vielleicht, der alte Matteo, es ist prachtvoll, es ist kaum glaublich, sie schreien sich die Kehlen heiser, sie recken die Hälse und stehen auf den Fußspitzen, es ist »alles drin«, was in dem Rennen nur sein kann, es ist genug.

Graf Ottenfeld, allein in seiner Loge – er empfand kein Bedürfnis nach Gesellschaft, und es hat sie wohl auch niemand gesucht –, Graf Ottenfeld zählt zu den wenigen, die sitzen geblieben sind. Als Matteo an die Spitze gegangen war, hatte er aufzuspringen versucht und war gleich wieder niedergesackt, es trugen ihn die Knie nicht mehr, und alles, was er an irrsinniger Hoffnung in sich aufgespeichert hatte, war in diesem Augenblick so mächtig aus ihm hervorgebrochen, daß ihm ganz schwach und leer wurde und er zurückfiel auf seinen Sitz. Jetzt denkt er daran nicht, und nicht an Niederlage und Ruin, beinahe dankbar überkommt es ihn, daß Matteo ihm doch zu diesem einen fassungslosen Ausbruch verholfen hat, zu diesem einen Augenblick voll feierlichen Wahnsinns, dankbar und wehmütig, auch so wird alles gut werden und das Leben wird weitergehn, dankbar und wehmütig, er hat getan, was er konnte, der alte Matteo, mehr hätte keinem Lupnik glücken können und keinem andern, und es wäre nicht halb so schön gewesen, weder Lupnik noch sonst einer, man sieht es ja, man sieht ja daß gegen diesen Kovácz kein Aufkommen ist, und alles aussichtslos von vornherein, Matteo hat eben getan, was er konnte, was er nur irgend konnte, es ist genug.

In diesem Augenblick geschieht das Unverständliche, das Unfaßbare, das Tolle, und alles stürzt ein: Matteo, tausend Meter vor dem Ziel und den Gegner dicht hinter sich – Matteo gebraucht die Peitsche.

Jäh und unheimlich verstummt die Menge, dann wird ein einziger großer heiserer Aufschrei hörbar, ein Stöhnen beinahe, und dann schweigt es wieder eine Sekunde lang über sie hin, ehe vollends und entfesselt der Orkan losbricht. Tausend Meter vor dem Ziel die Peitsche! Es ist der nackte Wahnsinn, es ward noch nie gesehn und nie erhört, es gibt kein Pferd und keinen Reiter der solches überstehen könnte, und es ist unvorstellbar wie das enden soll. Die Peitsche zeigen – ja, das mag hingehn, auch früher schon, das hält ein jeder wie er will. Aber peitschen, richtig peitschen – vielleicht peitscht er nicht? Vielleicht zeigt er nur die Peitsche? Nein, er peitscht –: er ist verrückt geworden, er weiß nicht was er tut, der alte Matteo ist verrückt geworden.

Verrückt geworden? denkt außer aller Zeit so schnell der Jockey Kovácz hinter ihm, verrückt geworden? Wäre nur er allein und nicht auch das Pferd Odysseus, er hätte wahrscheinlich eine Sekunde der Fassungslosigkeit verloren. Aber es ist auch noch das Pferd Odysseus da und garnichts verloren, keine Sekunde, er bleibt dichtauf.

Der Jockey Kovácz ist nicht von heute und nicht von gestern, er hat vielhundert Ritte in den Knochen und im Hirn, mit allen Mätzchen und Kniffen und Schikanen, mit allen erlaubten und unerlaubten Tricks, mit all den großen und kleinen Zweifelhaftigkeiten, die auf den Rennplätzen der ganzen Welt dieselben sind. Er ist ein abgebrühter Routinier, der Jockey Kovácz, und er kann es nicht glauben, daß dieser Matteo (der ihm an Routine doch mindestens gleichkommt) sich da wahrhaftig benehmen sollte wie irgendein Laie und Anfänger, der es in kindischem Aufbegehren nicht leiden will daß man an ihm vorbeigeht, und also blindwütend auf das Pferd losdrischt, um das Unvermeidliche wenigstens hinauszuschieben, was dann geschehen soll bedenkt er nicht, mag nach ein paar hundert Metern das Pferd unter ihm zusammenbrechen, wenn er nur jetzt noch nicht überholt wird, nur jetzt noch nicht. Nein, das kann der Jokkey Kovácz nicht glauben. Und der nächste Gedanke, der ihm durch den Kopf schießt, ist auch von gänzlich andrer Art, und man muß wirklich schon so abgebrüht und gefinkelt sein wie der Jockey Kovácz, damit einem überhaupt ein derartiger Gedanke kommt. Der Jockey Kovácz denkt nämlich: vielleicht markiert der nur? vielleicht haut der garnicht richtig hin? will mich nur bluffen und verwirren, damit ich glauben soll: er peitscht! links rechts, links rechts! damit ich glauben soll: das kann er doch nicht durchstehn – da muß ich ja im Finish umso sicherer an ihm vorbei – und indessen – – aber nein. Aber das gibt's ja nicht. Erstens brächte kein Balance-Künstler solche Körperbeherrschung auf, er müßte ja aus dem Sattel fliegen wenn er diesen Schwung knapp vor dem Auslauf immer bremsen wollte, und außerdem Terrain verlieren, es wäre sinnlos – und dann: ich seh und spür das doch, wie der da vorne hindrischt, links rechts, links rechts, ich hör's beinahe zischen und klatschen. Natürlich peitscht er wirklich. Er geht ja auch schneller, und ich kann jetzt wirklich noch nicht vorbei. Hab ich auch garnicht notwendig, weiß Gott. Das Rennen ist zu Hause. War immerhin schwerer als sich voraussehen ließ, aber jetzt ist es zu Hause. Eigentlich schade. Er ist verrückt geworden. Na, mir kann's recht sein.

Dies alles denkt, vom Bügel auf straff hingebogen an Odysseus' Hals, der Jockey Kovácz – natürlich »denkt« er es nicht eigentlich, es flitzt ihm wirr und alles zur gleichen Zeit durch den Kopf, wirr und dennoch klar, so klar wie die Situation selbst. Denn sie *ist* klar, da gibt es nun kein Für und Wider, kein Aber und Vielleicht. Sie liegt völlig diesseits von Zufall und Wunder. Ein Märchen-Zelter aus Tausendundeiner Nacht könnte das vielleicht durchstehn, dem könnten ja auch plötzlich Flügel wachsen. Doch finden eben Märchen in der Wirklichkeit nicht statt, und in der Wirklichkeit ist gar kein Zweifel wie das enden wird. Frag den letzten Stallburschen, frag den dümmsten Turfbesucher: »Was geschieht, wenn ein Jockey schon tausend Meter vor dem Ziel zu peitschen beginnt?«, und er wird dir die Antwort sagen, weil es nur eine einzige Antwort gibt. Wenn ein Läufer über eine halblange Strecke, über dreitausend Meter zum Beispiel, bei zweitausend plötzlich zu sprinten beginnt und einen Hunderter in elf Sekunden einschaltet, so muß er umfallen, auch wenn er groteskerweise noch eine Zeitlang die Spitze behält; wenn ein Boxer ungedeckt einen vollen Kinnhaken ausfaßt, so muß er umfallen, auch wenn er groteskerweise noch ein paar Sekunden auf den Beinen bleibt. Er muß, da gibt es keinerlei »Möglichkeiten« mehr, sondern nur noch zwangsmäßigen Ablauf. Er muß, das ist keinerlei »Ansichtssache« mehr sondern fundamentales Prinzip. Würde es aufgehoben, so wären die Naturgesetze außer Kraft und die Welt ginge in Scherben.

So weit allerdings reichen die Gedanken des Jockeys

Kovácz längst nicht mehr, auch im leisesten ihrer Blitze nicht, und überhaupt zerbricht sich hier kein Mensch den Kopf um derlei empirische Begründung: es wissen ohnehin alle was bevorsteht, und wenn sie jener Sekunde, in der es sich vollstrecken wird, den großen Schrei aus tausend aufgeklappten Mäulern entgegenschleudern, so geschieht das wohl aus der halb schon irrsinnigen Hoffnung, daß sich diese Sekunde dadurch ein wenig hinauszögern ließe, denn nachher ist alles vorbei. Und aus der gänzlich irrsinnigen, daß ein jähes Wunder ihr überhaupt Einhalt geböte. Ach, nicht mehr viel entfesselter könnten sie brüllen und toben, wenn sie einen Kometen auf sich zukommen sähen, immer größer und unausweichlicher. Und nicht mehr viel irrsinniger wäre dann ihre Hoffnung.

Und Matteo auf Belladonna liegt immer noch um eine Pferdelänge voran und peitscht und peitscht links rechts links rechts und immer dichter immer schneller auf ihre Flanken ein, oh Gott und jetzt und jetzt, längst ist Graf Ottenfeld nicht mehr der einzige der sein Gesicht aschfahl in Händen birgt, es sind viele da die ihre Augen bedeckt haben, weil sie die Kraft verließ dies auch noch anzusehn, und spitzes Weiberkreischen neben dumpfem Stöhnen und neben Stummheit wild verzerrt, wie lang, wie lange noch, jetzt peitscht auch Kovácz auf Odysseus los, links rechts links rechts und immer dichter immer schneller, vielleicht ist alles nur ein Traum, vielleicht haben sie mitten im Reiten die Dressen gewechselt oder vorher schon und so ist es gekommen, daß blau-orange der eine vor dem andern liegt rot-weiß, ein Traum, ein rechenschaftsloser, ein tobender Traum, zu Ende der Traum und Glockenklang schrill, und Wunder geschehen doch nicht, und es war doch allen so als wäre Matteo auf Belladonna als erster durchs Ziel gegangen, Matteo der tausend Meter vor dem Ziel zu peitschen begonnen hat, und Wunder geschehen doch nicht.

Die Barrieren splittern unterm riesenhaften Schwall wie Reisig nieder, dumpf vorwärts klumpt sich die Menge und dumpf hält sie an, von selbst, des rasch gezogenen Polizeikordons hätte es kaum bedurft, sie wollten garnicht weiter, sie wollten haltlos nur aus sich heraus. Von den Tribünen schwingen sie sich bündelweis und wild hinweg über Brüstungen Stühle Leiber, taumeln und fallen und reißen mit, aus seiner Loge halb ohnmächtig den Grafen Ottenfeld zerren Freunde empor und hinweg, was ist geschehen, denn Wunder geschehen doch nicht.

Nun: so war es auch kein Wunder was da geschehen ist. Oder wenn man will: ein Wunder zwar, doch gänzlich andrer Art als sie auf Rennplätzen sich allenfalls ereignen. Ein »Wunder« nur deshalb zu nennen, weil wir fassungslos und eben »wie vor einem Wunder« dastehn vor Einem, welcher bereit ist, sich bis in die letzte Konsequenz gerecht zu werden, und wäre es bei einem so geringfügigen Anlaß wie einem Derby, und wäre er ein so geringfügiger Mensch wie ein Jockey. Hätte Giuseppe Matteo tausend Meter vor dem Ziel sein Pferd zu peitschen begonnen, so wäre das Pferd zusammengebrochen, und er hätte nicht gesiegt. Hätte Giuseppe Matteo das Peitschen nur markiert, so wäre er aus dem Sattel geflogen oder die Balance hätte ihn Terrain gekostet, und er hätte nicht gesiegt. Und den Jockey Kovácz kann man nicht bluffen, und Wunder geschehen nicht.

Giuseppe Matteo hat nicht markiert. Giuseppe Matteo hat tausend Meter vor dem Ziel zu peitschen begonnen: sich selbst. Und hat bis zweihundert Meter vor dem Ziel, hat achthundert Meter hindurch sich selbst gepeitscht, sich selbst, seine Schenkel, seine Waden, links rechts links rechts, und immer dichter immer schneller, erst zweihundert Meter vor dem Ziel hat er dem Pferd die Peitsche gegeben, und der Jockey Kovácz, den man nicht bluffen kann und der dichtauf geblieben war, weil er im Finish doch umso sicherer an ihm vorbeikommen mußte, kam auch im Finish nicht an ihm vorbei. Sieger Matteo auf Belladonna, Stall Ottenfeld.

Matteo liegt noch immer an der gleichen Stelle wo er zusammengebrochen ist, ein paar Schritte von der Waage entfernt. Dort hat er sich noch hingeschleppt, ganz allein, wie er auch ganz allein absaß und ganz allein den Sattel abschnallte und dann also diese letzten Meter zur Waage hingetorkelt ist, schon durch das Raunen und Erblassen rings, aber da wußten sie noch nicht genau, was los war. Erst auf der Waage oben merkten sie es jäh und wollten innehalten fassungslos, doch wies mit letzter bleicher Kraft ein herrisches Aufwärtsnicken Matteos den Waagenmeister an, der Vorschrift Genüge zu tun. Dann stand er auf, stand da, eine gespenstische Sekunde lang, trat ab, stand wieder eine Sekunde oder zwei, der Sattel entglitt seinen Händen, und endlich stürzte er hin, unwillig schien ihm noch zum Schluß, als würde er im andrängenden Wirrwarr kein Plätzchen finden auf das er sich niederlassen könnte – aber da wichen sie schon zurück, lautlos verschreckt, und keiner fing ihn auf, es schadete nicht mehr viel, sein ausgemergelter Zwergenkörper kam seitlich leicht und weich auf den Rasen zu liegen, dann erst, ehe er gänzlich reglos wurde, krümmte er sich rücklings hin. So lag er da, unter seinen Schenkeln hatten sich zwei kleine Blutlachen gebildet, in die es leise und beharrlich weitertropfte aus den völlig durchröteten Hosen. Man fürchtete sich, ihn überhaupt anzurühren, es schien, als müßten bei der geringsten Bewegung Bäche Bluts losbrechen.

Aber dem war nicht so, und der Arzt, der sich endlich doch bis hieher durchzuzwängen vermochte, sagte das auch. Da hoben sie ihn behutsam auf die Tragbahre, deckten ihn zu, trugen ihn durch ehrfürchtig entsetzt sich teilendes Spalier zum Sanitätsauto. Dort erst gelangte der Graf Ottenfeld an ihn heran, er wollte ihn anrühren, aber jetzt verbot das der Arzt, und Graf Ottenfeld ließ sich auch wirklich zurückweisen wie ein kleines Kind voll Angst, er sagte nur: »Pepi«, sagte er, »Pepi«. Erst als das Auto abgefahren war, begann er zu toben, zerknüllte seinen Zylinder, trat die gelbe Zigarrenspitze in Stücke, schrie: er wäre schuld, er hätte ihn nicht reiten lassen dürfen, aber der hätte sich dann vielleicht umgebracht, und was er denn jetzt tun sollte, was denn? Dann verstummte er plötzlich, seine Freunde begannen eifrig auf ihn einzusprechen, daß es schon nicht so schlimm sein würde und daß er doch das Derby gewonnen hätte, das Derby! – aber da bekam Graf Ottenfeld einen Weinkrampf und mußte rasch fortgebracht werden.

Der Jockey Giuseppe Matteo verstarb am nächsten Tag. Sein armer, geschwächter Leib war dem großen Blutverlust nicht gewachsen, auch funktionierte in den entscheidenden Augenblicken das Herz nicht so wie es sollte. Er starb, ohne das Bewußtsein völlig wiedererlangt zu haben, nur ein paar verschwimmende Augenblicke lang erkannte er die Stimme des Grafen, dann sah er noch eine

Ansichtskarte mit sehr viel blauem Himmel drauf, das hatte er sich immer gewünscht. Und über seinem runzligen Zwergengesicht lag ein kindisches Lächeln.

LEO TOLSTOI

Das Rennen

Als Wronskij auf dem Balkon der Karenins nach der Uhr gesehen hatte, befand er sich in einem solchen inneren Aufruhr und war so in seine Gedanken vertieft, daß er die Zeiger auf dem Zifferblatt zwar gesehen, aber nicht begriffen hatte, wie spät es eigentlich war. Er trat auf die Chaussee hinaus und ging vorsichtig durch den Straßenschmutz zu seinem Wagen. Seine Leidenschaft für Anna nahm ihn völlig gefangen. Er dachte gar nicht daran, ob ihm noch Zeit blieb, zu Brjanskij zu fahren. Ihm war, wie das nicht selten vorkommt, nur ein gewissermaßen äußeres Gedächtnis geblieben, das ihm anzeigte, was er im nächsten Augenblick zu tun habe. Er trat auf seinen Kutscher zu, der auf dem Bock in dem schon schräg fallenden Schatten einer dichten Linde eingeschlummert war, betrachtete mit Interesse die Mükkenschwärme, die über den schwitzenden Pferden tanzten, weckte den Kutscher und wies ihn an, zu Brjanskij zu fahren. Erst nach etwa sieben Kilometern kam er so weit zu sich, daß er nochmals nach der Uhr sah. Er begriff, daß es bereits halb sechs Uhr war und er sich verspäten würde.

An diesem Tage fanden mehrere Rennen statt: eines der Leibwache, dann Offiziersrennen über zwei und über vier Kilometer und schließlich das Rennen, das er selber ritt. Dazu konnte er noch zurechtkommen; fuhr er aber vorher zu Brjanskij, würde er erst auf dem Rennplatz anlangen, wenn der ganze Hof schon versammelt war. Das war nicht schön. Doch er hatte Brjanskij sein Wort gegeben. Er beschloß daher weiterzufahren und gab dem Kutscher den Befehl, die Pferde nicht zu schonen.

Er kam bei Brjanskij an, hielt sich dort nur fünf Minuten auf und jagte zurück. Das schnelle Tempo der Fahrt beruhigte ihn. Alles Schwere in seinen Beziehungen zu Anna, die ganze Ungewißheit, die nach ihrem Gespräch zurückgeblieben war – alles das war aus seinem Kopf wie verflogen. Mit freudiger Erregung dachte er jetzt allein noch an das Rennen, allein noch daran, daß er doch rechtzeitig hinkommen werde; und nur hier und da flammte die Erwartung auf das Glück, mit Anna in der folgenden Nacht zusammenzutreffen, wie ein helles Licht in seiner Phantasie auf.

Je weiter er kam, je näher er in den Bereich des Rennens geriet, je mehr Equipagen er überholte, die aus den Villenorten und aus Petersburg zum Rennplatz fuhren, um so stärker wurde die Spannung, die ihn gefangennahm.

In seiner Unterkunft fand er niemand mehr vor – alle hatten sich bereits zu den Rennen begeben. Sein Diener erwartete ihn am Hoftor. Während er sich umkleidete, teilte ihm der Diener mit, daß das zweite Rennen schon begonnen habe, daß eine Menge Leute nach ihm gefragt hätten und daß der Junge aus dem Stall zweimal dagewesen sei.

Nachdem Wronskij sich umgekleidet hatte, ohne sich zu beeilen – er nahm sich immer Zeit und verlor niemals die Selbstbeherrschung –, fuhr er zu den Ställen. Von hier aus konnte er schon das Meer von Equipagen, Fußgängern und Soldaten, das die Rennbahn umbrandete, und das Zuschauergedränge auf den Tribünen sehen. Vermutlich war das zweite Rennen noch im Gange, denn in dem Augenblick, als er den Stall betrat, hörte er ein Glockenzeichen. Auf dem Wege zum Stall begegnete er Machotins weißfüßigem Fuchs Gladiator, der mit einer teils orangefarbenen, teils blauen Decke – die Ohren erschienen durch ihre blauumrandete Umhüllung riesengroß – auf den Rennplatz geführt wurde.

»Wo ist Cord?« fragte er den Stallknecht.

»Im Stall beim Satteln.«

In der geöffneten Box stand Frou-Frou schon fertig gesattelt. Man war gerade im Begriff, die Stute hinauszuführen.

»Komme ich nicht zu spät?«

»All right! All right! Alles fertig, alles in Ordnung«, sagte der Engländer, »machen Sie sich keine Sorgen.«

Noch einmal warf Wronskij einen Blick auf den schönen Bau des geliebten Pferdes, das am ganzen Körper zitterte; nur schwer riß er sich von diesem Anblick los und verließ die Baracke. Er erreichte die Tribünen im günstigsten Augenblick und erregte keine Aufmerksamkeit. Das Zweikilometer-Rennen stand unmittelbar vor der Entscheidung, und aller Augen waren auf den Chevaliergardisten vorn und den Leibhusaren hinter ihm gerichtet, die ihre Pferde, dicht vorm Ziel, zur letzten Kraftanstrengung anspornten. Aus der Mitte des Kreises und von außerhalb drängte alles zum Pfahl, und die Soldaten und Offiziere des Chevalier-Garderegiments schrien anfeuernd vor Freude über den zu erwartenden Sieg ihres Offiziers und Kameraden. Wronskij schob sich gerade in dem Augenblick mitten in die Menge, als das Glockenzeichen das Rennen beendete; der große schmutzbespritzte Chevaliergardist, der als erster durchs Ziel gegangen war, ließ sich im Sattel zurückfallen, und die Zügel seines grauen, vor Schweiß ganz dunkel gewordenen und schwer atmenden Hengstes lockerten sich.

Der Hengst stoppte das schnelle Tempo seines mächtigen Körpers, indem er seine Hufe mit großer Anstrengung gegen den Boden stemmte, und der Reiter, der einem aus tiefem Schlaf erwachenden Menschen glich, blickte sich im Kreise um und brachte nur mit Mühe ein Lächeln zustande, als eine große Anzahl von Regimentskameraden und anderen Offizieren ihn umringte.

Wronskij ging absichtlich jenen zahlreichen Angehörigen der großen Welt aus dem Wege, die ungezwungen und doch zurückhaltend vor den Tribünen auf und ab gingen und plauderten. In der Menge erkannte er die Karenina, Betsy und die Frau seines Bruders, aber er vermied geflissentlich, sich ihnen anzuschließen, um sich nicht ablenken zu lassen. Andere Bekannte, denen er fortwährend begegnete, hielten ihn indessen an, erzählten ihm Einzelheiten der vorhergehenden Rennen und wollten wissen, warum er sich verspätet habe.

Während die Sieger der ersten Rennen auf die Tribüne gebeten wurden, um ihre Preise in Empfang zu nehmen, und alles dorthin strebte, trat ein Oberst mit Achselschnüren auf Wronskij zu. Es war sein Bruder Alexander, nicht sehr groß von Wuchs, ebenso stämmig wie Alexej, aber hübscher als dieser, mit rosigem Teint, geröteter Nase und einem Gesicht, das offensichtlich einem Alkoholiker gehörte.

»Hast du meinen Zettel bekommen?« fragte er. »Man kann dich niemals erwischen.«

Obgleich er ein lockeres, dem Trunk ergebenes Leben führte, war Alexander Wronskij ein vollendeter Hofmann. Als er jetzt mit seinem Bruder über eine für diesen höchst peinliche Angelegenheit sprach und sich bewußt war, daß viele Blicke auf sie beide gerichtet waren, trug er ein Lächeln zur Schau, als scherze er mit dem Bruder über etwas ganz Nichtiges und Nebensächliches.

»Ich habe ihn bekommen und verstehe wirklich nicht, worüber du dir eigentlich Sorgen machst«, antwortete Alexej.

»Ich bin darüber beunruhigt, daß man mir soeben bedeutet hat, du habest dich beinahe verspätet, und daß man behauptet, dich am Montag in Peterhof gesehen zu haben.«

»Es gibt Dinge, die nur von den unmittelbar daran Beteiligten beurteilt werden können, und was dir jetzt Sorgen macht, gehört dazu ...«

»Ja, aber in so einem Fall ist man nicht Offizier, unter diesen Umständen ...«

»Ich bitte dich, dich nicht einzumischen, und damit gut.«

Alexej Wronskijs verdüstertes Gesicht war ganz blaß geworden, und sein hervortretender Unterkiefer zitterte, was bei ihm nicht häufig vorkam. Gutherzig, wie er war, ärgerte er sich nur selten, aber geriet er einmal in Zorn und zitterte sein Kinn, konnte er, wie Alexander Wronskij genau wußte, gefährlich werden. Alexander lächelte heiter.

»Ich wollte dir nur den Brief der Mutter übergeben. Gib ihr Antwort und rege dich jetzt vor dem Rennen nicht auf. – Bonne chance!« fügte er lächelnd hinzu und trennte sich von seinem Bruder.

Gleich darauf wurde Wronskij abermals durch eine freundschaftliche Begrüßung aufgehalten.

»Du übersiehst deine Freunde! Guten Tag, mon cher!« rief Stepan Arkadjewitsch, der hier mitten im Petersburger Glanz seine gepflegten Bartkoteletten und sein rosiges Gesicht nicht weniger strahlen ließ als in Moskau. »Ich bin gestern angekommen und freue mich, Zeuge deines Triumphes zu sein. Wann sehen wir uns?«

»Komm morgen ins Kasino«, sagte Wronskij, berührte, sich entschuldigend, den Ärmel seines Mantels und begab sich in die Mitte der Rennbahn, wohin bereits die Pferde zum großen Hindernisrennen geführt wurden.

Schweißgebadete, vom letzten Rennen abgehetzte Gäule wurden von Stallknechten weggeführt, und eins nach dem anderen erschienen für das kommende Rennen neue, frische, hauptsächlich englische Rennpferde, die in ihren Umhüllungen und mit ihren eingefallenen Bäuchen an sonderbare riesige Vögel erinnerten. Die magere Schönheit Frou-Frou wurde auf die rechte Seite geführt; sie machte den Eindruck, als bewegte sie sich mit ihren elastischen, ziemlich langen Fesseln auf Sprungfedern. Nicht weit von ihr wurde dem großen Gladiator die Decke abgenommen. Der herrliche, vollkommen regelmäßige Bau des Hengstes mit seiner prächtigen Kruppe und seinen ungewöhnlich kurzen, unmittelbar über den Hufen sitzenden Fesseln erregte unwillkürlich Wronskijs Aufmerksamkeit. Er wollte zu seinem Pferd gehen, aber schon wieder hielt ihn ein Bekannter auf.

»Karenin ist auch hier«, sagte er unter anderem, »er

sucht seine Frau. Sie sitzt in der Mitte der Tribüne. Haben Sie sie nicht gesehen?«

»Nein, ich habe sie nicht gesehen«, erwiderte Wronskij, der sich nicht einmal nach der Tribüne umsah, und begab sich zu seinem Pferde.

Noch ehe Wronskij sich den Sattel angesehen hatte, an dem noch etwas in Ordnung zu bringen war, wurden die Reiter schon gerufen, ihre Nummern in Empfang zu nehmen und sich dann zum Start zu begeben. Mit ernsten, strengen und vielfach bleichen Gesichtern fanden sich die siebzehn Teilnehmer bei der Tribüne ein und erhielten ihre Nummern. Wronskij zog die Nummer sieben. Dann folgte der Befehl: »Aufsitzen!«

Im Bewußtsein, in diesem Augenblick mit den anderen Reitern im Mittelpunkt des allgemeinen Interesses zu stehen, wurden Wronskijs Bewegungen, als er zu seinem Pferde ging, besonders langsam und gelassen, wie stets, wenn er sich in großer innerer Spannung befand. Cord hatte zur Feier des Tages Gala angelegt: er trug einen schwarzen, fest zugeknöpften Rock, einen hohen steifen Kragen, der ihm bis zu den Wangen reichte, einen runden schwarzen Hut und Reitstiefel. Ruhig und würdevoll wie sonst stand er vor dem Pferde und hielt selber die Zügel. Noch immer zitterte Frou-Frou wie im Fieber. Sie schielte mit ihren feurigen Augen nach Wronskij. Er schob einen Finger unter den Sattelgurt. Die Stute schielte noch stärker, entblößte ihre Zähne und legte die Ohren an. Der Engländer verzog den Mund wegen Wronskijs Kontrolle des Sattelgurts zu einem ironischen Lächeln.

»Steigen Sie auf, Sie werden sich dann weniger aufregen.«

Wronskij sah sich zum erstenmal nach seinen Rivalen

um. Er wußte, daß er sie während des Rennens nicht mehr sehen würde. Zwei von ihnen waren schon zum Start vorausgeritten. Wronskijs Freund Galizyn, einer seiner gefährlichsten Gegner, hatte Schwierigkeiten mit seinem braunen Hengst, der ihn nicht aufsitzen lassen wollte. Ein kleiner Leibhusar in engen Reithosen ritt im Galopp, mit krummem Rücken auf die Kruppe gebeugt wie ein Kater, um die Gewohnheit der Engländer nachzuahmen. Fürst Kusowlew saß bleich auf seiner Vollblutstute aus dem Grabowschen Gestüt, und ein Engländer führte den Gaul am Zügel. Wronskij und alle seine Kameraden kannten Kusowlew und seine Eigenheiten: ›schwache Nerven‹ und einen mächtigen Ehrgeiz. Sie wußten, daß er vor den geringsten Kleinigkeiten Angst hatte, ja daß er sich sogar fürchtete, auf einem ganz gewöhnlichen Militärgaul zu reiten. Hier aber, wo es ein wirkliches Wagnis galt, wo sich die Leute den Hals brechen konnten, wo bei jedem Hindernis ein Arzt, ein Krankenwagen mit dem Roten Kreuz und eine barmherzige Schwester postiert waren, hier hatte er sich entschlossen mitzumachen. Seine und Wronskijs Blicke begegneten sich, und Wronskij nickte ihm liebenswürdig und aufmunternd zu. Einen nur sah er nicht – seinen gefährlichsten Rivalen, Machotin auf Gladiator.

»Übereilen Sie sich nicht«, mahnte Cord, »und vergessen Sie nicht: halten Sie das Pferd bei den Hindernissen nicht zurück und treiben Sie es auch nicht an; lassen Sie es tun, was es selbst will.«

»Schon gut«, sagte Wronskij und nahm die Zügel.

»Wenn möglich, führen Sie das Rennen, aber lassen Sie den Mut nicht sinken bis zur letzten Minute, wenn Sie zurückbleiben sollten.«

Der Gaul hatte keine Zeit, auch nur die leiseste Bewegung zu machen, so schnell war der gelenkige und kräftige Wronskij im stählernen, gezahnten Steigbügel; und schon saß er leicht und sicher im knarrenden Sattel. Als er auch den rechten Fuß in den Steigbügel geschoben hatte, verteilte er gewohnheitsmäßig die doppelten Zügel zwischen seinen Fingern, und Cord ließ die Zügel los. Als wäre sie im Zweifel, mit welchem Fuß sie den ersten Schritt machen sollte, setzte sich Frou-Frou in Bewegung, wobei sie ihren Reiter wie auf Sprungfedern auf ihrem elastischen Rücken wiegte, und spannte mit ihrem gestreckten langen Hals die hängenden Zügel. Cord ging nebenher, seine Schritte beschleunigend. Das erregte Tier zog, um den Reiter zu verwirren, bald auf der einen und bald auf der anderen Seite die Zügel stramm, und Wronskij bemühte sich vergeblich, das Pferd durch begütigendes Zureden und durch Streicheln zu beruhigen.

Auf dem Wege zum Start näherten sie sich bereits dem aufgestauten Flußlauf. Viele Reiter waren ihm voraus, andere folgten hinterher, als Wronskij plötzlich hinter sich den Hufschlag eines galoppierenden Gauls hörte und von Machotin auf seinem weißfüßigen Gladiator überholt wurde. Machotin lächelte dabei und zeigte seine langen Stoßzähne, doch Wronskij blickte ihn nur böse an. Er mochte ihn überhaupt nicht, und jetzt hielt er ihn für seinen gefährlichsten Konkurrenten. Er ärgerte sich, daß er an ihm vorbeigeritten war und das Blut seines Pferdes in Wallung gebracht hatte. Frou-Frou setzte mit dem linken Vorderfuß zum Galopp an, machte zwei Sprünge und ging, ärgerlich über die angezogenen Zügel, zu einem schüttelnden Trab über, der den Reiter hin und her warf. Cord runzelte ebenfalls die Stirn und lief fast hinter Wronskij her.

An dem Rennen, das auf der großen elliptischen Rennbahn vor den Tribünen stattfand, nahmen im ganzen siebzehn Offiziere teil. Auf der vier Kilometer langen Strecke gab es neun Hindernisse: den Fluß, eine große, dichte, fast anderthalb Meter breite Barriere vor der Tribüne, einen trockengelegten und einen mit Wasser gefüllten Graben, einen steilen Abhang, einen irischen Wall – das schwierigste aller Hindernisse; es bestand aus einer Reisigböschung, hinter der, für das Pferd unsichtbar, noch ein Graben kam, so daß es beide Hindernisse zugleich überspringen oder stürzen mußte –, und schließlich noch zwei Wassergräben und einen trokkenen Graben. Das Ziel befand sich unmittelbar der Tribüne gegenüber, der Start jedoch war nicht auf der Rennbahn selbst, sondern ungefähr zweihundertzwanzig Meter weiter weg, und auf diesem Zwischengelände lag schon das erste Hindernis – der aufgestaute Fluß, den die Pferde nach Belieben der Reiter entweder durchwaten oder überspringen durften.

Dreimal stellten sich die Reiter am Start in einer Linie auf, und jedesmal schob sich ein Gaul wieder vor, so daß man wieder von vorn beginnen mußte. Der Oberst Sestrin, ein erfahrener Starter, war schon ganz ärgerlich, als er schließlich bei der vierten Aufstellung »Los!« rief und die Rennreiter sich in Bewegung setzten.

Alle Augen und alle Ferngläser waren auf das bunte Häuflein der Reiter gerichtet.

»Sie starten, sie reiten!« hörte man jetzt nach der erwartungsvollen Stille von allen Seiten. Einzelne Fußgänger und ganze Gruppen fingen an, von einem Ort zum anderen zu laufen, um besser sehen zu können. Schon in den ersten Minuten löste sich das Häufchen der Reiter auf, und man konnte sehen, wie sie einzeln, zu zweien oder dreien sich dem Flusse näherten. Die Zuschauer hätten den Eindruck haben können, sie wären zugleich losgeritten; für die Reiter bedeuteten aber Zeitunterschiede von Sekunden sehr viel.

Die erregte und allzu nervöse Frou-Frou hatte den ersten Augenblick verpaßt, und einige Pferde waren ihr zuvorgekommen. Aber noch bevor diese den Fluß erreicht hatten, hatte Wronskij, das sich in die Zügel legende Pferd mit Anspannung aller seiner Kräfte zurückhaltend, drei Reiter überholt; und nur noch Machotins roter Gladiator, dessen Hinterteil unmittelbar vor Wronskij gleichmäßig und leicht hin und her schaukelte, und noch weiter vorn die entzückende Diana mit dem mehr toten als lebendigen Kusowlew waren vor ihm.

In den ersten Minuten war Wronskij weder Herr seiner selbst, noch hatte er sein Pferd in der Hand. Bis zum ersten Hindernis war er nicht imstande, es zu zügeln.

Gladiator und Diana kamen gleichzeitig am Fluß an, und fast im selben Augenblick sprangen sie ab und flogen hinüber. Leicht wie ein Vogel folgte ihnen Frou-Frou, aber als Wronskij sich schon emporgerissen fühlte, sah er Kusowlew fast unmittelbar unter den Hufen seines Pferdes; er hatte sich mit Diana auf der anderen Seite des Flusses überschlagen – nach dem Sprung hatte er die Zügel losgelassen, und der Gaul war mit ihm kopfüber gegangen. Diese Einzelheiten erfuhr Wronskij erst später, jetzt sah er nur, daß Frou-Frou gerade an der Stelle aufsetzen mußte, wo sich Dianas Beine und Kopf befanden. Aber wie eine fallende Katze machte Frou-Frou im Sprung eine Seitwärtsbewegung mit den Beinen und dem Rücken, wich der gestürzten Diana aus und raste weiter.

O mein Liebling! dachte Wronskij.

Nachdem der Fluß überwunden war, bekam Wronskij sein Pferd ganz in seine Gewalt. Er fing an, es in dem Bestreben zurückzuhalten, die große Barriere hinter Machotin zu nehmen und ihn dann auf der weiteren hindernislosen Strecke zu überholen.

Die große Barriere war direkt vor der kaiserlichen Tribüne aufgerichtet. Seine Majestät, der ganze Hof und die große Menge der Zuschauer – alle hatten ihre Augen auf ihn und Machotin gerichtet, der ihm um eine Pferdelänge voraus war. Sie näherten sich jetzt dem ›Teufel‹, wie die massive Barriere genannt wurde. Wronskij fühlte die Blicke von allen Seiten, aber er sah nur Hals und Ohren seines Pferdes, den ihm entgegenfliegenden Erdboden und die Kruppe und die weißen Beine Gladiators, die sich schnell und in gleichmäßigem Rhythmus bewegten und im immer gleichen Abstand vor ihm blieben. Gladiator nahm das Hindernis, ohne anzustoßen, und entschwand Wronskijs Blicken.

»Bravo!« rief eine Stimme.

In diesem Augenblick tauchte die Bretterwand der Barriere vor Wronskij auf. Ohne sein Tempo im geringsten zu ändern, sprang das Pferd, die Bretter verschwanden, nur hinter ihm gab es einen kurzen polternden Laut. Die hitzige Stute, die dem führenden Gladiator nachstürmte, war zu früh abgesprungen und hatte die Bretterwand mit dem Huf eines Hinterfußes berührt. Aber ihre Geschwindigkeit blieb dieselbe, und Wronskij, dem ein Schmutzspritzer ins Gesicht flog, begriff, daß er sich noch immer im gleichen Abstand von Gladiator befand. Wieder sah er vor sich die Kruppe, den kurzen Schweif und die schnellen Füße Gladiators, die keinen weiteren Vorsprung gewannen.

Gerade als Wronskij überlegte, ob er Machotin jetzt

nicht überholen solle, beschleunigte Frou-Frou von selbst ihr Tempo erheblich, und zwar ohne jeden Ansporn, als hätte sie seine Gedanken erraten. Sie näherte sich Machotin von der günstigsten Seite, von der Seite des Abgrenzungsseils. Aber Machotin ließ sie an dieser Seite nicht heran. Kaum hatte Wronskij daran gedacht, Machotin von der äußeren Seite her zu überflügeln, als Frou-Frou auch schon von selbst den Schritt wechselte und es auf der anderen Seite versuchte. Ihre durch den Schweiß schon dunkel gewordene Schulter war jetzt in einer Linie mit Gladiators Kruppe. Einige Augenblicke stürmten die beiden Pferde nebeneinander her, aber kurz vor dem Hindernis, auf das sie jetzt zuritten, begann Wronskij, um keinen großen Kreis beschreiben zu müssen, mit den Zügeln zu arbeiten und überflügelte Machotin blitzschnell unmittelbar am Abhang. Eine Sekunde erblickte er dessen schmutzbespritztes Gesicht, es schien ihm sogar ein Lächeln darauf zu liegen. Kaum hatte er ihn überholt, fühlte er jedoch, daß der Rivale ihm unmittelbar folgte, und unentwegt hörte er hinter seinem Rücken den gleichmäßigen Hufschlag Gladiators und das stoßweise Atemholen des noch ganz frischen Tieres.

Die beiden folgenden Hindernisse, ein Graben und eine Barriere, wurden mit Leichtigkeit überwunden, allerdings hörte Wronskij jetzt das Schnauben und den Hufschlag Gladiators näher und deutlicher. Er trieb sein Pferd an und spürte entzückt, daß es sein Tempo mühelos beschleunigte und Gladiators Hufschlag wieder im früheren Abstand erklang.

Wronskij führte das Rennen, wie er es selber gewollt und Cord es ihm empfohlen hatte, und jetzt war er überzeugt, daß er Erfolg haben würde. Seine Erregung, seine Freude und seine zärtlichen Gefühle Frou-Frou gegenüber verstärkten sich. Er hatte große Lust, sich umzusehen, traute sich aber nicht, sondern war bemüht, sich selbst zu beruhigen und das Pferd nicht noch mehr anzutreiben, um ihm die gleiche Kräftereserve zu erhalten, über die, wie er fühlte, auch Gladiator verfügte. Jetzt stand noch ein Hindernis, das schwierigste von allen, bevor. Wenn er es als erster nahm, dann mußte er auch als erster durchs Ziel gehen. Er näherte sich dem irischen Wall. Wie er hatte auch Frou-Frou den Wall schon von weitem gesehen, und beiden, ihm und dem Pferd, stiegen plötzlich Zweifel auf. Er bemerkte die Unschlüssigkeit der Stute an der Stellung ihrer Ohren und hob die Reitgerte, fühlte aber sofort, daß seine Zweifel unbegründet waren: das Pferd wußte, wie es sich zu verhalten hatte. Es spannte seine Kräfte noch mehr an, stieß sich vom Boden ab und setzte mit ruhiger Sicherheit ein ganzes Stück jenseits des Grabens auf. Und im gleichen Rhythmus setzte Frou-Frou das Rennen mühelos fort.

»Bravo Wronskij!« hörte er eine Gruppe Leute rufen. Er wußte, daß es Kameraden von seinem Regiment waren, die sich bei diesem Hindernis aufgestellt hatten, und konnte die Stimme Jaschwins deutlich heraushören, ohne ihn selbst zu erkennen.

O mein prächtiges Tier! dachte er, während er auf das lauschte, was hinter ihm vorging. Auch herübergesetzt! sagte er sich, als er den Hufschlag Gladiators wieder hörte. Jetzt war nur noch der letzte Wassergraben übriggeblieben. Wronskij schaute nicht einmal hin, sondern arbeitete, erfüllt von dem Wunsch, als erster mit großem Vorsprung durchs Ziel zu gehen, mit den Zügeln und veranlaßte die Stute, im Rhythmus ihres Tempos den Kopf zu heben und zu senken. Er fühlte, daß das Pferd seine letzten Reserven hergab. Nicht nur sein Hals und seine Schultern waren naß, sondern auch am Widerrist, am Kopf und an den spitzen Ohren traten Schweißtropfen hervor, und es atmete in scharfen und kurzen Stößen. Aber er wußte, daß diese Reserve für die restlichen vierhundert Meter ausreichen würde. Nur daran, daß er sich dem Erdboden irgendwie näher fühlte, und an der eigentlichen Weichheit der Bewegungen des Pferdes konnte Wronskij ermessen, wie Frou-Frou ihr Tempo beschleunigt hatte. Den Graben nahm sie, als hätte sie ihn überhaupt nicht beachtet. Sie flog förmlich wie ein Vogel hinüber.

Aber im gleichen Augenblick spürte Wronskij zu seinem Entsetzen, daß er der Bewegung des Pferdes nicht gefolgt war und, ohne zu wissen wie, etwas Übles, ganz Unverzeihliches getan hatte – er hatte sich zu früh in den Sattel zurückfallen lassen. Ein Moment hatte seine Situation verändert, und er begriff plötzlich, daß etwas Furchtbares geschehen war. Noch konnte er sich nicht erklären, worum es sich handelte, aber schon tauchten die weißen Füße Gladiators neben ihm auf, und Machotin jagte an ihm vorüber. Wronskij berührte mit einem Fuß den Erdboden, und sein Pferd stolperte darüber. Er hatte kaum Zeit, seinen Fuß zurückzuziehen, als es schon, schwer röchelnd, seitwärts zusammenbrach und mit seinem dünnen, schweißbedeckten Hals vergebliche Anstrengungen machte, sich wieder zu erheben. Zuckend wie ein angeschossener Vogel lag es zu seinen Füßen auf der Erde. Wronskijs ungeschickte Bewegung hatte ihm das Rückgrat gebrochen. Aber das begriff er erst sehr viel später. Jetzt sah er nur, daß Machotin sich schnell entfernte, während er, hin und her taumelnd, allein auf der schmutzigen, unbeweglichen Erde stand. Frou-Frou, die schwer atmend vor ihm lag, hatte den Kopf ihm zugewandt und sah ihn mit ihren wunderschönen Augen an. Wronskij begriff immer noch nicht ganz, was eigentlich geschehen war, und zog das Pferd am Zügel. Die Stute warf sich hin und her wie ein Fisch an der Angel, die Sattelblätter klappten knarrend auf und nieder, sie streckte die Vorderbeine aus, war aber nicht mehr imstande, das Hinterteil aufzurichten. Sie fiel wieder auf die Seite. Bleich, mit vor Leidenschaft verzerrtem Gesicht und zitterndem Unterkiefer stieß Wronskij sie mit dem Absatz in den Bauch und zerrte abermals am Zügel. Doch das Tier bewegte sich nicht, sondern schaute seinen Herrn, die Schnauze gegen den Boden gepreßt, mit seinen sprechenden Augen an.

»Ah!« stöhnte Wronskij und griff sich an den Kopf. »Was habe ich getan! Das Rennen ist verloren, durch meine Schuld, meine beschämende, unverzeihliche Schuld! Und dieses unglückliche, liebe, zugrunde gerichtete Pferd! Ach, was habe ich nur getan!«

Viele Zuschauer, der Arzt, der Feldscher und Offiziere seines Regiments kamen gelaufen. Zu seinem Unglück fühlte er sich selbst heil und unversehrt. Es gab keinen Zweifel, das Rückgrat war gebrochen, und es wurde beschlossen, das Pferd zu erschießen. Wronskij war nicht fähig, Fragen zu beantworten und mit irgend jemand zu sprechen. Er wandte sich um, verließ, ohne die ihm vom Kopf gefallene Mütze aufzuheben, den Rennplatz und ging – er wußte nicht wohin. Er fühlte sich todunglücklich. Zum erstenmal im Leben war ein schweres Unglück über ihn hereingebrochen, ein Unglück, das nicht wiedergutzumachen war und das er selber verschuldet hatte.

Jaschwin, der Wronskijs Mütze aufgehoben hatte, holte ihn ein und führte ihn nach Hause. Nach einer halben Stunde kam Wronskij wieder zu sich. Aber dieses Rennen blieb für lange Zeit die schwerste und quälendste Erinnerung seines Lebens.

Edgar Degas: Rennpferde vor der Tribüne

Der Schaukelpferd-Sieger

Es war einmal eine Frau, die schön war und lauter gute Karten in der Hand hatte; doch sie hatte kein Glück. Sie heiratete aus Liebe, und die Liebe wurde zu Asche. Sie hatte nette Kinder; doch dachte sie, sie wären ihr aufgezwungen worden, und sie konnte sie nicht lieben. Sie sahen sie mit kalten Blicken an, als ob sie einen Fehler an ihr entdeckt hätten. Und sofort glaubte sie, da sei ein Fehler in ihr, den sie verstecken müsse. Doch was es eigentlich war, das sie verstecken müsse, das konnte sie nie herausfinden. Trotzdem, wenn die Kinder da waren, spürte sie immer, wie sich ihr innerstes Herz verhärtete. Das machte ihr Kummer, und auf ihre Art war sie um so sanfter und besorgter zu den Kindern, als ob sie sie sehr liebe. Nur sie selber wußte, daß in ihrem innersten Herzen eine harte kleine Stelle war, die keine Liebe empfinden konnte, nein, für niemanden. Alle andern sagten von ihr: »Sie ist solch gute Mutter! Sie liebt ihre Kinder abgöttisch.« Nur sie selbst und ihre Kinder wußten, daß es nicht so war. Sie lasen es einander von den Augen ab.

Es waren ein Junge und zwei kleine Mädchen. Sie wohnten in einem hübschen Haus, mit einem Garten, und sie hatten eine geschulte Dienerschaft und fühlten sich allen Nachbarn überlegen.

Obwohl sie auf großem Fuße lebten, waren sie in ihrem Haus immer voller Sorge. Nie war genug Geld da. Die Mutter hatte ein kleines Einkommen, und der Vater hatte ein kleines Einkommen; aber es war bei weitem nicht genug für die gesellschaftliche Stellung, die sie behaupten mußten. Der Vater ging in die Stadt in ein Büro. Doch obwohl er mit guten Aussichten begann, verwirklichten sich diese Aussichten nie. Ständig hing das aufreibende Gefühl über ihnen, das Geld reiche nicht; der Lebensstil jedoch wurde weiter beibehalten.

Schließlich sagte die Mutter: »Ich will sehen, ob *ich* nicht etwas verdienen kann.« Aber sie wußte nicht, wo beginnen. Sie zerbrach sich den Kopf, versuchte dies und das, hatte aber nirgends Glück. Das Mißgeschick grub ihr tiefe Falten ins Gesicht. Die Kinder wuchsen heran; sie sollten auf Schulen geschickt werden. Mehr Geld mußte herbei, mehr Geld mußte herbei! Der Vater, der immer sehr gut aussah und einen kostspieligen Geschmack hatte, erweckte den Eindruck, als könne er nie etwas Nützliches tun. Und der Mutter, die sehr auf sich hielt, wollte auch nichts glücken, und ihr Geschmack war genau so kostspielig.

Und so hing allmählich wie eine Verwünschung das unausgesprochene Wort über dem Haus: »Mehr Geld muß herbei! Mehr Geld muß herbei!« Die Kinder konnten es die ganze Zeit über hören, obwohl niemand es laut sagte. Sie hörten es zu Weihnachten, als teures und prächtiges Spielzeug das Kinderzimmer füllte. Hinter dem funkelnden, hochmodernen Schaukelpferd, hinter dem eleganten Puppenhaus begann eine Stimme zu tuscheln: »Mehr Geld muß herbei! Mehr Geld muß herbei!« Und dann hörten die Kinder einen Augenblick zu spielen auf und lauschten. Sie blickten einander in die Augen, um sich zu überzeugen, ob sie es alle vernommen hätten. »Mehr Geld muß herbei! Mehr Geld muß herbei!«

Es tuschelte zwischen den Sprüngen des sich noch bewegenden Schaukelpferdes, und selbst das Pferd, das seinen zähnefletschenden Holzkopf abwärts neigte, hörte es. Die große Puppe, die so rosig und geziert lächelnd in ihrem neuen Puppenwagen saß, konnte es ganz deutlich hören und schien daraufhin um so selbstbewußter zu lächeln. Selbst das dumme Hündchen, das des Teddybären Stelle einnahm, wie sah es so erstaunlich dumm drein, und aus keinem andern Grunde, als weil es im ganzen Hause das heimliche Getuschel hörte:

»Mehr Geld muß herbei! Mehr Geld muß herbei!«

Doch niemand sagte es je laut. Das Getuschel war überall, und deshalb sprach keiner es aus. Genau wie man niemals sagt: »Ich atme!«, obwohl der Atem die ganze Zeit kommt und geht.

»Mutter«, fragte Paul eines Tages, »warum haben wir kein eigenes Auto? Warum benutzen wir immer das vom Onkel oder sonst ein Taxi?«

»Weil wir der arme Seitenzweig der Familie sind«, sagte die Mutter.

»Aber warum, Mutter?«

»Ach, ich glaube«, sagte sie langsam und verbittert, »das kommt daher, weil dein Vater kein Glück hat.«

Der Knabe schwieg ein Weilchen.

»Ist Glück Geld, Mutter?« fragte er dann ziemlich schüchtern.

»Nein, Paul, nicht ganz. Aber man kommt dadurch zu Geld.«

»Oh!« sagte Paul nachdenklich. »Ich dachte, als Onkel Oscar sagte: ›Sauglück!‹, meinte er Geld?«

»Er meinte Geld; aber Geld ist nicht Glück.«

»Oh!« sagte der Knabe. »Was ist denn aber Glück, Mutter?«

»Man kommt durch Glück zu Geld. Wenn man Glück

hat, hat man auch Geld. Deshalb ist es besser, Glück zu haben, als von Hause aus reich zu sein. Wer reich ist, kann sein Geld verlieren. Aber wer Glück hat, bekommt immer mehr Geld.«

»Oh! Wirklich? Und Vater hat kein Glück?«

»Bestimmt nicht! Überhaupt kein Glück!« sagte sie verbittert.

Der Knabe sah seine Mutter mit unsicheren Augen an.

»Warum?« fragte er.

»Ich weiß es nicht. Keiner kann je wissen, warum ein Mensch Glück und der andere Pech hat.«

»Wirklich? Keiner? Überhaupt keiner?«

»Gott vielleicht. Doch Er sagt es nicht.«

»Das sollte Er aber! Und du, Mutter, hast du kein Glück?«

»Wie kann ich wohl, da ich einen Mann heiratete, der kein Glück hat.«

»Aber du selber, bist du nicht glücklich, Mutter?«

»Das glaubte ich immer, ehe ich verheiratet war. Jetzt finde ich, daß ich sehr unglücklich bin.«

»Warum?«

»Ach, laß nur. Vielleicht bin ich es im Grunde doch nicht«, sagte sie.

Das Kind betrachtete sie, um zu sehen, ob es ihr Ernst war. Aber an den Linien um ihren Mund erkannte er, daß sie nur versuchte, etwas vor ihm zu verbergen.

»Na«, sagte er aufsässig, »ich habe jedenfalls Glück!«

»Warum?« fragte seine Mutter und mußte lachen.

Er blickte sie an. Er wußte selbst nicht, warum er es gesagt hatte.

»Gott hat es mir gesagt«, behauptete er dreist.

»Hoffentlich hat Er's getan, Liebling«, sagte sie und lachte wieder auf, aber ziemlich verbittert.

»Bestimmt, Mutter.«

»Großartig«, sagte sie, einen Ausdruck ihres Mannes benutzend.

Der Knabe merkte, daß sie ihm nicht glaubte, oder vielmehr, daß sie seinen Worten keine Beachtung schenkte. Das verdroß ihn, und er beschloß, ihre Aufmerksamkeit zu erzwingen.

Er trollte sich, verträumt und wie Kinder es tun, auf der Suche nach dem Schlüssel zum »Glück«. In Gedanken vertieft und ohne die andern zu beachten, schlich er gewissermaßen verstohlen umher auf der heimlichen Suche nach dem Glück. Er wollte Glück haben, er wollte es, er wollte es. Wenn die beiden Mädchen im Kinderzimmer mit ihren Puppen spielten, saß er auf seinem großen Schaukelpferd und stürmte toll einher, mit einer Wildheit, daß die kleinen Mädchen scheu zu ihm aufblickten. Das Pferd galoppierte ungestüm, das wehende schwarze Haar des Jungen flog in die Höhe, seine Augen hatten einen seltsamen Glanz. Die kleinen Mädchen wagten nicht, ihn anzusprechen.

Wenn er seinen tollen Ritt beendet hatte, kletterte er hinunter, stellte sich vor das Schaukelpferd und starrte ihm unverwandt auf den gesenkten Kopf. Das rote Maul stand ein wenig offen, die großen Augen waren weit aufgerissen und glasklar.

»Jetzt!« befahl er dem schnaubenden Renner stumm, »jetzt trag mich dorthin, wo das Glück ist! Trag mich jetzt hin!«

Und er schlug das Pferd mit der kleinen Peitsche, um die er Onkel Oscar gebeten hatte, auf den Hals. Er *wußte*, daß das Pferd ihn dorthin tragen konnte, wo das Glück war, wenn er es nur dazu zwingen würde. Also stieg er wieder auf, begann von neuem den wütenden

Ritt und hoffte, schließlich hinzugelangen. Er wußte, daß er hingelangen könne.

»Du wirst es noch zerbrechen, Paul!« mahnte die Kinderfrau.

»Er reitet immer so. Ich wünschte, er hörte auf«, sagte Joan, die ältere Schwester.

Aber er starrte nur schweigend auf sie hinunter. Die Kinderfrau ließ ihn gewähren. Sie begriff ihn nicht. Und überhaupt war er ihr schon über den Kopf gewachsen.

Eines Tages kamen seine Mutter und Onkel Oscar dazu, als er gerade auf einem seiner wilden Ritte war. Er sprach nicht mit ihnen.

»Hallo, du kleiner Jockey! Sitzt du auf einem Sieger?« fragte sein Onkel.

»Wirst du nicht allmählich zu groß für ein Schaukelpferd? Du bist nicht länger ein kleiner Junge«, meinte seine Mutter.

Doch Paul warf ihr nur einen blitzend blauen Blick aus seinen großen, ziemlich eng stehenden Augen zu. Er pflegte zu niemand zu sprechen, wenn er in voller Fahrt war. Seine Mutter beobachtete ihn besorgt.

Endlich brach er unvermittelt ab, zwang sein Pferd zu einem gleichmäßigen Galopp und glitt aus dem Sattel.

»Ich bin also dagewesen«, verkündete er wild, und seine blauen Augen blitzten noch, und er stand breitbeinig auf seinen langen, stämmigen Beinen.

»Wo bist du gewesen?« fragte seine Mutter.

»Wo ich hinreiten wollte«, rief er prahlerisch.

»Das ist recht, mein Sohn«, sagte Onkel Oscar. »Hör du nie auf, ehe du am Ziel bist. – Wie heißt dein Pferd?«

»Es hat keinen Namen«, sagte der Knabe.

»Kann wohl auch ohne Namen gut laufen?« fragte der Onkel.

»Ach, es hat verschiedene Namen: Vorige Woche hieß es Sansovino.«

»Oho, Sansovino! Der hat das Ascot-Rennen gemacht! Woher kanntest du den Namen?«

»Er spricht immer mit Bassett über die Pferderennen«, sagte Joan.

Der Onkel war entzückt, als er hörte, daß sein kleiner Neffe über alle Rennen auf dem laufenden war. Bassett, der junge Gärtner, der im Kriege am linken Fuß verwundet worden war und seine jetzige Stelle durch Onkel Oscar erhalten hatte, dessen Bursche er gewesen war, schien auf »dem grünen Rasen« völlig zu Hause. Er lebte für die Rennen – und der Junge mit ihm.

Oscar Creswell erfuhr es alles von Bassett.

»Master Paul kommt und fragt mich, also bleibt mir weiter nichts übrig, als ihm zu antworten, Sir«, sagte Bassett, und sein Gesicht war so furchtbar ernst, als ob er von religiösen Dingen spräche.

»Und setzt er manchmal auch auf ein Pferd, in dem er den Sieger vermutet?«

»Oh, ich möchte ihn nicht verraten, Sir! Er ist ein kleiner Sportsmann, Sir, ein tüchtiger Sportsmann. Wenn Sie ihn lieber selbst fragen könnten? Er hat solchen Spaß daran, und vielleicht denkt er, ich hätte ihn verraten, Sir, und nichts für ungut.«

Bassett sprach so ernst wie ein Pfarrer.

Der Onkel ging zu seinem Neffen und lud ihn zu einer Fahrt in seinem Auto ein.

»Hör mal, Paul, alter Junge, hast du jemals auf ein Pferd gesetzt?« fragte der Onkel.

Der Knabe sah den hübschen Mann scharf an.

»Warum? Meinst du, ich sollte nicht?« wich er aus.

»Ach wo – ich dachte, du könntest mir vielleicht einen Tip fürs Lincoln geben.«

Der Wagen fuhr schneller, hinaus aufs Land, zu Onkel Oscars Landsitz in Hampshire.

»Ehrenwort?« fragte der Neffe.

»Ehrenwort, mein Sohn«, sagte der Onkel.

»Also gut: Daffodil!«

»Daffodil? Bezweifle ich, mein Sohn. Was hältst du von Mirza?«

»Ich kenne nur den Sieger«, sagte der Knabe. »Und das ist Daffodil.«

»So, so, Daffodil.«

Es entstand eine Pause. Daffodil war eigentlich ein Außenseiter.

»Onkel?«

»Ja, mein Junge?«

»Du sagst es doch nicht weiter, nicht wahr? Ich hab's Bassett versprochen.«

»Zum Teufel mit Bassett, alter Junge! Was hat der denn damit zu tun?«

»Wir sind Partner. Von Anfang an waren wir Partner. Onkel, er hat mir meine ersten fünf Schilling geliehen, und ich hab' sie verloren. Ich habe ihm auf Ehrenwort versprochen, daß es unter uns bliebe. Und dann hast du mir den Zehn-Schilling-Schein geschenkt, mit dem ich zum erstenmal gewonnen habe. Darum dachte ich, du hast Glück. Du sagst's nicht weiter, nicht wahr?«

Der Knabe blickte den Onkel aus seinen großen, funkelnden, ziemlich dicht beieinanderstehenden blauen Augen an. Der Onkel rutschte auf dem Sitz umher und lachte unbehaglich.

»Meinetwegen, Junge. Ich werd' deinen Tip für mich behalten. Also Daffodil. Wieviel setzt du auf Daffodil?«

»Alles, bis auf zwanzig Pfund«, sagte der Junge. »Die behalte ich als Reserve.«

Der Onkel hielt es für einen guten Witz.

»Also zwanzig Pfund behältst du zurück, du kleiner Phantast? Und wieviel wettest du?«

»Ich wette dreihundert«, sagte der Knabe ernst. »Aber ganz unter uns, Onkel Oscar! Ehrenwort?«

Der Onkel brach in schallendes Gelächter aus.

»Natürlich bleibt's unter uns, du kleiner Nat Gould!« rief er lachend. »Aber wo hast du denn deine dreihundert?«

»Bassett verwahrt sie für mich. Wir sind Partner.«

»Ach so, ja; und wieviel setzt Bassett auf Daffodil?«

»Ich glaube, er wird nicht ganz so hoch gehen wie ich. Vielleicht setzt er hundertfünfzig.«

»Hundertfünfzig, was? Pennies?« lachte der Onkel.

»Pfund!« sagte das Kind und sah den Onkel erstaunt an. »Bassett hält sich eine größere Reserve zurück als ich.«

Onkel Oscar schwieg, halb verwundert, halb belustigt. Er ging der Sache nicht weiter auf den Grund, beschloß aber, seinen Neffen zum Lincoln-Rennen mitzunehmen.

»Also, Söhnchen«, sagte er, »ich setze zwanzig für mich auf Mirza und fünf für dich auf welches Pferd du willst. Welches wählst du?«

»Daffodil, Onkel.«

»Nein, doch nicht den Fünfer auf Daffodil!«

»Wenn es mein Fünfer ist, möchte ich es tun«, sagte der Knabe.

»Gut, gut, hast recht. Ein Fünfer für dich und ein Fünfer für mich auf Daffodil.«

Der Junge war noch nie an einem Pferderennen gewesen, und seine Augen sprühten blaues Feuer. Er kniff den Mund zusammen und paßte auf. Ein Franzose, der vor ihm saß, hatte sein Geld auf Lancelot gesetzt. Toll vor Aufregung schwenkte er die Arme und schrie mit seiner französischen Aussprache gellend: »Lancelot! Lancelot!«

Daffodil kam als Erster. Lancelot war Zweiter und Mirza Dritter. Der Knabe war seltsam gelassen, trotz roter Wangen und lodernder Augen. Sein Onkel brachte ihm vier Fünf-Pfund-Noten, vier zu eins.

»Was soll ich damit tun?« fragte er und hielt sie dem Knaben unter die Augen.

»Vielleicht sprechen wir mit Bassett darüber«, sagte der Junge. »Ich glaube, ich habe jetzt Fünfzehnhundert. Und zwanzig in Reserve. Und dann diese zwanzig hier.«

Sein Onkel betrachtete ihn einen Augenblick prüfend.

»Hör mal, mein Junge«, sagte er. »Das ist doch nicht dein Ernst mit Bassett und den Fünfzehnhundert, nicht wahr?«

»Doch, natürlich. Aber es muß unter uns bleiben, Onkel! Ehrenwort?«

»Ja, ja, Ehrenwort, mein Sohn. Aber ich muß mit Bassett sprechen.«

»Onkel, wenn du gern Partner werden möchtest, mit mir und Bassett, könnten wir alle drei Partner sein. Nur müßtest du auf Ehrenwort versprechen, es nicht weiterzusagen. Bassett und ich haben Glück, und du hast auch Glück; denn mit deinem Zehn-Schilling-Schein hab' ich ja zu gewinnen angefangen.«

Onkel Oscar nahm Bassett und Paul mit nach Richmond Park, und dort sprachen sie miteinander.

»Die Sache ist so, Sir«, sagte Bassett. »Master Paul ließ sich über die Rennen von mir erzählen, Renngeschichten, verstehen Sie, Sir? Und immer wollte er durchaus wissen, ob ich gewonnen oder verloren hatte. Es ist jetzt ungefähr ein Jahr her, als ich für ihn fünf Schilling auf Blush of Dawn setzte, und die verloren wir. Dann drehte sich das Glück – mit den zehn Schillingen, die wir von Ihnen hatten. Wir setzten sie auf Singhalese. Und seit der Zeit geht's schön gleichmäßig weiter, wenn man alles in allem nimmt. Was meinen Sie, Master Paul?«

»Wir machen's, wenn wir sicher sind«, sagte Paul. »Nur wenn wir nicht ganz sicher sind, verlieren wir.«

»Oh, aber dann sind wir vorsichtiger.«

»Aber wann seid ihr *sicher*?« lächelte Onkel Oscar.

»Master Paul weiß es, Sir«, sagte Bassett leise und fromm. »Es ist, als ob er's vom Himmel weiß. So wie jetzt mit Daffodil für das Lincoln. Das war bombensicher.«

»Haben Sie etwas auf Daffodil gesetzt?« fragte Onkel Oscar.

»Ja, Sir. Ich habe meinen Schnitt gemacht.«

»Und mein Neffe?«

Bassett schwieg hartnäckig und sah Paul an.

»Ich habe zwölfhundert gewonnen, nicht wahr, Bassett? Ich habe Onkel erzählt, daß ich dreihundert auf Daffodil gesetzt hatte.«

»Stimmt«, sagte Bassett und nickte.

»Aber wo ist das Geld?« fragte der Onkel.

»Ich habe es sicher verwahrt und verschlossen, Sir. Master Paul kann's jede Minute haben, wenn er mich danach fragt.«

»Was, fünfzehnhundert Pfund?«

»Und zwanzig. Und vierzig, heißt das – mit den zwanzig, die er draußen auf dem Rennplatz gemacht hat.«

»Erstaunlich«, sagte der Onkel.

»Wenn Master Paul Ihnen die Partnerschaft anbietet, würde ich an Ihrer Stelle annehmen, Sir, und nichts für ungut«, sagte Bassett.

Oscar Creswell dachte nach.

»Ich möchte das Geld sehen«, sagte er.

Sie fuhren wieder nach Hause, und tatsächlich, Bassett erschien mit fünfzehnhundert Pfund in Noten im Gartenhaus. Die zwanzig Pfund Reserve lagen bei John Glee, als Wetteinlage.

»Da siehst du, Onkel, es ist alles in Ordnung, wenn ich *sicher* bin. Dann gehen wir drauflos, mit allem, was wir haben. Nicht wahr, Bassett?«

»Jawohl, Master Paul.«

»Und wann bist du sicher?« fragte der Onkel lachend.

»Ach, manchmal bin ich *ganz* sicher, so wie bei Daffodil«, sagte der Junge, »und manchmal habe ich nur so ein Gefühl, und manchmal hab' ich überhaupt keine Ahnung, nicht wahr, Bassett? Dann sind wir vorsichtig, weil wir dann meistens verlieren.«

»Aha, so ist das! Und wenn du sicher bist, so wie bei Daffodil, woher bist du dann so sicher, mein Sohn?«

»Ach – hm – das weiß ich nicht«, sagte der Junge verlegen. »Ich bin eben sicher, verstehst du, Onkel? Das ist alles.«

»Als ob er's vom Himmel hätte, Sir«, beteuerte Bassett von neuem.

»Was ihr nicht sagt«, meinte der Onkel.

Aber er wurde Partner. Und als das Leger-Rennen bevorstand, war Paul *sicher* wegen Lively Spark, das ein ganz unbedeutendes Pferd war. Der Junge bestand darauf, tausend auf das Pferd zu setzen; Bassett entschloß sich zu fünfhundert, und Oscar Creswell setzte zweihundert. Lively Spark wurde erster Sieger, und es war zehn zu eins dagegen gesetzt worden. Paul hatte zehntausend gewonnen.

»Es ist bloß, weil ich ganz sicher war«, sagte er.

Sogar Oscar Creswell hatte zweitausend eingesackt.

»Höre, mein Sohn«, sagte er, »die Geschichte macht mich nervös.«

»Nicht nötig, Onkel«, sagte Paul. »Vielleicht bin ich jetzt auf lange Zeit hinaus nicht mehr sicher.«

»Also, was willst du mit dem Geld machen?« fragte der Onkel.

»Ich hab's natürlich wegen Mutter gemacht«, sagte der Junge. »Sie sagte, sie hätte kein Glück, weil Vater kein Glück hätte, und da dachte ich, wenn ich nun Glück hätte, würde das Getuschel vielleicht aufhören.«

»Was für ein Getuschel würde aufhören?«

»In unserm Haus. Ich hasse unser Haus, weil es überall tuschelt.«

»Was tuschelt es?«

»Oh – ach –«, der Junge wurde unruhig, »ach, ich weiß nicht. Aber es ist nie genug Geld da, Onkel, weißt du's?«

»Ich weiß, mein Junge, ich weiß.«

»Und weißt du auch, daß die Leute Mutter immer Briefe schicken, Onkel?«

»Ja, leider.«

»Und dann tuschelt das Haus, wie jemand, der einen hinter dem Rücken auslacht. Es ist scheußlich. Wirklich. Ich dachte, wenn ich Glück hätte –«

»– könntest du es zum Schweigen bringen.«

Der Knabe betrachtete ihn mit großen blauen Augen, in denen ein unheimliches Feuer loderte. Er sagte kein Wort.

»Und nun?« sagte der Onkel. »Was wollen wir nun tun?«

»Ich möchte nicht, daß Mutter weiß, daß ich Glück hatte«, sagte der Knabe.

»Warum nicht, mein Junge?«

»Sie würde es nicht länger zulassen.«

»Das glaube ich kaum.«

»Oh!« Der Junge wand sich auf seltsame Art: »Ich *will's* aber nicht, daß sie es erfährt.«

»Gut, mein Junge, dann werden wir es so einrichten, daß sie es nicht erfährt.«

Es gelang ihnen ganz leicht. Paul händigte seinem Onkel auf dessen Vorschlag hin fünftausend Pfund aus, die bei dem Familien-Rechtsanwalt hinterlegt wurden. Dieser sollte Pauls Mutter benachrichtigen, daß ein Verwandter ihm fünftausend Pfund übergeben hätte, welche Summe zu je eintausend Pfund während der nächsten fünf Jahre an Mutters Geburtstag ausgezahlt werden sollte.

»Dann hätte sie fünf Jahre hintereinander ein Geburtstagsgeschenk von tausend Pfund«, sagte Onkel Oscar. »Hoffentlich wird es dann nicht später um so schwerer für sie.«

Pauls Mutter hatte im November Geburtstag. Das Haus hatte in letzter Zeit schlimmer denn je »getuschelt«, und selbst trotz seines Glücks hatte Paul es nicht ertragen können. Er sehnte sich sehr danach, die Wirkung des Geburtstagsbriefes zu sehen, der seiner Mutter von den tausend Pfund berichten würde.

Wenn keine Gäste da waren, nahm Paul jetzt die Mahlzeiten mit seinen Eltern ein, da er der Kinderstube entwachsen war. Seine Mutter ging fast täglich in die Stadt. Sie hatte entdeckt, daß sie ein eigenartiges Talent hatte, Pelze und Kleiderstoffe zu entwerfen; deshalb arbeitete sie heimlich im Studio einer Freundin, die bei den führenden Stoffhändlern als erste Künstlerin galt. Für Zeitungsreklamen zeichnete sie Damen in Pelzen und Damen in Seide und Flitter. Diese junge Künstlerin verdiente mehrere tausend Pfund im Jahr; Pauls Mutter jedoch verdiente nur mehrere hundert Pfund im Jahr, und wieder war sie nicht zufrieden. Sie wollte unbedingt in einer Sache hervorragend sein, und das gelang ihr nicht, nicht einmal mit den Skizzen für Kleiderstoffreklamen.

Am Morgen ihres Geburtstages saß sie unten beim Frühstück. Paul beobachtete ihr Gesicht, während sie ihre Briefe las. Er erkannte den Brief des Rechtsanwalts. Als sie ihn las, verhärtete sich ihr Gesicht und wurde ausdruckslos. Dann bildete sich ein kalter, entschlossener Zug um ihren Mund. Sie versteckte den Brief unter dem Stoß der übrigen Post und sagte kein Wort darüber.

»Hast du bei der Post nichts Nettes für deinen Geburtstag gehabt, Mutter?« fragte Paul.

»Ach, so ziemlich«, sagte sie, und ihre Stimme klang kalt und abwesend.

Sie fuhr in die Stadt, ohne noch etwas zu sagen.

Aber am Nachmittag erschien Onkel Oscar. Er erzählte, Pauls Mutter habe eine lange Besprechung mit dem Rechtsanwalt gehabt und gefragt, ob nicht die ganzen Fünftausend sofort ausbezahlt werden könnten, da sie Schulden habe.

»Was findest du, Onkel?« fragte der Knabe.

»Ich überlasse es dir, mein Sohn.«

»Oh, dann soll sie alles haben. Ich kann mit dem andern Geld noch mehr verdienen«, sagte der Junge.

»Der Vogel in der Hand ist mehr wert als die Taube auf dem Dache, mein Kleiner«, sagte Onkel Oscar.

»Aber beim Grand National weiß ich es *sicher*, oder beim Lincolnshire, oder beim Derby. Bei *einem* von diesen dreien weiß ich es bestimmt ganz sicher«, sagte Paul.

Also unterzeichnete Onkel Oscar das Schriftstück, und Pauls Mutter erhielt die ganzen fünftausend Pfund. Darauf ereignete sich etwas sehr Merkwürdiges. Die Stimmen im Haus wurden auf einmal völlig verrückt, wie ein Chor von Fröschen an einem Frühlingsabend. Einige neue Möbel wurden angeschafft, und Paul erhielt einen Hauslehrer. Er sollte nun wirklich im nächsten Herbst nach Eton auf seines Vaters Schule geschickt werden. Im Winter war das Haus voll Blumen, und aller Luxus tauchte auf, an den seine Mutter in ihrer Jugend gewöhnt war. Und doch – hinter den Zweigen von Mimosen und Mandelblüten und den Stößen schillernder Kissen kreischten und schrillten die Stimmen geradezu in Ekstase: »Mehr Geld muß herbei! O-h-h! Mehr Geld muß herbei! Oh, gleich, gleich! Gleich – muß mehr Geld herbei! Mehr als früher! Mehr als früher!«

Paul erschrak furchtbar. Mit seinen Hauslehrern studierte er weiter an seinem Latein und Griechisch. Aber das emsigste Studium betrieb er mit Bassett. Das Grand National war vorbei: er hatte nichts »gewußt« und hundert Pfund verloren. Der Sommer nahte. Er stand Todesängste wegen des Lincoln aus. Doch selbst für das Lincoln »wußte« er nichts und verlor fünfzig Pfund. Seine Augen sahen verstört und seltsam aus, als ob etwas in ihm bersten wollte.

»Laß es gehen, mein Junge! Mach dir nicht solche Sorgen deswegen!« sagte Onkel Oscar. Aber es war gerade, als ob der Knabe nicht hörte, was sein Onkel sagte.

»Für das Derby muß ich es wissen, für das Derby muß ich es wissen«, wiederholte das Kind immer wieder, und seine großen blauen Augen brannten wie in einem Wahn.

Seiner Mutter fiel es auf, wie überanstrengt er aussah.

»Du solltest ans Meer gehen! Möchtest du nicht lieber jetzt schon ans Meer gehen, anstatt noch länger zu warten? Ich finde, es wäre besser!« sagte sie und blickte besorgt auf ihn hinunter, und es war ihr merkwürdig schwer ums Herz seinetwegen.

Aber der Knabe schlug seine unheimlichen blauen Augen auf.

»Ich kann unmöglich vor dem Derby gehen, Mutter«, sagte er. »Unmöglich!«

»Warum nicht?« sagte sie, und ihre Stimme klang streng, weil ihr widersprochen wurde. »Warum nicht? Du kannst trotzdem von der See aus ans Derby fahren und mit deinem Onkel Oscar zuschauen, wenn du das gern möchtest. Du brauchst doch nicht hier darauf zu warten. Überhaupt finde ich, du bekümmerst dich viel zu sehr um diese Pferderennen. Das ist ein schlechtes Zeichen. Meine Familie war immer auf Glücksspiele aus, und weil du noch nicht erwachsen bist, kannst du nicht begreifen, wieviel Unheil dadurch angerichtet wurde. Und es wurde Unheil angerichtet. Ich werde Bassett entlassen müssen und Onkel Oscar bitten, nicht mit dir über die Rennen zu sprechen, falls du mir nicht versprichst, vernünftiger zu sein. Geh ans Meer und vergiß es! Du bist ja ein Nervenbündel!«

»Ich tue alles, was du willst, Mutter, nur schicke mich erst nach dem Derby weg«, sagte der Junge.

»Wegschicken? Von wo? Hier von diesem Haus?«

»Ja«, sagte er und blickte sie an.

»Aber, du sonderbares Kind, warum hängst du denn auf einmal so sehr an diesem Haus? Ich wußte nicht, daß du es so liebst!«

Er blickte sie stumm an. Er hatte ein doppeltes Geheimnis, etwas, das er nicht einmal Bassett oder seinem Onkel verraten hatte.

Seine Mutter jedoch, die zuerst ein paar Augenblicke unentschlossen und ein wenig ärgerlich dagestanden hatte, sagte:

»Nun, meinetwegen! Geh dann nach dem Derby ans Meer, wenn du es so willst. Aber versprich mir, daß du dir die Nerven nicht noch mehr ruinierst! Versprich mir, daß du nicht mehr soviel an Pferderennen und *Ereignisse* denkst, wie du es nennst.«

»O nein«, sagte der Junge obenhin. »Ich werde nicht daran denken. Du brauchst dich nicht zu sorgen. Ich würde mir keine Sorgen machen, Mutter, wenn ich du wäre.«

»Wenn du ich wärest, und ich du wäre, dann möchte ich wohl wissen, was wir tun würden«, sagte die Mutter.

»Aber du weißt doch, daß du dich nicht zu sorgen brauchst, nicht wahr, Mutter?«

»Ich wäre furchtbar froh, wenn ich's wüßte«, sagte sie müde.

»Oh, aber du *kannst* froh sein. Ich meine, du *mußt* glauben, daß du dir keine Sorgen zu machen brauchst«, beharrte er.

»Muß ich? Dann will ich es mir vornehmen«, sagte sie.

Pauls geheimstes Geheimnis war sein hölzernes Schaukelpferd, das namenlose. Seit er der Kinderfrau und der Erzieherin entwachsen war, hatte er sich das

Schaukelpferd in sein eigenes Schlafzimmer oben im Haus stellen lassen.

»Aber du bist doch zu alt für ein Schaukelpferd«, hatte die Mutter eingewandt.

»Ach, weißt du, Mutter, bis ich ein *richtiges* Pferd haben kann, möchte ich gern irgendein Tier bei mir haben«, hatte die wunderliche Antwort gelautet.

»Findest du, daß es dir Gesellschaft leistet?« lachte sie.

»O ja, es ist sehr gut und leistet mir immer Gesellschaft, wenn ich da bin«, sagte Paul.

So stand also das ziemlich schäbige Schaukelpferd, im Sprung erstarrt, in des Knaben Schlafzimmer.

Das Derby rückte näher, und die Spannung des Knaben wuchs. Er hörte kaum, was man zu ihm sagte; er war sehr schwach, und seine Augen sahen wirklich unheimlich aus. Seine Mutter hatte plötzlich seltsame Anwandlungen von Unruhe seinetwegen. Manchmal spürte sie eine halbe Stunde lang eine jähe Sorge, die fast Angst war. Dann wollte sie sogleich zu ihm stürzen und sich überzeugen, daß es ihm gut ginge.

Zwei Nächte vor dem Derby war sie in der Stadt auf einer großen Gesellschaft, als einer dieser Angstanfälle um ihren Sohn, ihren Erstgeborenen, ihr so ans Herz griff, daß sie kaum sprechen konnte. Sie kämpfte mit aller Macht gegen das Gefühl an; denn sie gab viel auf gesunden Menschenverstand. Aber es war zu stark. Sie mußte den Tanzsaal verlassen und nach unten gehen und bei sich zu Hause anrufen. Die Erzieherin der Kinder war furchtbar überrascht und erschrocken, weil man ihr mitten in der Nacht telephonierte.

»Geht es den Kindern gut, Miß Wilmot?«

»O ja, es geht ihnen sehr gut.«

»Und Master Paul? Wie geht's ihm?«

»Er ging zu Bett und war wohl und munter. Soll ich nach oben springen und nach ihm schauen?«

»Nein«, sagte seine Mutter zaudernd. »Nein, lassen Sie nur. Es ist gut. Und bleiben Sie nicht auf! Wir werden bald heimkommen.« Sie wollte nicht, daß ihr Sohn gestört würde.

»Gut«, sagte die Erzieherin.

Es war gegen ein Uhr, als Pauls Vater und Mutter vor ihrem Hause vorfuhren. Alles war still. Pauls Mutter ging in ihr Zimmer und schlüpfte aus ihrem weißen Pelzmantel. Sie hatte ihrer Zofe gesagt, nicht auf sie zu warten. Unten hörte sie ihren Mann, der sich einen Whiskysoda mischte.

Und dann, wegen der seltsamen Angst in ihrem Herzen, schlich sie sich nach oben vor das Zimmer ihres Sohnes. Lautlos ging sie den oberen Korridor entlang. War das nicht ein schwaches Geräusch? Was war es?

Sie stand mit angespannten Muskeln vor seiner Tür und lauschte. Es war ein seltsames dumpfes und doch nicht lautes Geräusch. Ihr Herz stand still. Es war ein tonloses Geräusch, und doch wild und gewaltig. Etwas Riesiges. Eine heftige, aber gedämpfte Bewegung. Was war es? Was in Gottes Namen war es? Sie meinte es zu wissen. Sie ahnte, daß sie es wußte. Sie wußte, was es war.

Und doch konnte sie es nicht unterbringen. Sie konnte nicht sagen, was es war. Und es ging weiter und weiter, wie verrückt.

Leise, vor Furcht und Angst wie gelähmt, drehte sie den Türknauf.

Das Zimmer war dunkel. Doch in der Nähe des Fensters hörte und sah sie etwas auf und ab tauchen. Sie starrte furchtsam und entsetzt.

Dann plötzlich schaltete sie das Licht an und sah ihren Sohn in seinem grünen Schlafanzug, der wie toll auf dem Schaukelpferd ritt. Das jäh aufflammende Licht traf ihn, wie er das hölzerne Pferd antrieb, und sie, wie sie da blond in ihrem grünkristallenen Kleid auf der Schwelle stand.

»Paul!« rief sie. »Was machst du denn nur?«

»Malabar ist's!« schrie er mit mächtiger, fremder Stimme. »Malabar ist's!«

Seine Augen funkelten sie eine Sekunde lang fremd und sinnlos an, während er innehielt und das Pferd nicht länger antrieb. Dann fiel er krachend zu Boden, und sie, überflutet von der Qual ihres mütterlichen Gefühls, stürzte vor, um ihn aufzuheben.

Aber er war ohne Besinnung, und er blieb ohne Besinnung und bekam ein Gehirnfieber. Er redete und warf sich umher, und seine Mutter saß versteinert neben ihm.

»Malabar! Malabar ist's! Bassett, Bassett, ich *weiß* es! Es ist Malabar!«

So schrie der Knabe und versuchte aufzustehen und das Schaukelpferd anzutreiben, das ihn inspirierte.

»Was meint er mit Malabar?« fragte die Mutter mit eisigem Herzen.

»Ich weiß es nicht«, sagte der Vater versteinert.

»Was meint er mit Malabar?« fragte sie ihren Bruder Oscar.

»Es ist eins der Pferde, die bei dem Derby laufen«, war die Antwort.

Und gegen seinen Willen sprach Onkel Oscar mit Bassett und setzte selbst tausend auf Malabar: vierzehn zu eins.

Am dritten Tag der Krankheit war die Krise: sie warteten auf den Wechsel. Der Knabe wälzte sich mit seinem langen, lockigen Haar rastlos auf dem Kissen umher. Er schlief nicht, noch erlangte er das Bewußtsein, und seine Augen waren wie blaue Steine. Seine Mutter saß da und spürte ihr Herz nicht mehr, als sei sie wirklich zu Stein geworden.

Am Abend erschien Oscar Creswell nicht; aber Bassett ließ fragen, ob er für einen Augenblick, nur für einen kurzen Augenblick, nach oben kommen dürfe. Pauls Mutter war sehr böse über diese Zudringlichkeit, aber dann besann sie sich und willigte ein. Dem Jungen ging es immer gleich. Vielleicht brachte Bassett ihn zur Besinnung zurück.

Der Gärtner, ein gedrungener Bursche mit braunem Schnurrbärtchen und kleinen, scharfen braunen Augen, betrat das Zimmer auf Zehenspitzen, faßte, Pauls Mutter grüßend, an die nicht vorhandene Mütze und stahl sich an das Bett. Mit funkelnden kleinen Äuglein blickte er auf das sich herumwerfende sterbende Kind.

»Master Paul!« flüsterte er. »Master Paul! Malabar kam wirklich als Erster! Ein glatter Sieg! Ich hab' getan, was Sie mir sagten. Sie haben über siebzigtausend Pfund gewonnen, ja, und nun haben Sie achtzigtausend! Malabar hat gesiegt, Master Paul!«

»Malabar! Malabar! Habe ich Malabar gesagt, Mutter? Habe ich Malabar gesagt? Glaubst du jetzt, daß ich Glück habe, Mutter? Ich *wußte*, daß es Malabar ist, siehst du wohl? Über achtzigtausend Pfund! Das nenn' ich Glück, Mutter, du auch? Über achtzigtausend Pfund! Ich wußte es! Hab' ich nicht gewußt, daß ich's wußte? Malabar hat gesiegt. Wenn ich so lange reite, bis ich sicher bin, dann kannst du so hoch setzen, wie du willst, Bassett, das sag' ich dir. Hast du alles gesetzt, was du hast, Bassett?«

»Ich hab' tausend gesetzt, Master Paul.«

»Ich hab's dir nie erzählt, Mutter: wenn ich mein Pferd reite und *hinkomme*, dann bin ich sicher, oh, ganz sicher. Ich habe *Glück*, Mutter, habe ich's dir nie gesagt?«

»Nein, nie«, sagte die Mutter.

Der Knabe aber starb in der gleichen Nacht.

Und noch während er tot dalag, hörte seine Mutter ihres Bruders Stimme, die zu ihr sprach: »Mein Gott, Hester, über achtzigtausend Pfund kannst du als Gewinn buchen und einen armen Teufel von Sohn als Verlust. Armer Teufel! Armer Teufel! Für ihn ist's ja doch am besten, daß er aus einem Leben ging, in dem er sein Schaukelpferd reiten mußte, um den Sieger herauszufinden.«

Erich Heckel: Karussell

DYLAN THOMAS

Nach dem Jahrmarkt

Der Jahrmarkt war vorbei, die Lichter in den Schießbuden wurden ausgelöscht, und die hölzernen Pferde standen still in der Dunkelheit und warteten auf die Musik und das Summen der Motoren, die sie in Trab setzen würden. Eine nach der andern wurden die Karbidlampen in jeder Bude ausgedreht und die Tücher über die kleinen Spieltische gezogen. Die Leute gingen nach Hause, und in den Fenstern der Wohnwagen schien Licht.

Niemand hatte das Mädchen bemerkt. In ihren schwarzen Kleidern stand sie neben dem Karussell, hörte die letzten Schritte auf dem Sägemehl und die letzten Stimmen, die in der Ferne erstarben. Dann, ganz allein auf dem verlassenen Platz, umgeben von hölzernen Pferdegestalten und billigen Schaukelschiffen, suchte sie eine Stelle zum Schlafen. Einmal da, einmal dort hob sie die Zeltleinwand, die die Schießbuden mit ihren Kokosnüssen einhüllte, und spähte in die warme Dunkelheit. Sie hatte Angst, den Schritt hinein zu machen, und wenn eine Maus über die auf dem Boden verstreuten Hobelspäne huschte, oder wenn das Zelttuch knarrte und ein Windstoß es tanzen ließ, rannte sie weg und versteckte sich wieder beim Karussell. Einmal trat sie auf die Bretter, die Schellen am Hals eines Pferdes klirrten und waren still; sie wagte nicht wieder zu atmen, ehe alles wieder ruhig war und die Dunkelheit den Lärm der Schellen vergessen hatte. Dann ging sie hin und her und sah sich verstohlen nach einem Bett um, in jeder Gondel, unter jedem Zelt. Aber nirgends, nirgends auf dem ganzen Jahrmarkt gab es eine Stelle, wo sie schlafen konnte. Da war es zu still, dort wieder hörte sie Mäuse. In der Ecke des Zeltes der Sterndeuterin lag Stroh, aber es bewegte sich, als sie es berührte; sie kniete daneben nieder und streckte die Hand aus; sie fühlte die Hand eines Babys auf ihrer eigenen.

Nun gab es keine Stelle mehr, also wendete sie sich langsam den Wohnwagen am Rand des Feldes zu und fand alle bis auf zwei dunkel. Sie wartete, umklammerte ihre leere Handtasche und fragte sich, bei welchem der Wohnwagen sie sich trauen sollte zu stören. Endlich entschloß sie sich, an das Fenster des kleinen, schäbigen Wagens zu klopfen, der am nächsten stand, und auf Zehenspitzen sah sie hinein. Der fetteste Mann, den sie je gesehen hatte, saß drinnen vor dem Ofen und röstete eine Scheibe Brot. Sie pochte dreimal an die Scheibe und versteckte sich dann im Schatten. Sie hörte ihn oben zur Trittleiter kommen und rufen: »Wer? Wer?« Aber sie wagte nicht zu antworten. »Wer? Wer?« rief er wieder.

Sie lachte über seine Stimme: die war so dünn, wie er fett war.

Er hörte ihr Lachen und drehte sich dorthin, wo die Dunkelheit sie verbarg. »Erst klopfst du«, sagte er, »dann versteckst du dich, dann lachst du.«

Sie trat in den Lichtkreis; sie wußte, daß sie sich nicht mehr zu verstecken brauchte.

»Ein Mädchen«, sagte er. »Komm rein und tritt dir die Füße ab.« Er wartete nicht, sondern zog sich in seinen Wohnwagen zurück, und sie konnte nichts tun, als ihm die Leiterstufen hinauf in den engen Raum folgen. Er saß wieder da und röstete die gleiche Scheibe Brot. »Bist du drinnen?« fragte er, denn er saß mit dem Rücken zu ihr.

»Soll ich die Tür zumachen?« fragte sie und machte sie zu, bevor er noch antwortete.

Sie setzte sich auf das Bett und sah ihn an, wie er das Brot röstete, bis es anbrannte.

»Ich kann besser rösten als du«, sagte sie.

»Glaub ich gern«, sagte der fette Mann.

Sie sah zu, wie er die verkohlte Brotscheibe auf einen Teller neben sich legte, eine andere Scheibe nahm und auch die vor den Ofen hielt. Sie verbrannte sehr schnell.

»Laß mich das für dich rösten«, sagte sie. Schwerfällig gab er ihr die Gabel und den Brotlaib.

»Schneid eins ab«, sagte er, »röst es und iß es.«

Sie setzte sich auf den Stuhl.

»Sieh mal die Delle, die du in mein Bett gemacht hast«, sagte der fette Mann. »Wer bist du eigentlich, daß du einfach hier reinkommst und mein Bett eindellst?«

»Ich heiße Annie«, sagte sie ihm.

Bald war das ganze Brot geröstet und mit Butter bestrichen, und so stellte sie den Teller in die Mitte des Tisches und rückte zwei Stühle zurecht.

»Ich esse meins auf dem Bett«, sagte der fette Mann. »Du iß hier.«

Als sie mit ihrem Abendbrot fertig waren, schob er seinen Stuhl vom Bett zurück und starrte sie über den Tisch hin an.

»Ich bin Der Fette Mann«, sagte er. »Ich komm aus Treorchy; die Wahrsagerin nebenan ist aus Aberdare.«

»Ich hab nichts zu schaffen mit dem Jahrmarkt«, sagte sie, »ich bin aus Cardiff.«

»Ja, das ist schon eine Stadt«, nickte der Fette Mann. Er fragte sie, warum sie weggegangen sei.

»Geld«, sagte Annie.

Dann erzählte er ihr vom Jahrmarkt und den Orten, in denen er gewesen war, und von den Leuten, die er kennengelernt hatte. Er sagte ihr sein Alter und sein Gewicht und die Namen seiner Brüder, und wie er seinen Sohn nennen werde. Er zeigte ihr ein Bild des Hafens von Boston und die Photographie seiner Mutter, der Gewichtestemmerin. Er erzählte ihr, wie in Irland der Sommer aussah.

»Ich bin immer ein fetter Mann gewesen«, sagte er, »und jetzt bin ich Der Fette Mann; keiner kommt an mich ran, was Fett angeht.« Er erzählte ihr von einer Hitzewelle in Sizilien und vom Mittelmeer. Sie erzählte ihm von dem Baby im Zelt der Sterndeuterin.

»Das sind wieder die Sterne gewesen«, sagte er.

»Das Baby wird sterben«, sagte Annie.

Er öffnete die Tür und ging hinaus in die Dunkelheit. Sie sah sich um, rührte sich aber nicht; sie fragte sich, ob er einen Polizisten holen gegangen sei. Das wäre nicht das Wahre, wenn der Polizist sie zum zweiten Mal erwischte. Sie starrte durch die offene Tür in die unwirtliche Nacht und zog ihren Stuhl näher zum Ofen.

»Besser in der Wärme erwischt werden«, sagte sie. Aber sie zitterte, als sie den Fetten Mann kommen hörte, und preßte die Hände auf ihre dünne Brust, als er die Stufen heraufkletterte wie ein wandelnder Berg. Durch die Dunkelheit konnte sie ihn lächeln sehen.

»Sieh, was die Sterne gemacht haben«, sagte er und brachte in seinen Armen das Baby der Sterndeuterin herein.

Annie hielt das Kind fest an sich geschmiegt, und es weinte an ihrer Brust; dann erzählte sie dem Fetten

Mann, welche Angst ihr sein plötzliches Weggehen gemacht hatte.

»Was sollt' ich denn mit einem Polizisten?«

Sie sagte ihm, daß der Polizist sie suche. »Was hast du denn getan, daß dich ein Polizist sucht?«

Sie antwortete nicht, sondern hielt das Kind dichter an ihre ausgezehrte Brust. Er sah, wie mager sie war.

»Du mußt essen, Cardiff«, sagte er.

Dann fing das Kind an zu weinen. Aus einem kleinen Jammern wuchs seine Stimme zu einem Sturm der Verzweiflung. Das Mädchen wiegte das Kind auf dem Schoß hin und her, aber nichts konnte es besänftigen.

»Hör auf! Hör auf!« sagte der Fette Mann, und die Tränen nahmen zu. Annie bedeckte es mit Küssen, aber es brüllte weiter.

»Wir müssen irgendwas tun«, sagte sie.

»Sing ihm ein Wiegenlied.«

Sie sang, aber das Kind mochte ihr Singen nicht.

»Da gibt's nur eins«, sagte Annie, »wir müssen mit ihm aufs Karussell.« Die Arme des Kindes um ihren Hals, stolperte sie die Stufen hinunter und lief auf den verlassenen Jahrmarkt zu, hinter ihr her keuchend der Fette Mann.

Zwischen den Zelten und Buden hindurch fand sie den Weg zur Mitte des Platzes, wo die hölzernen Pferde standen und warteten, und erkletterte einen Sattel. »Stell den Motor an!« rief sie. Von weitem war zu hören, wie der Fette Mann die altertümliche Maschine anwarf, die den ganzen Tag lang die Pferde zu hölzernem Galopp antrieb. Sie hörte das stoßweise Summen der Motoren; die Bretter klapperten unter den Pferdebeinen. Sie sah den Fetten Mann an ihrer Seite auftauchen, den Haupthebel umlegen und in den Sattel des kleinsten der Pferde klettern. Als das Karussell sich in Bewegung setzte, langsam erst und langsam schneller werdend, hörte das Kind an der Brust des Mädchens zu weinen auf und klatschte in die Hände. Der Nachtwind fuhr ihm durchs Haar, die Musik schrillte ihm in den Ohren. Rundumher sausten die Pferde und übertönten die Schreie des Windes mit dem Schlagen ihrer Hufe.

Und so fanden die Männer aus den Wohnwagen sie: den Fetten Mann und das Mädchen in Schwarz mit einem kleinen Kind in den Armen, auf ihren mechanischen Rossen im Kreis wirbelnd zur immer lauter anschwellenden Musik der Orgel.

ELSE LASKER-SCHÜLER

Zirkuspferde

Der Tempel der Pferde ist der Zirkus, ich meine, jedes Pferd will spielen, und das heißt auf die Sprache des Wieherns, beten; alle Tiere wollen spielen, aber welche Tieraugen brennen vor Begeisterung so tief wie die des Rappen; die Schimmel sind fromme Pilger oder Heilige. Päpstinnen, wie Santa Anna, Leo ritt auf ihren unbefleckten, weißen Rücken zwischen frommen Hecken seiner päpstlichen Gärten. Ich gehe jeden Monat in den großen Zirkustempel Busch, zu jedem Feiertag der Pferde, zu ihrem Galadienst. Am liebsten sind mir ihre Feiern, ohne vielerlei Äußerlichkeiten, wenn sie ungesattelt ohne Reiter oder Reiterinnen sich tanzend im Kreise bewegen, ihr eigenes Blut feiern nach Herzenslust. Gefallen lasse ich mir die drei Geschwister Fillis im Zirkus Busch, des berühmten, französischen Reiters Reitlinge. Die stören den Rhythmus des Pferdespiels nicht; ihre Gestalten sind selbst schlankgeweiht dem Ritt. Mademoiselle Fillis, die Schwester der beiden jungen Chevaliers, ist verwachsen, wie ihre Brüder, mit dem Rücken ihres wiehernden Priesters. – Mein Vater und meine Mutter ritten durch die Akazienchausseen meiner Heimat; meiner Mutter Edelstute wallfahrtet oft durch meine Erinnerung und trägt mir dichterische Gedanken zu, und meines Vaters Hengst setzt über mein Blut und läßt es aufschäumen. Ich liebe euch, ihr Pferde mit den langen Seidenschweifen, Atlas ist eure Haut und feuerfarbener Samt eure Augen. Solche Schönheit ist die Frömmigkeit der Pferde, gezüchtet, spielfähig und buntgebenedeit. Ich wüßte keine andere Stätte, die den Namen Tempel der Pferde verdiente, wie den Zirkus. Etwa der Rennstall? Prostituiertes Pferdepriestertum. »Beten« heißt »Spielen« der Pferde, und gibt es einen lustigeren, weihevolleren Sandtempel als den Zirkus? – Hochmütig ihrer Zucht bewußt, schütteln die Herrenpferde ihre Mähnen, kehren verächtlich dem Liebesäugeln einer dreisten Lastpferdin oder einer brünstigen Dickschenkelin ihres Pferdevolkes den Rücken. Sie gehen keine Mesalliance ein. Glücklich macht mich der Anblick eines Reiters, paßt er sich dem Denken seines Trägers an. Wie denkt sein Pferd, sein wohlgepflegtes Pferd? Trabweise, sprungweise, galoppierend, immer in Gedanken, treu seiner Bewegung. Und das überträgt sich dem Kavalier und seiner Dame, Halbpriester, der da oben, Halbpriesterin, die auf des Pferdes Rücken. Voll Spiellust sind die Füllen; jeden Morgen wartete ungeduldig so ein Nimmermüdes auf mich und meine Schulkameradin. Über den Zaun auf seine Wiese sprangen wir schulvergessend – wer von uns drei wohl am liebsten Zeck spiele! Darum empfinde ich schmerzlich jede Mißhandlung der Karrenpferde. Bang wie Regen fließen die dunklen Lider über ihre trüben Augen. Wie denkt so ein Pferd? Kummer bedrückt sein Herz und beugt seinen verhärmten Kopf. Manchmal tröstet der Braune den Schwarzen oder der Apfelschimmel die müde Apfelschimmelin. – Wie futterfreudig hingegen an ihren fetten Trog denken die markigen Erntepferde; an den Seiten des Kopfes tragen sie den blanken Messingschmuck. Zwei, vier Kinderhände, vom reichen Schulzen die Buben, halten sich an den Strähnen der Mähne des schnaubenden vierbeinigen Bauern fest, und einige Plumssäcke liegen auf dem Hinterviertel seines stampfenden, drallen Pferdeweibs. Ich liebe euch alle, ihr Pferde, auch die Zwergpferdchen aus Gullivers Zwerglande im Zirkus Busch.

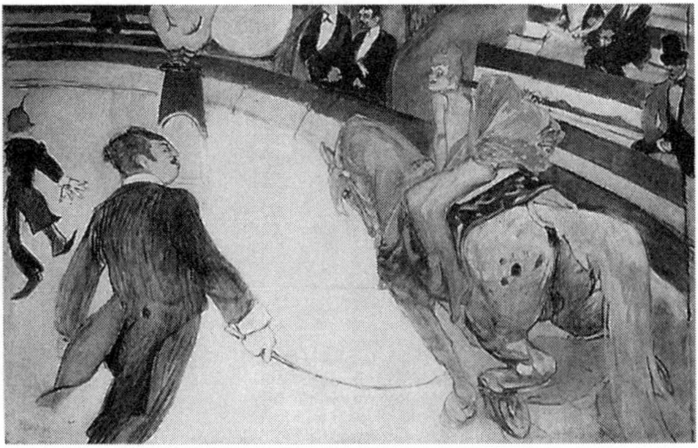

Henri de Toulouse-Lautrec: Kunstreiterin im Zirkus Fernando

Verzeichnis der Autoren, Texte und Druckvorlagen

Titel, die mit einem Stern gekennzeichnet sind, wurden von den Herausgeberinnen formuliert oder sind dem zitierten Text entnommen.

ARNIM, ACHIM VON (1781–1831)

A. v. A.: Sämmtliche Werke. Hrsg. von Wilhelm Grimm. 22 Bde. Bd. 1: Gedichte. Weimar: Kühn, 1956. S. 143. (Die Orthographie wurde behutsam modernisiert.)

AYMÉ, MARCEL (1902–1967)

Aus: Die schönsten Liebesgeschichten aus Frankreich. Von Marquis de Sade bis Georges Simenon. Zürich: Diogenes Verlag 1982. S. 357–372. (Übers. von Lilly Sauter.) – © für die deutsche Übersetzung 1982 Diogenes Verlag AG, Zürich.

BACHMANN, INGEBORG (1926–1973)

I. B.: Malina. Roman. Frankfurt a. M.: Suhrkamp, 1991. S. 62–69. – © 1971 Suhrkamp Verlag, Frankfurt am Main.

CANETTI, ELIAS (1905–1994)

E. C.: Der Ohrenzeuge. Fünfzig Charaktere. Frankfurt a. M.: Fischer Taschenbuch Verlag, 1983. S. 71 f. – © 1974 Carl Hanser Verlag GmbH & Co., München.

CHIPPERFIELD, JOSEPH (1912–1976)

Die Freiheit der Wildpferde* 216

J. C.: Der Mustang der wilden Berge. Übers. von Eugen von Beulwitz. Wien: Ueberreuter, [o.J.]. S. 121–126. – Mit Genehmigung des Verlages Carl Ueberreuter Gesellschaft m. b. H., Wien.

DUMAS, ALEXANDRE (1802–1870)

D'Artagnan und der Apfelsinengaul* 50

A. D.: Die drei Musketiere. Übers. von Herbert Bräuning. Frankfurt a. M.: Insel Verlag, 1988. (insel taschenbuch. 1131.) S. 9–16. – Mit Genehmigung von Herbert Bräuning, Germering.

FLEURON, SVEND (1874–1966)

Der Ritt 150

S. F.: Torleifs Pferde. In: S. F.: Die Welt der Tiere. Gesammelte Werke. Bd. 6. Übers. von Thyra Dohrenberg. Jena: Diederichs, 1939. S. 450–460. – Mit Genehmigung der Eugen Diederichs Verlag GmbH & Co. KG, München.

GOETHE, JOHANN WOLFGANG (1749–1832)

Freisinn 139

J. W. G.: Werke. Hamburger Ausgabe in 14 Bänden. Bd. 2: Gedichte und Epen II. Textkritisch durchges. und komm. von Erich Trunz. München: Deutscher Taschenbuch Verlag, 1982. S. 9.

HAMSUN, KNUT (1859–1952)

Das schöne Fräulein* 131

K. H.: Victoria. Die Geschichte einer Liebe. Übers. von Julius Steinmeier und Sophie Angermann. München: Deutscher Taschenbuch Verlag, [6]1995. S. 26–29. – Mit Genehmigung des Paul List Verlag in der Südwest Verlag GmbH & Co. KG, München.

HEMINGWAY, ERNEST (1899–1961)

Die gestohlenen Pferde* 60

E. H.: Wem die Stunde schlägt. Roman. Übers. von Paul Baudisch. Frankfurt a. M.: Fischer Taschenbuch Verlag, 1991. S. 18–23. – © 1940 Ernest Hemingway. Deutsche Ausgabe: Bermann-Fischer Verlag, Stockholm 1941. Alle Rechte vorbehalten durch S. Fischer Verlag GmbH, Frankfurt am Main.

HORVÁTH, ÖDÖN VON (1901–1938)

Das Märchen in unserer Zeit 18

Ö. v. H.: Gesammelte Werke in 8 Bänden. Hrsg. von Traugott Krischke und Dieter Hildebrandt. Bd. 5: Lyrik, Prosa, Romane I. 2., verb. Aufl. Frankfurt a. M.: Suhrkamp, 1978. S. 123 f. – © 1972 Suhrkamp Verlag, Frankfurt am Main.

KUBIN, ALFRED (1877–1959)

Das Geisterpferd* 29

A. K.: Die andere Seite. Ein phantastischer Roman. Mit 51 Zeichnungen und einem Plan. München: Ellermann, 1975. (edition spangenberg.) S. 96–98. – Copyright by Christa Spangenberg, München.

LASKER-SCHÜLER, ELSE (1869–1945)

Zirkuspferde 280

E. L.-S.: Der Prinz von Theben und andere Prosa. München: Deutscher Taschenbuch Verlag, 1986. S. 203–205. – © 1995 Suhrkamp Verlag, Frankfurt am Main.

LAWRENCE, DAVID HERBERT (1885–1930)

Der Schaukelpferd-Sieger 252

D. H. L.: Meisternovellen. Übers. von Elisabeth Schnack. Nachw. von Sir Herbert Read. München: Deutscher Taschenbuch Verlag, 1994. (manesse im dtv.) S. 265–293. – © 1953 Manesse Verlag GmbH, Zürich.

LENAU, NIKOLAUS (1802–1850)

N. L.: Sämtliche Werke und Briefe in 6 Bänden. Hrsg. von Eduard Castle. Bd. 1: Gedichte. Leipzig: Insel-Verlag, 1910. S. 349.

LERNET-HOLENIA, ALEXANDER (1897–1976)

A. L.-H.: Mayerling. Erzählungen. Wien/Hamburg: Zsolnay, 1960. S. 173–192. – © 1960, 1988 Paul Zsolnay Verlag Gesellschaft m. b. H., Wien und Hamburg.

LESSING, GOTTHOLD EPHRAIM (1729–1781)

G. E. L.: Fabeln. Abhandlungen über die Fabel. Hrsg. von Heinz Rölleke. Stuttgart: Reclam, 1967 [u. ö.]. (Universal-Bibliothek. 27.) S. 13 f.

McCULLERS, CARSON (1917–1967)

C. M.: Spiegelbild im goldnen Auge. Roman. Übers. von Richard Moering. Zürich: Diogenes Verlag, 1974. S. 51–57. – © 1966, 1974 Diogenes Verlag AG, Zürich.

MAUPASSANT, GUY DE (1850–1893)

G. d. M.: Fräulein Fifi. Madame Baptiste und andere Novellen. Übers. von Irma Schauber und Ernst Sander. München: Goldmann, 1963. S. 332–339. (Übers. von Ernst Sander.) – Mit Genehmigung von Andreas Sander, Hamburg, und Mario Sander, Hamburg.

MÖRIKE, EDUARD (1804–1875)

Der Feuerreiter 185

E. M.: Gedichte. Ausw. und Nachw. von Bernhard Zeller. Stuttgart: Reclam, 1977 [u. ö.]. (Universal-Bibliothek. 7661.) S. 36–38.

MORGENSTERN, CHRISTIAN (1871–1914)

Der Apfelschimmel 81

C. M.: Gesammelte Werke in einem Band. München: Piper, 1965. S. 344.

OFFENBARUNG DES JOHANNES

Die apokalyptischen Reiter* 16

Offb. 6,1–8; 9,13–19. (Die Einheitsübersetzung der Heiligen Schrift. Die Bibel. Gesamtausgabe. Stuttgart 1994.)

ROSENDORFER, HERBERT (geb. 1934)

Gelzers Pferd 69

H. R.: Mitteilungen aus dem poetischen Chaos. Römische Geschichten. München: Deutscher Taschenbuch Verlag, 1933. S. 114 bis 123. – © 1991 Verlag Kiepenheuer & Witsch, Köln.

STENDHAL (d. i. Henry Beyle, 1783–1842)

Fabrizio in der Schlacht von Waterloo* 187

St.: Die Kartause von Parma. Roman. Übers. von Walter Widmer. München: Deutscher Taschenbuch Verlag, 1992. S. 47–64. – © 1952 Winkler Verlag, München. © 1996 Artemis & Winkler Verlag, Düsseldorf und Zürich.

STORM, THEODOR (1817–1888)

T. S.: Der Schimmelreiter. Novelle. Nachw. von Wolfgang Heybey. Stuttgart: Reclam, 1963 [u. ö.]. (Universal-Bibliothek. 6015.) S. 132 bis 144.

THOMAS, DYLAN M. (1914–1953)

D. T.: Die Befragung des Echos. Frühe Erzählungen und Aufsätze. Übers. von Erich Fried, Detlev Gohrbrandt und Klaus Martens. München: Hanser, 1991. S. 21–25. – © 1991 Carl Hanser Verlag GmbH & Co., München.

TOLSTOI, LEO NIKOLAJEWITSCH (1828–1910)

L. T.: Anna Karenina. Roman. Aus dem Russ. übers. von Fred Ottow. München: Winkler, 1955. S. 234–245. – © 1953 Winkler Verlag, München. © 1996 Artemis & Winkler Verlag, Düsseldorf und Zürich.

TORBERG, FRIEDRICH (1908–1979)

F. T.: Der letzte Ritt des Jockeys Matteo. Novelle aus dem Nachlaß. Hrsg. von David Axmann und Marietta Torberg. München: Langen Müller, 1985. S. 95–117. – Copyright by Langen Müller in der F. A. Herbig Verlagsbuchhandlung GmbH, München.

TSCHECHOW, ANTON PAWLOWITSCH (1860–1904)

Anton Čechov: Das Glück der Frauen. Kurzgeschichten und frühe Erzählungen, 1883–1887. Übertr. von Gerhard Dick [u. a.]. Hrsg. und mit Anm. vers. von Peter Urban. München: Winkler, 1968. S. 464–469. (Übers. von Gerhard Dick und Ada Knipper.) –

TWAIN, MARK (1835–1910)

M. T.: Gesammelte Werke in zehn Bänden. Ausgew. und zsgest. von Norbert Kohl. Bd. 1: Durch dick und dünn. Übers. von Hans J. Schütz. Mit Illustrationen von Klaus Ensikat. Frankfurt a. M.: Insel Verlag, 1985. (insel taschenbuch. 831.) S. 174–181. –

VERGILIUS MARO, PUBLIUS (70–19 v. Chr.)

P. V. M.: Landleben. Hrsg. von Johannes und Maria Götte und Karl Bayer. 6., bearb. Aufl. München: Artemis Verlag, 1995. (Sammlung Tusculum.) S. 147–157. –

WEISS, ERNST (1884–1940)

E. W.: Gesammelte Werke in 16 Bänden. Hrsg. von Peter Engel und Volker Michels. Bd. 14: Der Augenzeuge. Roman. Frankfurt a. M.: Suhrkamp, 1982. (suhrkamp taschenbuch. 797.) S. 7–10. –

Verzeichnis der Abbildungen

Vom Stand der Ehe
Erzählungen, Gedichte, Traktate

Die Wundertüte

Der Zauberkasten
Alte und neue Geschichten für Kinder

Das Nonsens-Buch

Das Katastrophen-Buch

Poetische Scherzartikel

Trinkpoesie
Gedichte aus aller Welt

Das Schnüffelbuch

Antike Weisheit

Chinesische Weisheit

Die Weisheit der Heiligen
Ein Brevier

Weisheit des Islam

Zum Glück
Wege und Umwege

Feste feiern
Gedichte und Geschichten

Abends nach 8
Lektüre für die Nacht